卜筮正宗卷之六

古吳洞庭西山王維德洪緒註
壬午舉人弟　需遵時　叅訂
吳　庠　鍾　英子燦
蔡　鑑升明
門　人　謝　朝柱巨材　同較
任　用淵潛菴
男　其龍雲客　其章琢軒
後　學　李　凡丁鼎升校註

婚姻

男女合婚①，契②於前定③；朱陳④締結⑤，分⑥在夙成⑦。然非月老⑧，焉知夫婦於當時；不有宓羲⑨，豈識吉凶於今日？欲諧⑩伉儷⑪，須定陰陽。

陽奇陰耦⑫，配合成婚。如男家卜，宜世屬陽，應屬陰，用神陰陽得位；女家卜，宜世陰應陽。陰陽相得[13]，乃成夫婦之道。

鼎升曰：

《卜筮全書．黃金策．婚姻》原解作：「陽奇陰耦，配合成婚。世屬陽，應屬陰；鬼屬陽，財屬陰；內屬陽，外屬陰。陰陽相得，乃成夫婦之道，異日必然大利。」

據唐李復言《續幽怪錄．定婚店》記載：「杜陵韋固，少孤，思早娶婦，多歧求婚，必無成而罷。【唐憲宗李純】元和二年【公元807年，丁亥年】，將遊清河，旅次宋城南店。客有以前清河司馬潘昉女見議者，來日先明，期於店西龍興寺門。固以求之意切，且往焉。斜月尚明，有老人倚布囊，坐於階上，向月撿書。固步覘之，不識其字，既非虫篆八分科斗之勢，又非梵書。固問曰：『老父所尋者何書？固少小苦學，世間之字，自謂無不識者，西國梵字，亦能讀之。唯此書目所未覿，如何？』老人笑曰：『此非世間書，君因何得見？』固曰：『非世間書，則何也？』曰：『幽冥之書。』固曰：『幽冥之人，何以到此？』曰：『君行自早，非某不當來也。凡幽吏皆掌人生之事，掌人可不行冥中乎？今道途之行，人鬼各半，自不辯爾。』固曰：『然則君又何掌？』曰：『天下之婚牘耳。』固喜曰：『固少孤，常願早娶，以廣胤嗣。爾來十年，多方求之，竟不遂意。今者人有期此與議潘司馬女，可以成乎？』曰：『未也！命苟未合，雖降衣纓而求屠博尚不可得，況郡佐乎？君之婦適三歲矣。年十七，當入君門。』因問：『囊中何物？』曰：『赤繩子耳，以繫夫妻之足，及其生，則潛用相繫。雖讎敵之家，貴賤懸隔，天涯從宦，吳楚異鄉，此繩一繫，終不可逭。君之脚已繫於彼矣，他求何益？』曰：『固妻安在？其家何爲？』曰：『此店北賣菜陳婆女耳。』固曰：『可見乎？』曰：『陳嘗抱來，鬻菜於市。能隨我行，當即示君。』及明，所期不至，老人卷書揭囊而行，固逐之，入菜市。有眇嫗抱三歲女來，弊陋亦甚。老人指曰：『此君之妻也。』固怒曰：『煞之可乎？』老人曰：『此人命當食天祿，因子而食邑，庸可煞乎？』老人遂隱。固罵曰：『老鬼妖妄如此！吾士大夫之家，娶婦必敵。苟不能娶，即聲妓之美者，或援立之。奈何婚眇嫗之陋女？』磨一小刀子，付其奴，曰：『汝素幹事，能爲我煞彼女，賜汝萬錢。』奴曰：『諾。』明日，袖刀入菜行中，於衆中刺之而走。一市紛擾，固與奴奔走獲免。問奴曰：『所刺中否？』曰：『初刺其心，不幸才中眉間。』爾後固屢求婚，終無所遂。又十四年，以父蔭參相州軍。刺史王泰俾攝司戶掾，專鞫詞獄，以爲能，因妻以其女。可年十六七，容色華麗，固稱愜之極。然其眉間常帖一花子，雖沐浴閒處，未嘗暫去。歲餘，固訝之，忽憶昔日奴刀中眉間之說，因逼問之。妻潸然曰：『妾郡守之猶子也，非其女也。疇昔曾宰宋城，終其官，時妾在襁褓，母兄次没。唯一莊在宋城南，與乳母陳氏居，去店近，鬻蔬以給朝夕。陳氏憐小，不忍暫弃。三歲時，抱行市中，爲狂賊所刺。刀痕尚在，故以花子覆之。七八年前，叔從事盧龍，遂得在左右，仁念以爲女嫁君耳。』固曰：『陳氏眇乎？』曰：『然。何以知之？』固曰：『所刺者，固也。』乃曰：『奇也，命也！』因盡言之，相欽逾極。後生男鯤，爲雁門太守，封太原郡太夫人。乃知陰騭之定，不可變也。宋城宰聞之，題其店曰『定婚店』。」

註釋：

①「合婚」，此處指結爲婚姻。

②「契」，此處指婚約。

③「前定」，凡事均爲命中注定。

④「朱陳」，村名，在今江蘇豐縣東南。該村住家僅朱陳二姓，世世代代締結婚姻。唐白居易《白氏長慶集》中有《朱陳村》詩：「徐州古豐縣，有村曰朱陳……一村唯兩姓，世世爲婚姻……」後用爲締結婚姻之詞。

⑤「締結」，訂立；結交。

⑥「分」，緣分。

⑦「夙成」，早成。

⑧「月老」，月下老人。主管世間男女婚姻的神仙。在冥冥之中以紅繩繫男女之足，以定姻緣。因以稱媒人。月老的形象常被塑造成白鬍長鬚，臉泛紅光的慈祥老者，左手持著姻緣簿，右手拄著拐杖。

⑨「宓義」，伏義。古代傳說中的三皇之一。相傳他始畫八卦，教民捕魚畜牧，以充庖厨。又名庖犧、包犧、伏戲、伏犧。

⑩「諧」，撮合。

⑪「伉儷」，音kànglì【鈧力】。夫婦。

⑫「耦」，同「偶」。

⑬「相得」，相配；相稱。

陰陽交錯，難期琴瑟之和鳴①。

如男卜女，遇世陰應陽、世陰財陽者，是陰陽交錯，後主夫妻欺凌，終朝②反目③。

鼎升曰：

古今圖書集成本《卜筮全書．黃金策．婚姻》原解作：「陰陽交錯者，世陰應陽，鬼陰財陽，內陰外陽，皆爲反象。成婚後，必主夫凌妻，妻欺夫，終朝反目，不得和順。若變出財鬼不空，主象安靜，亦可用也。」闡易齋本與談易齋本《卜筮全書．黃金策．婚姻》原解作：「陰陽交錯者，世陰應陽，鬼陰財陽，內陰外陽是，此爲反象。成婚後，必主夫淩妻，妻欺夫，終朝反目，不得和順。若變出財鬼不空，主象安靜，亦可用也。」

註釋：

①「琴瑟之和鳴」，琴瑟和鳴。琴瑟同時彈奏，聲音和諧。比喻夫妻恩愛。

②「終朝」，整天、終日。

③「反目」，謂夫妻不和。泛指翻臉；不和。

內外互搖，定見家庭之撓括①。

占婚姻，卦宜安靜，安靜則家庭雍睦②無爭。若財動則不和公姑③，鬼動則不和妯娌④，父動則不和子姪，兄動則不和妻妾。動加月建日辰，不惟不和，更有刑剋。

註釋：

①「撓括」，雜亂，煩擾。

②「雍睦」，和睦。

③「公姑」，丈夫的父母。亦稱公婆。

④「妯娌」，兄弟之妻相互的稱呼；兄弟的妻子的合稱。

六合則易而且吉，六冲則難而又凶。

六合卦，一陰一陽配合成象，世應相生，六爻相合，占者得之，必主易成而又吉；六冲卦非純陰則純陽也，其象猶二女同居、兩男並處，志必不合，占者得之，必主難成，總成亦不利。

陰而陽，陽而陰，偏利牽絲①之舉。

世與用宜陽，反陰；應與財宜陰，反陽：占娶妻多不利，惟入贅②最吉。

鼎升曰：

據五代後周王仁裕《開元天寶遺事・牽紅絲娶婦》記載：「郭元振少時，美風姿，有才藝。宰相張嘉正欲納為壻。元振曰：『知公門下有女五人，未知孰陋。事不可倉卒，更待忖之。』張曰：『吾女各有姿色，即不知誰是匹偶。以子風骨奇秀，非常人也。吾欲令五女各持一絲，幔前使子取便牽之，得者為婚。』元振欣然從命，遂牽一紅絲線，得第三女，大有姿色，後果然隨夫貴達也。」

註釋：

①「牽絲」，唐宰相張嘉正欲納郭元振爲婿，因命五女各持一紅絲線於幔後，露線頭於外，使郭牽其一，郭牽得第三女。後因以「牽絲」比喻擇婿、選妻或締結婚姻。

②「入贅」，男子結婚後，住進女家，成爲女家的成員，子女亦從母姓。「贅」，音zhuì【墜】。入贅或招贅；贅婿。

世合應，應合世，終成種玉①之緣。

男家卜，世爲男家，應爲女家，若得相合，是兩願之象，必主易成，後亦吉利。

鼎升曰：

據晉干寶《搜神記．楊伯雍》記載：「楊公伯雍，雒陽縣人也，本以儈賣為業，性篤孝。父母亡，葬無終山，遂家焉。山高八十里，上無水，公汲水作義漿於坂頭，行者皆飲之。三年，有一人就飲，以一斗石子與之，使至高平好地有石處種之，云：『玉當生其中。』楊公未娶，又語云：『汝後當得好婦。』語畢，不見。乃種其石。數歲，時時往視，見玉子生石上，人莫知也。有徐氏者，右北平著姓，女甚有行，時人求，多不許。公乃試求徐氏，徐氏笑以為狂，因戲云：『得白璧一雙來，當聽為婚。』公至所種玉田中，得白璧五雙，以聘。徐氏大驚，遂以女妻公。天子聞而異之，拜為大夫。乃於種玉處四角作大石柱，各一丈，中央一頃地名曰『玉田』。」

註釋：

①「種玉」，楊伯雍遇仙人，貽贈石子，種於田中而獲璧，遂以爲聘，而得徐氏爲妻。後因以「種玉」比喻締結婚姻。

欲求庚帖①，豈宜應動應空；若論聘儀②，安可世蛇世弟？

欲求庚帖，須得應爻安靜，生合世爻者，必然允諾；若應爻發動，或空或沖，皆主不允。世臨蛇弟，主男家慳吝③，禮必不多；應爻臨之，主女家妝奩④澹泊⑤。如旺動，主剋妻也。

註釋：

①「庚帖」，舊俗訂婚時男女雙方交換的寫有姓名、生辰八字、籍貫、祖宗三代等的

帖子。以其載有年庚（生辰八字），故名。也叫八字帖。

②「聘儀」，此處指訂婚時所備的財禮。

③「慳吝」，音qiānlìn【千藺】。吝嗇。

④「妝奩」，嫁妝。「奩」，音lián【聯】。古代盛梳妝用品的器具；陪嫁的衣物等。

⑤「澹泊」，此處指嫁妝不多。

應生世，悅服①成親；世剋應，用強②劫③娶。

應爻生合世爻，主女家貪求其男，則易成；若世爻生合應爻，主男家貪求其女。如旺世剋衰應，乃恃④富歁貧，用強劫娶也。

鼎升曰：

原解中「恃富歁貧」當爲「恃富欺貧」之誤，以其形近而誤。古今圖書集成本《卜筮全書．黃金策．婚姻》原解作：「應爻生合世爻，主女家貪男家之象，必易成；不然，是女家先來求親也。若世刑尅應爻，男家必不早來求其女。世旺應衰，乃恃富欺貧，用强刼娶也。若世臨鬼及螣蛇，而財爻得時旺相、青龍得地者，必因其女有姿色，而欲設謀以娶之也。世臨元武兄弟，必因其家乏財償債，欲謀納其女也。應動或旺，以旺動斷。」

註釋：

①「悅服」，心悅誠服。

②「用强」，吳語中指強迫、使用暴力。

③「劫」，威逼；脅迫；搶奪；強取。

④「恃」，依賴；憑藉。

如日合而世應比和，因人成事。

世應比和，得日辰合世應者，或間爻動來合世應者，是賴①媒人之力也。

註釋：

①「賴」，依賴，依靠。

若父動而子孫墓絶，爲嗣求婚。

若因無子而娶，遇父旺動，或子孫墓絶，主無子息①。父持身世者亦然。

註釋：

①「子息」，子嗣，兒子；泛指兒女。

財官動合，先私而後公①。

夫占，以財爲婦。世與動合，是必先通②後娶；財與世爻動合亦然。財爻動與旁爻合，與他人有情；財遇合多亦然。

鼎升曰：

古今圖書集成本《卜筮全書．黃金策．婚姻》原解作：「凡婚，以官爲夫，財爲婦。兩爻俱動相合，必是先通後娶；若遇衝尅，外人已知；若臨元武，則眼去眉來，未通情意。本人自占，而財與世爻動合者，亦然。財爻若與旁爻作合，與他人有情。財遇合多，而化出子孫，必是妓家，蓋化子有從良之象也。」

註釋：

①「先私而後公」，此處指在明媒正娶前已有私情。

②「通」，此處指通姦。

世應化空，始成而終悔。

世動生合應爻，男家願成；應動生合世爻，女家願嫁：皆易成之象。但怕變入空亡，必有退悔之意也。

六合而動象刑傷，必多破阻；世冲而日辰扶助，當有吹噓①。

世應逢生主吉，若遇動爻日辰冲剋，兩邊必有阻隔難成；世應冲剋本凶，若遇動爻日辰生合，兩邊必有吹噓可成。要知吹噓破阻之人，依五類推之，如父母爲伯叔尊長類，外宮他卦以外人而言。

註釋：

①「吹噓」，吹捧、稱揚。

鬼剋世爻，果信綠牎①之難嫁；用合身位，方知綺席②之易婚。

如鬼煞剋世，不獨不願爲婚，更防禍殃；如用神生合世位，不但易成，後必恩愛。

鼎升曰：

《卜筮全書·黃金策·婚姻》原條文作：「鬼尅飛爻，果信綠牎之難嫁；官合財位，方知綺席之易婚。」原解作：「飛爻卽世爻。大凡女占男，最不宜鬼爻刑尅世爻，亦不宜應爻尅世，皆主不成：蓋女占男，以世爲女家，應爲男家故也。如遇此象，主男家不願爲婚，所以難嫁。

若他有制，我有扶，而大象又吉，亦可成，然其家終是無意于我也。若得官生合世爻，或合財爻，或應爻生合世，方主易成。」

註釋：

①「綠牕」，貧家女居室的代稱；泛指一般婦女的居室。「牕」，音chuāng【瘡】。同「窗」。

②「綺席」，華麗的席具。古人稱坐臥之鋪墊用具爲席。

財鬼如無刑害，夫妻定主和諧。

財鬼刑冲剋害，夫妻必然不睦。如無此象，到老和諧。

文書若動當權，子嗣必然蕭索①。

父母旺動，子孫旬空反可得子，至子孫出空之年，亦難免剋；若不空，現受其傷，主無子息。

註釋：

①「蕭索」，衰敗、不景氣。

若在一宮，當有通家之好①；若加三合，曾叨②會面之親。

世應生合比和，財鬼又同一宮，是親上親也；不帶三合，雖親未認；若帶三合，必曾會過矣。

註釋：

①「通家之好」，兩家交情深厚，像一家人一樣。此處指原爲親戚，現又再結姻親。

②「叨」，音tāo【掏】。承受。

如逢財鬼空亡，乃婚姻之大忌；苟遇陰陽得位，實天命①之所關②。

夫卜女以財爻，女卜夫以鬼爻，爲占婚姻之用神也，若値空亡，必不吉利。然不可執法推財空妻失，鬼空夫亡；蓋男占女以財爲主，鬼空不妨；女占男以鬼爲主，財空不妨。如父母伯叔卜子姪女婚姻，必要看子孫爻何如；若兄占弟婚，必看兄弟爻；遇吉則吉，逢凶則凶。當從用神斷，不可一槩而言之也。

鼎升曰：

古今圖書集成本《卜筮全書．黃金策．婚姻》原解作：「財鬼二爻，占婚姻之用神，若値空亡，必不吉利。《天元賦》曰：『財空妻失，鬼空夫亡。』然不可執法推。蓋男占女，以財爲主，鬼空不妨；女占男，以鬼爲主，財空不妨：要在用神無損害耳。若財鬼空亡，而干支相合，世應相生，陰陽得位者，此實姻緣不過半世衾枕，不能偕老，非夫妻刑尅故也，乃天命所在耳；逢衝遇尅謂避空，反不慮，但主其一生該虛設衾枕，或半生在外仕宦工商之類。」

註釋：

①「天命」，此處指由天主宰的命運。

②「關」，牽涉、連繫。

應財世鬼，終須夫唱婦隨①；應鬼世財，不免夫權妻奪。

世持鬼，應持財，如男自占，是陰陽得位之象，必然夫秉男權②，妻操婦道③，能夫唱于前，婦隨于後；若應持鬼，世持財，是陰陽失位也，必然夫權妻奪，惟贅壻④反吉。

註釋：

①「夫唱婦隨」，妻子唯夫命是從，處處順從丈夫。比喻夫婦相處和睦融洽。「唱」，倡導；發起。

②「男權」，指男子在家庭、社會中的支配性特權。

③「婦道」，爲婦之道。舊多指貞節、孝敬、卑順、勤謹而言。

④「贅壻」，男子結婚後，住進女家，成爲女家的成員，子女亦從母姓。「贅」，音zhuì【墜】。入贅或招贅；贅婿。

妯娌不和，只爲官爻發動；翁姑不睦，定因妻位交重。

夫①占婚，以兄爲妯娌，父爲翁姑。卦有官動則剋兄弟，主妯娌不和。有財動則剋父母，主公姑不睦：若旺而無制，父爻衰弱，不能敵，與親有刑剋也。

註釋：

①「夫」，音fú【符】。發語詞，用在句首，表提示作用。

父合財爻，異日有新臺①之行；世臨妻位，他時無就養②之心。

占婚，遇財父二爻帶玄武動合者，有翁淫子媳之事；若財臨世身，玄武不動合者，其婦必不善事③公姑。

鼎升曰：

《詩經·國風·邶·新臺》詩曰：「新臺有泚，河水瀰瀰。燕婉之求，籧篨不鮮！/新臺有洒，河水浼浼。燕婉之求，籧篨不殄！/魚網之設，鴻則離之。燕婉之求，得此戚施！」今人陳子展《詩經直解》謂：「今按：《新臺》，刺衛宣公強娶其子伋妻齊女之詩。蓋出民間歌手。」

註釋：

①「新臺」，《詩經・國風・邶》篇名。春秋時，衛宣公爲兒子伋娶齊女，聞其貌美，欲自娶，遂於河邊築新臺，將齊女截留，「國人惡之，而作是詩也」。新臺故址在今河南濮陽。後用以喻不正當的翁媳關係。

②「就養」，侍奉。

③「事」，侍奉。

空鬼伏財，必是望門之寡婦；動財值虎，定然帶服[1]之嫠娘[2]。

卦中財爻伏于空鬼之下，其女先曾受聘[3]，未婚夫死，俗謂之「望門寡」；若加白虎發動，則是已嫁而夫死帶孝。若鬼伏財下不空者，必是有夫婦女；如被日辰動爻提起，刑剋世爻者，後防爭訟。

鼎升曰：

原條文中「嫠」，原本作「婺」。「婺」，同「傲」，當誤。闡易齋本與談易齋本《卜筮全書・黃金策・婚姻》俱作「婺」。今從古今圖書集成本《卜筮全書・黃金策・婚姻》改。

註釋：

①「服」，喪事、居喪期間。

②「嫠娘」，寡婦。「嫠」，音lí【梨】。寡婦。

③「受聘」，定親時女方接受男方的聘禮。

世應俱空，難遂百年之連理①。

世空自不欲成，應空彼不欲成。勉強若成，終不遂意。

註釋：

①「連理」，兩棵樹的枝葉連生在一起。因以比喻夫妻。

財官疊見，重爲一度之新人①。

男占女，卦有兩財；女占男，卦有兩鬼：必是再續②再嫁，重爲一度新人。兩鬼發動，必有兩家爭娶。鬼伏財下，男必有妻在家；財伏鬼下，女必有夫在身。鬼不空，而動爻日辰冲剋妻財，必是生離③改嫁。

鼎升曰：

《卜筮全書．黃金策．婚姻》原解作：「男占女，卦有兩財；女占男，卦有兩鬼：必是斷絃再續，重爲一度新人。兩財皆無損，必一正一偏；若一旺一空，則前妻已喪。兩鬼發動，必有兩家爭娶；如一旺一空，則前夫已亡。若鬼伏財下，男必有妻在家；財伏鬼下，女必有夫在身。鬼不空，而動爻日辰衝尅妻財，必是生離改嫁；世尅鬼，而動爻日辰生合妻財，必是逐壻嫁女。」

註釋：

①「新人」，新郎新娘。

②「續」，男子再娶。

③「生離」，生時與親友的難以再見的別離。此處指解除婚姻關係。

夫若才能①，官位占長生之地；妻如醜拙②，財爻落墓庫之鄉。

要知男女情性容貌，財鬼二爻取之。旺者身肥，衰者弱瘦。加虎蛇勾陳玄武，屬土火，貌醜；如青龍，屬木金，貌美。衰而有扶，醜有才能；旺而入墓，美偏愚拙。

鼎升曰：

《卜筮全書．黃金策．婚姻》原解作：「要知男女情性容貌，財鬼二爻取之。凡遇月令旺，身必肥；日時旺，貌必美。月令衰，身必瘦；日時衰，貌必醜。月令旺，日時衰者，身肥而貌不揚；月令衰，日時旺，身瘦而貌必美。衰而有扶，醜而才能；旺而入墓，雖美而愚拙。惟觀性情，男以鬼斷，女以財推。」

註釋：

①「才能」，有才智能力的人。

②「醜拙」，醜陋笨拙。

命旺則榮華①可擬②，時衰則發達③難期。

命者，卽求卜人之本命爻是也。旺衰二字，古註以四季論之，謬矣！倘木命人擇于春季占，必發達乎？豈富貴貧賤，由人自取耶？予之屢驗者，惟本命爻臨財福青龍貴人等吉宿，或遇日辰動爻生扶拱合者，固榮華有日；如命臨兄鬼白虎等凶神，或遇日辰動爻刑冲剋害者，固發達無期。

如命臨父母，主好技藝；若加青龍，主好《詩》、《禮》④。臨兄弟，則愛賭好費⑤。臨財福，必善作家⑥。臨官鬼帶凶神，主疾病官刑；不加凶神乃公門⑦人役⑧；帶貴人則貴。學者宜以類推。

鼎升曰：

《卜筮全書．黃金策．婚姻》原解作：「命卽男女生命。生旺有炁，必有榮華之日；休囚死絕，必無發達之期。若財旺命衰，其妻貌雖美，而命則平常；鬼衰命旺，其夫雖愚蠢，而衣食豐足。命臨父母，必好技藝；加青龍，則是好詩書也。臨兄，則好賭博，好使錢，不好學。臨官，喜迎官府。臨財福，必善作家。看其現與不現，及五行生尅、六神動靜推之。」

註釋：

①「榮華」，榮耀；顯貴。

②「擬」，揣度，推測。

③「發達」，顯達；騰達；發跡。

④「《詩》、《禮》」，《詩經》和《三禮》（《儀禮》、《周禮》和《禮記》）。泛指儒家經典。因以比喻讀書人。

⑤「費」，花費；耗費；用錢多。

⑥「作家」，治家，過日子。

⑦「公門」，舊稱政府官署；古稱國君之外門。

⑧「人役」，僕役；奴婢。差役，差人。服勞役的人。

財化財，一舉兩得①；鬼化鬼，四覆三番②。

占婚，遇財化進神，有婢僕同來，謂之「贈嫁③」；遇沖，終必走失④。財化子，有兒女帶來，謂之「他有名」；逢空，雖來不壽⑤。如化退神逢沖，日後必背⑥夫改嫁，或退母家⑦。大抵鬼化鬼，不論進退神，凡事反覆不定。

鼎升曰：

原解中「他有名」，《卜筮正宗·婚姻》諸本如此，疑爲「帶幼聘」之誤，以其音近而誤。《卜筮全書·黃金策·婚姻》原解中作「帶幼聘」。

又吳語中有「拖油瓶」一詞，指婦女改嫁時帶去的與前夫生的子女，「他有名」與「帶幼聘」，或俱爲「拖油瓶」的諧音、隱晦之詞。

註釋：

①「一舉兩得」，做一件事同時得到兩方面好處。

②「四覆三番」，「三、四」，指次數之多；「番覆」，反復。變化無常或反復多次。

③「贈嫁」，出嫁時，娘家贈送的物品或陪侍。此處特指陪嫁的婢僕。

④「走失」，逃走；逃失。

⑤「不壽」，活得歲數小；夭折。

⑥「背」，棄去；離開。

⑦「退母家」，舊時指丈夫把妻子趕回娘家，斷絕夫妻關係。

兄動而爻臨玄武，須防劫騙之謀。

兄弟臨玄武螣蛇，來刑冲身世者，須防其中奸詐，設計騙財。若世應生合，陰陽得位，亦必大費①而可成。

註釋：

①「大費」，巨大的耗費、損失；大的費用。

應空而卦伏文書，未有執盟①之主。

父母爲主婚人，若不上卦或落空亡，必無主婚。如卦身臨財，乃其婦自作主張②。

鼎升曰：

《卜筮全書．黃金策．婚姻》原解作：「父母爲主婚人。若不上卦，或落空亡，必無主婚，恐其婦自作主張。不然，主其事必難成就和合也。」

註釋：

①「執盟」，謂充當盟主；領導。此處指主婚人。

②「自作主張」，自己出主意，作決定。

兩父齊興，必有爭盟之象；雙官俱動，斯爲競娶之端。

卦中動變，見有兩重父母，主有兩人主婚，不然主兩家庚帖。若兩鬼俱動，則有兩家爭婚多變。若卦中見有父化官、官化父，或父官皆動，恐有爭訟之患。兄臨朱雀動，必有口舌。

日逢父合，已期合巹①於三星②。

日辰與父爻作合，或日辰自帶文書，主成婚日期已選定矣。

鼎升曰：

《詩經．國風．唐．綢繆》詩曰：「綢繆束薪，三星在天。今夕何夕，見此良人？子兮子兮，如此良人何！／綢繆束芻，三星在隅。今夕何夕，見此邂逅？子兮子兮，如此邂逅何！／綢繆束楚，三星在戶。今夕何夕，見此粲者？子兮子兮，如此粲者何！」

男女待禮而成，若薪芻待人事而後束也。三星在天，可以嫁娶矣。」

據漢毛亨《毛詩故訓傳》對「綢繆束薪，三星在天」的註釋：「綢繆束薪，興也。綢繆，猶纏綿也。三星，參也。在天，謂始見東方也。

註釋：

①「合巹」，合巹。古代婚禮中的一種儀式。剖一瓠瓜爲兩瓢，新婚夫婦各執一瓢，斟酒以飲。後多以「合巹」代指成婚。「巹」，音jǐn【緊】。同「巹」。古代婚禮用的禮器。其制破瓠瓜爲瓢，名「巹」。

②「三星」，三星在天。指新婚。語出《詩經·國風·唐·綢繆》：「綢繆束薪，三星在天。」

世獲財生，終得粧①奩於百兩②。

凡占粧奩，當看財爻。若財爻生合世爻，又得日辰動爻扶助，必有粧奩；如臨勾陳，必有奩田③。

註釋：

①「粧」，「妝」的異體字。

②「百兩」，古時車凡兩輪，故以兩計數。百兩，即百輛車。特指結婚時所用的車輛。因以借指出嫁。亦泛言車輛多。

③「奩田」，以田地爲女兒的嫁妝；陪嫁的田產。

欲通媒妁①，須論間爻。

占庚帖，以間爻爲媒人。如獨指媒人占，又非間爻論，必以應爻爲媒妁是也。

註釋：

①「媒妁」，說合婚姻的人。「媒」，謂謀合二姓者；「妁」，謂斟酌二姓者。一說男方曰「媒」，女方曰「妁」。「妁」，音shuò【朔】。

應或相生，乃女家之瓜葛①；世如相合，必男室之葭莩②。

間爻與世生合，言我家親；與應生合，言彼家親；與世應俱生合，兩家皆有親也。旺相新親，休囚舊眷。本宮至親，他宮外親。

註釋：

①「瓜葛」，瓜與葛。皆蔓生植物。比喻輾轉相連的親戚關係或社會關係。

②「葭莩」，音jiāfú【家扶】。蘆葦中的薄膜。比喻關係疏遠的親戚。也代稱新的親戚。

先觀卦象之陰陽，則男女可決。

陽男媒，陰女媒，以衰動旺靜取之是也。

鼎升曰：

古今圖書集成本《卜筮全書．黃金策．婚姻》原解作：「陽男媒，陰女媒。或問：間爻有二陰二陽，當以何爻爲主？以衰旺動靜取之。又問：衰爻動，旺爻靜，則如何？以動者定之。又問：兩爻皆旺或皆衰，又將何以定之？以衝動者定之。若又無衝，以生合扶起者定之。或一旺一空，以不空者定之。又不遇空，則以長生訣法定之。務歸于一，則不雜亂。」闡易齋本與談易齋本《卜筮全書．黃金策．婚姻》原解作：「陽男媒，陰女媒。或問：爻有二，當以何爻爲主？以衰旺動靜取之。又問：衰爻動，旺爻靜，則如何？則動者是也。又問：兩爻皆旺或皆衰，又將何以定之？以衝動者定之。若又無衝，以生合扶起者定之。或一旺一空，以不空者定之。又不遇空，則以長生訣法定之。務歸于一，則不雜亂。」

次看卦爻之動靜，則老幼堪推。

交重二爻，或衰弱者，是老年人；单拆二爻，或旺相者，是少年人。

論貧富，當究身命；決美惡，可驗性情。

男問婦，看財爻；女問夫，看鬼爻。女問男家，男問女家，皆看應爻。若應旺財衰，女家雖富，女貌不揚。餘類推。

雀值兄臨，慣在其中得利。

間爻如值螣蛇朱雀及兄弟者，其人慣賴媒妁獲利。

世應沖合，浼①他出以爲媒。

間爻安靜，被世應沖合起，及日辰沖併起者，其人無心作伐②，必央③他説合也。間爻自動者，勿如此斷。

註釋：

①「浼」，音měi【美】。同「浼」。請託，請求。

②「作伐」，作媒。語出《詩經·國風·豳·伐柯》：「伐柯如何？匪斧不克。取妻如何？匪媒不得。」

③「央」，請求；懇求。

兩間同發，定多月老以爭盟；二間俱空，必無通好①以爲禮。

兩間俱動，必有兩媒；或動出兩鬼，主有爭競爲媒：須看衰旺及有制無制，可知那個執權②。

鼎升曰：

《卜筮全書．黃金策．婚姻》原條文作：「兩兄同發，定多月老以爭盟；二間俱空，必無通好以爲禮。」古今圖書集成本原解作：「兩間俱動，必有兩媒；臨兄，或兄化兄，或動出兩鬼，主有爭競為媒：須看空亡衰旺，及有制無制，可知那個執權。若間爻安靜，俱在空亡，必無媒人通好；若空動而化出兄鬼，或臨兄鬼空動者，乃是媒欲謝禮，作鬼不來，非無媒也。」

註釋：

①「通好」，關係密切的人。往來交好；結交。

②「執權」，掌握權柄。此處指哪個媒人爲主。

世應不和，仗氷言①而通好。

世應相冲相剋，若得間爻生合動世動應，須賴媒人兩邊說合方成。

鼎升曰：

據《晉書．藝術列傳》記載：「索紞字叔徹，敦煌人也。少遊京師，受業太學，博綜經籍，遂爲通儒。明陰陽天文，善術數占候。司徒辟，除郎中，知中國將亂，避世而歸。鄉人從紞占問吉凶，門中如市，紞曰：『攻乎異端，戒在害己；無爲多事，多事多患。』遂詭言虛說，無驗乃止。惟以占夢爲無悔吝，乃不逆問者。」「孝廉令狐策夢立冰上，與冰下人語。紞曰：『冰上爲陽，冰下爲陰，陰陽事也。士如歸妻，迨冰未泮，婚姻事也。君在冰上與冰下人語，爲陽語陰，媒介事也。君當爲人作媒，冰泮而婚成。』策曰：『老夫耄矣，不爲媒也。』會太守田豹因策爲子求鄉人張公徵女，仲春而成婚焉。」後因稱媒人爲冰人，媒人的話爲冰言。

註釋：

①「氷言」，媒人的話。「氷」，同「冰」。

間爻受剋，總綺語①亦無從。

欲求親，必得應爻生合間爻，必然聽信媒言；如間爻反被應爻沖剋，雖甜言②亦不從。

註釋：

①「綺語」，纖婉言情之辭；華美的語句。

②「甜言」，美言；好話。

財官冲剋，反招就裏①愆尤②。

間爻若被日辰動爻或財官冲剋，其媒必然取怨于兩家。世爻剋冲，男家有怨；應爻剋冲，女家有怨。

註釋：

①「就裏」，個中；內中。

②「愆尤」，過失，罪咎。「愆」，音qiān【謙】。罪過，過失；違背，違失；喪失，失掉。

世應生扶，必得其中厚惠①。

間爻遇世應日辰帶財福生合，其媒必有兩家酬貺②。旺相多，休囚少。世旺，男家多；應旺，女家多。

註釋：

①「厚惠」，價值昂貴的禮物。

②「貺」，音kuàng【況】。賜給；賜與。賜贈之物。

一卦吉凶，須察精微委曲①；百年夫婦，方知到底團圞②。

鼎升曰：

闡易齋本與談易齋本《卜筮全書・黃金策・婚姻》原條文作：「一卦吉凶，細察精微委曲；百年夫婦，方知到底團圞。」古今圖書集成本《卜筮全書・黃金策・婚姻》原條文作：「一卦吉凶，細察精微委曲；百年夫婦，方知到底團圓。」

註釋：

①「委曲」，隱晦曲折。

②「團圞」，團聚。「圞」，音luán【巒】。圓。

此章惟論男卜女婚，女卜男姻之意。今術家①不辨其詳，凡擇壻、擇媳、嫁妹、娶嫂，竟不以用神斷，槩以官爲夫，財爲婦，大誤於人。況章內有云「妯娌不合，只爲官爻發動；翁姑不睦，定因妻位交重」，此二句可證矣！學者當憑用神吉凶推斷，不可槩論財官是也。

註釋：

①「術家」，此處指操占驗、陰陽等方術的人。

產育 附老娘①、乳母②

註釋：

①「老娘」，接生婆。

②「乳母」，專司授乳及看護幼兒的僕婦。

首出渾沌①，判②乾坤而生人物；繼興太昊③，制嫁娶以合夫妻。迄今④數千百年，化生⑤不絕；雖至幾億萬世⑥，絡繹⑦無窮。蓋得陰陽交感⑧，方能胎孕相生。先看子孫，便知男女：陽爲男子，掌中探見一枝新；陰是女兒，門右喜看弧帨設⑨。子孫爲占產用神。旺相單重爲陽爻，是男；休囚交拆爲陰爻，是女也。

鼎升曰：

原條文中「一枝新」當爲「一珠新」之誤，以其音近、不諳典故而誤。原條文中「陽爲男子，掌中探見一枝新；陰是女兒，門右喜看弧帨設」句，古今圖書集成本《卜筮全書·黃金策·產育》作「陽爲男子，掌中探見新珠；陰是女兒，門右喜看設帨」，闡易齋本與談易齋本《卜筮全書・黃金策・產育》作「陽爲男子，掌中探見一珠新；陰是女兒，門右喜看弧帨設」。

據清仇兆鰲《杜詩詳註》記載，杜甫有詩《戲作寄上漢中王二首》：「雲裏不聞雙雁過，掌中貪看【其下小註：吳作見】一珠新。秋風嫋嫋吹江漢，只在他鄉何處人。／謝安舟楫風還起，梁苑池臺雪欲飛。杳杳東山攜妓去，泠泠修竹待王歸。」其後對「掌中貪看一珠新」句的註釋爲：「《三輔決錄》：孔融見韋元將、仲將，與其父書曰：『不意雙珠，生於老蚌。』傅玄詩：『昔君視我，如掌中珠。』江淹《傷愛子賦》：『痛掌珠之愛子。』庾信《傷心賦》：『掌中珠碎。』」杜甫原詩與註釋中「珠」俱指兒子。

又此條文後，《卜筮全書・黃金策・產育》另有一條文：「或更反兆，徒勞鞠育於三年；若遇化空，枉受胚胎于十月。」原解作：「反兆者，占得生男卦，反生女；占得生女卦，反生男是也：皆主不壽。子孫化入空亡者，亦不育。」

註釋：

①「渾沌」，傳說中天地未形成時，元氣不分、模糊不清的狀態。亦作「混沌」。

②「判」，分裂；分開。

③「太昊」，伏羲。

④「迄今」，至今；到現在。

⑤「化生」，化育生長；變化產生。

⑥「幾億萬世」，極言年代的久長。

⑦「絡繹」，前後相連，繼續不斷。「繹」，音yì【譯】。抽絲；連續不斷。

⑧「交感」，互相感應；性交。

⑨「弧帨設」，古禮，生男則掛木弓於門左，生女則掛佩巾於門右。語出《禮記·內則》：「子生，男子設弧於門左，女子設帨於門右。」「弧」，音hú【狐】。木弓。「帨」，音shuì【睡】。佩巾。

主星生旺，當生俊秀之肥兒；命曜休囚，必產委靡①之弱子。

子孫生旺，子必肥大，異日主俊秀不凡；休囚無氣，子必弱小，異日主委靡不振②。

註釋：

①「委靡」，頹喪，不振作。

②「不振」，不振作，不興旺。

如無福德，莫究胎爻。

用神不出現，查伏于何爻之下，當以伏神吉凶斷之是也。

鼎升曰：

《卜筮全書・黃金策・產育》原條文作：「如無福德，當究胎爻。」原解作：「剖決固以子孫爲主，若卦無子孫，當尋胎爻定之：如乾兌宮卦，子孫屬水，胎在午，則午爲胎爻。故卦有子孫，則不論胎；或無子孫，又無胎爻，則以第二爻斷之。」

雙胎雙福必雙生，一剋一刑終一夢。

卦有兩重子孫爻，又有兩重胎爻，總不發動，亦主雙生。若子化子，又見胎化胎者，如化退神，主雙胎不收①。陰陽動靜，可定男女：一動一靜，一陰一陽，主一男一女類。卦無子，若胎爻又被月建日辰動爻刑剋，大凶之兆。一場春夢②，言其子必亡也。子孫衰弱受剋者，亦然。

註釋：

①「收」，獲得；得到。生育。

②「一場春夢」，本喻世事無常，轉眼成空。後亦喻幻想破滅。「春夢」，指春天雖

易睡，而夢境亦容易醒。

胎臨官鬼，懷姙①便有採薪憂②；財化子孫，分娩③卽當勿藥喜④。

鬼臨胎爻，主孕婦有疾；或財化福爻，則分娩安泰。

鼎升曰：

《卜筮全書·黄金策·產育》原條文作：「胎臨官鬼，懷胎便有採薪憂；財化子孫，分娩卽當勿藥喜。」

註釋：

①「姙」，音rèn【韌】。同「妊」。懷孕。

②「採薪憂」，採薪之憂。身患疾病，不能外出打柴。語出《孟子·公孫丑章句下》：「昔者有王命，有采薪之憂，不能造朝。」後因以「採薪之憂」指患病。

③「分娩」，生孩子。

④「勿藥喜」，不須服藥即能痊癒。語出《周易·无妄》：「九五，无妄之疾，勿藥有喜。」

妻財一位，喜見扶持；胎福二爻，怕逢傷害。

夫占妻，財爲產母①，胎爲胞胎②，福爲兒女。三者皆喜月建日辰動爻生扶合助，則產母安，胞胎穩，子易養。若見刑冲剋害，產母多災，胞胎不安，生子難養；如化入死墓空絕，亦然。

註釋：

①「產母」，產婦；生母。

②「胞胎」，娘胎；孕育。

虎作血神，値子交重胎已破①。

白虎爲血神，若臨子孫，或臨胎爻發動，其胎已破。臨財動亦然。

註釋：

①「胎已破」，孕婦羊膜破裂羊水流出的現象，發生在妊娠足月陣痛開始之後。若妊娠尚未足月之前即發生破水，則易造成早產或難產。

龍爲喜氣，遇胎發動日將臨。

占產以青龍爲喜，若在胎福財爻上動者，生期已速，必然當日臨盆①也。

註釋：

①「臨盆」，婦女分娩。舊時分娩坐於盆中，故稱。

福遇龍空胎動，乃墮胎[1]虛[2]喜。

福臨青龍，空亡受制，又見胎爻發動，或被日辰動爻冲動者，乃墮胎虛喜。

註釋：

①「墮胎」，胎兒墮落；流產。

②「虛」，同「虗」。

官當虎動福空，乃半產[1]空娠[2]。

白虎臨官發動，或臨財化官，或臨鬼動空化空，或被冲散者，當小產[3]，其子不育之象。

鼎升曰：

古今圖書集成本《卜筮全書．黃金策．產育》原解作：「白虎臨官發動，或臨財、動化官，而子孫空亡，或伏，或動空化空，或被衝散者，當小產。臨月占卦，乃是其子不育之象也。」

註釋：

①「半產」，流產。通稱小產或小月。

②「空娠」，假孕。多爲精神因素或早期自發流產的宮外孕引起。「娠」，音shēn【

深】。懷孕。

③「小產」，懷孕不足月而流產。

福已動而日又冲胎，兒必預①生於膝下②。

福神發動，而日辰冲胎者，其子已生膝下矣。

註釋：

①「預」，事前、事先。

②「膝下」，膝蓋底下；父母的身邊。

福被傷而胎仍化鬼，子當⿰骨屈死於腹中。

子孫墓絶，又被月日動爻刑冲剋害者，大凶。或胎臨官鬼，或動化鬼，必是死胎。如財爻受傷，防母子有難。

鼎升曰：

原條文中「⿰骨屈」，音義不詳，疑爲產前已在子宮內死亡的畸形或踡縮的胎兒之意。古今圖書集成本《卜筮全書・黃金策・產育》作「⿰山骨」。音dū【嘟】。一種鳥，古人認爲它的鳴叫聲可以預知吉凶；又同「窟」，泛指洞穴。闡易齋本與談易齋本《卜筮全書・黃金策・產育》俱作「⿰骨屈」。

兄動兮，不利其妻；父興兮，難爲厥①子。

兄動則剋妻財，父動則剋子孫。如夫卜妻産，見兄動則産母不安，見父動則難爲厥子。

註釋：

①「厥」，代詞。其。起指示作用。

用在空亡逢惡煞，何妨坐草①之虞。

父爻發動，本爲剋子，如福爻有月建日辰生扶，或避空不受剋，故云無慮。

註釋：

①「坐草」，婦女臨産；分娩。古代産婦臨産時，或坐於草蓐上分娩，故稱。

妻臨玄武入陰宮，果應夢蘭①之兆。

巽離坤兌四宮屬陰，如財子二爻皆居此象，必生女。如財臨玄武，或與玄武應爻旁爻作合，是野合②得孕。

鼎升曰：

古今圖書集成本《卜筮全書·黃金策·産育》原解作：「巽離坤兌

四宮，財爻臨元武，或與元武作合，必僕婢所生：旺相必是淫婦；休囚有吉神救助，只主出身微賤，非淫亂之婦。」

據《左傳》記載，魯宣公姬佞三年【公元前606年，乙卯年】，「冬，鄭穆公卒。初，鄭文公有賤妾曰燕姞，夢天使與己蘭，曰：『余爲伯儵。余，而祖也。以是爲而子。以蘭有國香，人服媚之如是。』既而文公見之，與之蘭而御之。辭曰：『妾不才，幸而有子，將不信，敢徵蘭乎？』公曰：『諾。』生穆公，名之曰蘭」。

註釋：

①「夢蘭」，春秋鄭文公妾夢蘭而生穆公。後因稱婦人懷孕。

②「野合」，不合禮儀的婚配；男女私通；絕經後再孕者。

剋世剋身，誕生日迫。

得子孫胎爻沖剋身世，生期已速，當以日時斷之。

不沖不發，產日時遲。

胎福不動，又無暗沖者，必然遲緩。須待沖月日時，可分娩也。

胎福齊興官父合，臨產難生。

胎福二爻發動，本主易生，若被官鬼父母動爻合住，或日辰合住，皆主臨產難生。待冲破日時，方得分娩。

子財皆絕日辰扶，將危有救。

如遇子財二爻在墓絕之地，固凶，若得日辰動爻生扶，此乃將危有救之兆。

間合間生，全賴收生①之力。

老娘收生，以間爻推之。若動而生合財爻，必得老娘收生之力。

註釋：

①「收生」，此處指爲產婦接生。

官空官伏，定然遺腹之兒①。

如旁人及孕婦來占，遇卦無官鬼，或在真空墓絕之處，主產婦之丈夫已死，是遺腹子也。如官爻伏而旺相，有提拔者，其父遠出，乃背生兒②也。

註釋：

①「遺腹之兒」，指懷孕婦人於丈夫亡故後所生的子女。

②「背生兒」，生而未見其父的子女。

遊魂卦官鬼空亡，乃背爹落地。

卦遇遊魂，官鬼值空，若非過月①，定主其夫出外而產，謂之「背生」也。若其夫自占，勿論官爻，以世爻言之：如世爻空遇遊魂，主出門後生產。

註釋：

①「過月」，懷孕的時間超過正常所需月份。

發動爻父兄刑害，必攜子歸泉①。

父兄爻若當權旺相，動來刑剋妻財子孫，而財福二爻又無救助者，主母子俱亾②。

註釋：

①「歸泉」，歸於黃泉。謂人死。「黃泉」，在漢字文化圈中是指人死後所居住的地方。打井至深時地下水呈黃色，又人死後埋於地下，故古人以地極深處黃泉地帶爲

人死後居住的地下世界，也就是陰曹地府。

②「亾」，同「亡」。

官化福，胎前多病；財化鬼，產後多灾。

鬼化出子孫，主胎前有病；財化官鬼，恐產後多灾。

鼎升曰：

《卜筮全書·黄金策·產育》原條文作：「官化福，胎前多病；財化官，產後多灾。」

三合成兄兒缺乳，六冲遇子婦安然①。

卦有三合，成兄弟局者，生子必然乳少；夫占更防剋妻。若得福神發動，或安靜得日辰冲動，則財有生氣，所以產母安然也。

註釋：

①「安然」，平安；安安穩穩地。

應若逢空，外家①無催生之禮物②。

以應爲外家，若逢空，必無催生禮物。

註釋：

①「外家」，女子出嫁後稱娘家爲外家。

②「催生之禮物」，母家在女兒將分娩時，送到婿家的禮物。

世如值弟，自家絕調理之肥甘①。兄值世衰，則家貧而少將息②，產婦必難强健。

註釋：

①「肥甘」，肥美的食品。

②「將息」，調養休息。

陽福會青龍，無異桂庭①之秀子②；陰孫非月建，何殊③桃洞之仙姬④？

子孫臨月建青龍，或月建帶青龍生合子孫者，必是男喜，後主俊秀聰明；如子孫爻不是月建日辰，又無月建日辰生之，臨陰象陰爻者，必是女。

鼎升曰：

古今圖書集成本《卜筮全書．黃金策．產育》原條文作：「陽福助青龍，無異桂庭之秀子；陰孫扶月建，何殊桃洞之仙姬？」原解作：「子臨月建青龍，或月建帶青龍生合子孫者，不拘男女，皆主俊秀聰明；子孫墓絕，或帶刑害，或加虎蛇，或受衝尅，或化兄鬼，皆主醜陋不肖。」

據魯迅《古小說鉤沈》引南朝宋劉義慶《幽明錄》：「漢明帝永平五年【公元62年，壬戌年】，剡縣劉晨、阮肇共入天台山取穀皮，迷不得返，經十三日，糧食乏盡，飢餒殆死。遙望山上有一桃樹，大有子實，而絕巖邃澗，永無登路。攀援藤葛，乃得至上。各噉數枚，而飢止體充。復下山，持杯取水，欲盥漱，見蕪菁葉從山腹流出，甚鮮新，復一杯流出，有胡麻飯糝，相謂曰：『此知去人徑不遠。』便共沒水，逆流二三里，得度山出一大溪，溪邊有二女子，姿質妙絕，見二人持杯出，便笑曰：『劉、阮二郎，捉向所失流杯來。』晨、肇既不識之，緣二女便呼其姓，如似有舊，乃相見忻喜。問：『來何晚邪？』因邀還家。其家銅瓦屋，南壁及東壁下各有一大牀，皆施絳羅帳，帳角懸鈴，金銀交錯，牀頭各有十侍婢，敕云：『劉、阮二郎，經涉山岨，向雖得瓊實，猶尚虛弊，可速作食。』食胡麻飯、山羊脯、牛肉，甚甘美。食畢行酒，有一羣女來，各持五三桃子，笑而言：『賀汝壻來。』酒酣作樂，劉、阮忻怖交并。至暮，令各就一帳宿，女往就之，言聲清婉，令人忘憂。十日後欲求還去，女云：『君已來是，宿福所牽，何復欲還邪？』遂停半年。氣候草木是春時，百鳥啼鳴，更懷悲思，求歸甚苦。女曰：『罪牽君當可如何？』遂呼前來女子有三四十人，集會奏樂，共送劉、阮，指示還路。既出，親舊零落，邑屋改異，無復相識。問訊得七世孫，傳聞上世入山，迷不得歸。至晉【孝武帝】太元八年【公元383年，癸未年】，忽復去，不知何所。」

又據清錢泳《履園叢話．古蹟．桃源洞》記載：「桃源洞在天台縣北二十里十四都護國寺之東，相傳漢永平【漢明帝刘莊年號】中劉晨、阮肇遇仙于此。攢峯疊嶂，左右回環，中有一澗，隨山曲折，水窮道盡，則有一洞潛通山足，仰頭一望，但見諸峯插天，殆非人境。【清宣宗】道光五年【公元1825年，乙酉年】九月，余以重修先世會稽郡王墓時過桃源，真奇境也。」

註釋：

①「桂庭」，官場。

②「秀子」，稱心的兒子；聰明的兒子。

③「殊」，不同；差異。

④「桃洞之仙姬」，相傳東漢時，劉晨、阮肇在浙江天台山採藥迷路，誤入桃源洞，遇見兩個仙女，被邀至家中半年後回家，子孫已過七代。後因以「桃源洞」指男女幽會的仙境。「桃洞」，桃源洞。「仙姬」，仙女；借指美女。

若卜有孕無孕，須詳胎伏胎飛。

凡占胎孕有無，耑①取胎爻爲主，不看子孫。如卦中六爻上下，目下無及年月日時皆無胎爻者，俱主無孕；卦中有動爻化出者，目下無胎，後必有胎。惟遇胎爻出現，便爲有胎。

鼎升曰：

《卜筮全書·黃金策·產育》原解作：「凡占胎孕有無，專取胎爻爲主，不看子孫。如卦中六爻上下，及年月日時，皆無胎爻者，雖有子孫，亦爲無孕；卦中雖無動爻，有化出者，眼下無胎，後必有胎。惟遇胎爻出現旺動，便爲有胎。若卦無胎，子孫又空，乃是命中所招，必無子。」

註釋：

①「耑」，音zhuān【磚】。同「專」。

出現空亡，將衃而復散；交重化絶，既孕而不成。

衃，音肧①，凝血也。衃者，陽精陰血，凝聚成胎之謂。蓋未成形曰衃，已成形曰孕。胎爻出現，如遇空亡，主雖有胎，不能成形而散；若得發動，其胎已成，惟怕變入墓絶，則胎孕雖至成形，不能產育，是亦不成而已矣。

註釋：

①「肧」，同「胚」。

姅必逢官，妉①須遇虎。

姅，音半，孕傷也：胎臨官，或被官爻月建日辰刑冲剋害，皆主胎孕有傷。娠婦既孕，月事②又通，曰妉：若未及月，胎臨白虎，必是漏胎③；如遇煞冲，或發動化鬼者，必小產。

註釋：

①「妉」，音dān【丹】。同「媅」。安樂。

②「月事」，月經。

③「漏胎」，中醫指懷孕婦女子宮流血的病症。

帶令星而獲助，存沒咸安。

凡胎爻旺相，又有生合扶助，不臨官鬼父母及空亡者，其胎必成。臨陽爻，則生子易養。

鼎升曰：

闡易齋本與談易齋本《卜筮全書·黃金策·產育》原解作：「凡占胎孕，胎爻旺相，又有生合扶助，不臨官鬼父母及空亡者，其胎必成。更陽爻則生子，生有養，死有祀，所以『存沒咸安』。」

有陰地而無傷，緩急非益。

胎爻臨陰，休囚而得月建日辰動爻生合，再無凶神刑剋者，其胎亦成，但生女，故曰「緩急非益」也。

如逢玄武，暗裏成胎；若遇文書，此前無子。

胎臨玄武，所受之胎非夫妻正受[1]也；若臨父，主此前未曾有子，今始成胎也。

註釋：

① 「正受」，受胎時，其生父母具備合法的婚姻關係。

孕形於內，祇[1]因土併勾陳；胎隱於中，端[2]爲迎龍合德。

胎臨勾陳，懷胎顯露。胎臨青龍，其胎不露；更逢三合六合，必隱。

註釋：

①「祇」，音zhī【之】。只；僅。

②「端」，全；都。

若問收生之婦，休將兩間而推；如占代養之娘，須以一財而斷。

如占胎產，以卦中間爻爲老娘也。今人獨占老娘，吉凶槩以間爻論者，則失于理矣。故凡單占老娘及乳母，俱以妻財一爻爲用神，不可又以間爻推之是也。

鼎升曰：

古今圖書集成本《卜筮全書・黃金策・產育》原條文作：「若問收生之婦，休將兩間而推；如占代養之娘，惟憑一財而斷。」

又此條文後，《卜筮全書・黃金策・產育》另有一條文：「刑衝剋害，福德要防；死墓絕空，財身宜避。」原解作：「凡占老娘、乳母，雖以財爻爲主，然亦重子孫，蓋子孫生扶財故也。若被日辰月建動爻刑衝尅害，則子必見傷，雖財爻有氣，亦不可用。若子孫不受傷尅，而自居死墓空絕之地，則主老娘無手段、乳母不濟事；化入者亦然。」

兄動兮手低①，乳母須防盜物。

兄弟發動，占老娘乳母，則主此婦見財起意②；又主貪食；臨玄武必濫③。

鼎升曰：

古今圖書集成本《卜筮全書．黃金策．產育》原解作：「兄弟發動，占老娘，決然本事必低；占乳母，則主此婦貪財愛物，見財起意；又主貪食；亦非貞潔，又加元武，必淫。若財爻自動，化出兄弟，或臨卦身，依此斷之。」闡易齋本與談易齋本《卜筮全書．黃金策．產育》原解作：「兄弟發動，占老娘，決然本事必低；占乳母，則主此婦貪財愛物，見財起意；又主貪食；亦非貞潔，又加玄武，必濫。若財爻自動，化出兄爻，或臨卦身，依此斷之。」

註釋：

①「手低」，能力低；執行能力差。

②「見財起意」，見人錢財，動起歹念。
③「濫」，此處指淫亂、放蕩。

父興兮乳少，老娘竊恐傷胎。
父母發動加刑害，兒必爲其所害，切不可用。如占乳母，亦然。

子孫發動乳多，手叚更高能①。
子孫旺相發動，不受制伏，生扶財爻，老娘手叚必高，乳母必主乳多也。

鼎升曰：
原條文與原解中兩處「叚」，當爲「段」之誤，以其形近而誤。古今圖書集成本與闡易齋本《卜筮全書·黃金策·產育》原條文作：「子孫發動多乳，手段更高能。」談易齋本《卜筮全書·黃金策·產育》原條文作：「子孫發動多乳，手叚更高能。」

註釋：
①「高能」，才幹勝人。

兄鬼交重禍甚，事機猶反覆。

官鬼發動，必有禍患：不傷身世，雖凶亦淺；一遭剋害，禍不可言。

鼎升曰：

《卜筮全書．黃金策．產育》原條文作「官鬼發動多災，事機猶反覆。」原解作：「官鬼發動，必有禍患：不傷身世，雖凶亦淺；一遭刑害，禍不可言。如兩官皆發動、鬼化鬼、兄化兄、或官兄亂動，必主大凶：占乳母，反覆難成；雖成，必有口舌後患。」

財合福爻，善能調護①；身生子位，理會維持②。

卦身與財合子孫最吉：占老娘，慣能救死回生；占乳母，主其婦善撫小兒，乳亦必多也。

註釋：

①「調護」，調養、護理；營救、保護。

②「維持」，維護；保護。

如逢相剋相冲，決見多灾多咎。

子孫被財與卦身刑冲剋害，最忌，兒亦必被其所害。

進人口

獨夫①處世②，休言無子卽忘情；君子治家③，難道一身兼作僕？必須便嬖，乃足使令於前④；若不螟蛉⑤，焉繼宗支⑥於後？

老而無子曰「獨」，過繼⑦他人之子曰「螟蛉」，如《詩》所謂「螟蛉有子，蜾蠃⑧負之」是也。

鼎升曰：

《詩經．小雅．節南山之什．小宛》詩曰：「宛彼鳴鳩，翰飛戾天。我心憂傷，念昔先人。明發不寐，有懷二人。／人之齊聖，飲酒溫克。彼昏不知，壹醉日富。各敬爾儀，天命不又。／中原有菽，庶民采之。螟蛉有子，蜾蠃負之。教誨爾子，式穀似之！／題彼脊令！載飛載鳴。我日斯邁，而月斯征。夙興夜寐，毋忝爾所生！／交交桑扈，率場食粟。哀我塡寡，宜岸宜獄？握粟出卜，自何能穀？／溫溫恭人，如集于木！惴惴小心，如臨于谷！戰戰兢兢，如履薄冰！」

註釋：

①「獨夫」，獨身的男子；年老無妻者。

②「處世」，待人接物，應付世情。

③「治家」，持家；管理家事。

④「必須便嬖，乃足使令於前」，語出《孟子·梁惠王章句上》：「爲肥甘不足於口與？輕煖不足於體與？抑爲采色不足視於目與？聲音不足聽於耳與？便嬖不足使令於前與？王之諸臣皆足以供之，而王豈爲是哉？」「便嬖」，音piánbì【跰蔽】。會說諂媚的話而受寵信的人；泛指在身邊供使喚的人或幫閑者。「使令」，供使喚的人，泛指奴婢僕從；差遣，使喚。

⑤「螟蛉」，螟蛾的幼蟲。泛指棉蛉蟲、菜粉蝶等多種鱗翅目昆蟲的幼蟲。蜾蠃常捕螟蛉喂它的幼蟲，古人誤認爲蜾蠃養螟蛉爲己子。後因以爲養子的代稱。

⑥「宗支」，同宗族的支派。

⑦「過繼」，自己沒有兒子而以兄弟、親戚或他人之子爲後嗣。

⑧「蜾蠃」，音guǒluǒ【裹裸】。寄生蜂的一種。亦名蒲盧。腰細，體青黑色，長約半寸，以泥土築巢於樹枝或壁上，捕捉螟蛉等害蟲，爲其幼蟲的食物，古人誤以爲收養螟蛉。

須別來占，方知主用。

過繼小兒，以子孫爲主；買妾婢僮僕，及收留迷失之人，皆以財爲主；若窩藏①有難之人，則看其人與我如何相識，若朋友以兄弟爲主，尊長以父母爲主，婦人以妻財爲主類。

註釋：

①「窩藏」，藏匿犯人、贓物。

用不宜動，動必難留。

用爻發動，其人難託。若遇遊魂或化入遊魂，異日主逃竄①；若來生合世爻，不致連累②。

註釋：

①「逃竄」，奔逃流竄，避往他處。

②「連累」，因事拖連別人，使別人受到損害。

主不可傷，傷須夭折①。

主象衰弱，而被日辰動爻乘旺來刑傷剋害，更無解救者，必然夭折。

註釋：

①「夭折」，短命早死。

衰入墓中，擬定①委靡不振；旺臨世上，決然②幹蠱③有成。

用爻入墓，其人性慵懶；衰弱無氣空絕，主委糜不振；若得旺相臨身持世，或生合世爻者，乃大吉兆也。

註釋：

①「擬定」，一定。

②「決然」，一定、必然。

③「幹蠱」，幹父之蠱。兒子能繼承父親之志，或蓋過父親的過失。語出《周易・蠱》：「初六，幹父之蠱，有子，考无咎，厲終吉。」

動化空亡，有始無終之輩；蛇合官鬼，多謀少德之人。

用爻發動，變入空亡，主其人有頭無尾。若臨螣蛇，動合官鬼，其人雖多謀，然奸詐不實；婦人不貞潔。

臨玄武而化兄爻，門戶須防出入①；遇青龍而連福德，貲②財可付經營。

用臨玄武，動化兄弟，主其人貪財好色，莫用出入；用臨青龍，動化子孫生合世爻，主其人至誠忠厚，托以財物則守而不失，使之經營則利歸于主。

註釋：

①「出入」，此處指往來。

②「貲」，音zī【滋】。通「資」。貨物，錢財。

若逢太過及空亡，反主少誠兼懶惰。

卦中用爻見有三四重，或旬空者，皆主其人暗藏機巧①，反覆不實。

鼎升曰：

古今圖書集成本《卜筮全書·黃金策·進人口》原解作：「卦中用爻，有三四重太過，或主象又化主象，皆主其人暗藏機巧，反覆不實，且臨事不宜向前。若主象空亡，亦主是懶。」闡易齋本與談易齋本《卜筮全書·黃金策·進人口》原解作：「卦中用爻，有三四重太過，或主象又化主象，皆主其人暗藏機巧，反覆不實，且又事不宜向前。若主象空亡，亦是懶徒。決斷人物，已在前，此又補不足耳。」

註釋：

①「機巧」，此處指機謀詭詐。

用爻生合世爻，必得其力；主象剋冲身象，難服其心。

用爻生合世爻，其人可用，凡有事幹，必然用心。大怕合處逢冲。

財化子，攜子偕[①]來；世合身，終身寵用[②]。

凡占妻婢，財爻化出子孫，有小兒帶來；若動財生合世爻，而化子反來刑剋者，其婢可使，子必頑劣[③]。卦身一爻，占事爲事之體，占人爲人之身，若遇世爻生合，主其人必得寵用。

註釋：

①「偕」，俱；同。

②「寵用」，寵愛。

③「頑劣」，愚頑且惡劣。

受動變之傷，向後[①]終難稱意；得日月之助，他時定見如心[②]。

月建日辰動爻剋世，其人不可用；世爻衰，必被其害。若得變動日月生扶合助，然後爲吉也。

註釋：

①「向後」，後面；以後；往後。

②「如心」，稱心，如意。

世與卦身，以和爲貴。

世身二爻，相合相生比和爲吉，相剋相沖刑害爲凶。

兄同官鬼，惟靜爲佳。

兄動爲破財口舌，官動爲禍患疾病，故二爻皆不宜動。靜必稱意。

兄鬼交重，誠恐①將來成訟；三合絆住，須知此去徒勞②。

兄與官爻發動，或官與文書互變，主日後興詞成訟③；縱遇合住，日後亦成徒勞之事也。

鼎升曰：

古今圖書集成本《卜筮全書·黃金策·進人口》原解作：「兄官或交變，或俱動，或從文書化出，皆主爭論紛紜，而至於成訟則已。若自三合六合絆住動爻，必有人阻當，雖欲興詞，終不成訟。欲知何人阻住，以合住之爻斷之。」

註釋：

①「誠恐」，唯恐。

②「徒勞」，空自勞苦，白費心力。

③「興詞成訟」，寫狀詞打官司。「興詞」，撰寫並呈遞狀詞。「成訟」，雙方爭執，尋求訴訟。

若在間爻，乃是牙人①作鬼。

買賣交易，以間爻爲牙行②人，若臨兄弟官鬼發動，必是牙人作鬼爲謀。

註釋：

①「牙人」，居於買賣雙方之間，從中撮合，以獲取佣金的人。

②「牙行」，協助買賣雙方成交，從中抽取佣金的個人或商號。

如居空地，不過賣主爭財。

官鬼一爻空動，而與應爻相合，必賣主、牙人作鬼論財。

卦象兩官兩父，須知事係兩頭。

卦中父母官鬼俱有兩爻，恐重疊交易。

兄鬼一動一沖，切莫財交一手①。

卦遇應爻剋世，而兄官發動，須防設謀誑騙。

註釋：

①「一手」，此處指與人直接交易，而無中間人或證人。

應生世，他來就我；世生應，我去求人。

占買僱奴婢托人等事，以應爲主：如生合世，是他來就我，成事最易；若世生應，我去求他，成事難也。

和合易成，最怕日辰沖破。

如得應來生合世爻，凡事易成。若是合處逢沖剋壞，主有人破阻。要知何等人，以破合之爻定之。

相沖難就，偏宜動象生扶。

世應相沖相剋，凡事難成。若得動爻日辰生扶合助，必有貴人維持，事亦可成。

兄爻發動，爲詐爲虛；卦象亂興，多更多變。

兄弟爲反覆不定之神。亂動則事不定，故多更變。

六爻無父，定無主①契②之人。

以父母爲文書、主契之人。若六爻皆無父母，必無主契之人；若動爻變出者，則旁邊有人作主。

註釋：

①「主」，主持；掌管。

②「契」，雙方或多方共同協議訂立的條款、文書。

兩間俱空，未有作中①之子。

間爻爲媒中②，如空，須浼人居間。

鼎升曰：

古今圖書集成本《卜筮全書·黃金策·進人口》原解作：「間爻空亡，必無媒人。空亡而逢衝，必須央倩作媒：世衝，我去央他；應衝，彼去央他。動而空亡，其人假意推託，非眞無心做也。」闡易齋本與談易齋本《卜筮全書．黃金策．進人口》原解作：「間爻空亡，必無媒人。空亡而逢衝，必須央浼作媒：世衝，我去央他；應衝，彼去央他。動而空亡，其人假意推託，非眞無心做也。」

註釋：

①「作中」，充當交易、借貸等關係中的中間證明人。

②「媒中」，媒人、中間人。

世獲間生，喜媒人之護向①。

間爻生世合世，媒人必然向我：如臨子孫，卽係子姪輩人也。

註釋：

①「護向」，偏袒，袒護。

生扶弟出，防賣主之合謀。

若兄鬼動剋世爻，而應爻又來刑沖剋害我者，則是間來生合，假意合謀，非真心也。

鼎升曰：

《卜筮全書·黃金策·進人口》原條文作：「生扶弟出，防喜生之合謀。」古今圖書集成本《卜筮全書·黃金策·進人口》原解作：「大抵間爻生合世爻，若卦中凶神不動，則是媒人誠心向我，無他意也。若兄鬼螣蛇元武動尅世，而應爻又來衝刑我者，則是間來生合，假意合謀，非眞心也。空動亦非眞心。若臨兄弟動化官，或臨父官兄，其言必不可信。」

父化兄，契虛事假。

凡遇父母化兄弟者，決主事體不真，文契不實。卦無父母，而從兄弟化出者，亦然。

兄持世，財散人離。

兄弟持世，必然徒費錢財，事亦干①眾；一應②托人買婢不得力。更帶凶神旺動，必主人離財散。

註釋：

①「干」，關涉；招惹；干涉。

②「一應」，此處指或者應驗在（托人買婢不得力）。

應若空亡，我欲成交徒費力；世如發動，彼來謀合亦難成。

應空則他意難同，世動則自多更變，故不成也。

弟因財乏，鬼必疑心。

兄弟持世者，必因資財欠缺；鬼爻持世，則自心多疑，或進退不定：故難成也。

四覆三番，事機不定；千變萬化，卦象無常。能求不見之形，自喻未來之事。

凡占收留遺失子女，最怕鬼臨玄武發動，必是盜賊；用臨玄武，或化出鬼爻亦然：刑剋世爻，必被其害。

鼎升曰：

《卜筮全書．黃金策．進人口》原條文作：「四覆三番，事機不定；千變萬化，卦象無常。能求不見之數，自喻未來之事。」

卜筮正宗卷之六終

卜筮正宗卷之七

古吳洞庭西山王維德洪緒註
壬午舉人弟　需遵時　參訂
吳　庠　鍾　英子燦
蔡　鑑升明
門　人　謝朝柱巨材　同較
任用淵潛菴
男其龍雲客
其章琢軒
後　學　李凡丁鼎升校註

病症

鼎升曰：《卜筮全書·黃金策》中本章名爲「《疾病》」。

人孰無常①？疾病無常；事孰爲大？死生爲大。

凡占病症，以官爻爲輕重。得病根由，獨發之爻亦可推之。

註釋：

①「無常」，世間一切事物不能久住，都處於生滅變異之中；變化不定；人死的婉詞。

火屬心經①，發熱咽乾口燥；水歸腎部，惡寒②盜汗③遺精④；金肺木肝；土乃病侵脾胃。衰輕旺重，動則煎迫⑤身軀。

鬼爻屬火，心經受病，其症必發熱、咽乾、口燥類；屬水，腎經⑥受病，其症必惡寒、盜汗，或遺精白濁⑦類；屬金，肺經⑧受病，其症必咳嗽、虛怯⑨，或氣喘痰多類；屬木，肝經⑩受病，其症必感冒風寒，或四肢不和⑪類；屬土，脾經⑫受病，其症必虛黃⑬浮腫⑭，或時氣⑮瘟疫⑯類。若鬼爻衰弱則病輕，旺相則病重。安靜則安臥，發動則煩躁之類也。

鼎升曰：

據《黃帝內經．素問．至真要大論》記載：「帝曰：願聞病機何如？歧伯曰：諸風掉眩，皆屬於肝。諸寒收引，皆屬於腎。諸氣膹鬱，皆屬於肺。諸濕腫滿，皆屬於脾。諸熱瞀瘛，皆屬於火。諸痛癢瘡，皆屬於心。諸厥固泄，皆屬於下。諸痿喘嘔，皆屬於上。諸禁鼓慄，如喪神守，皆屬於火。諸痙項強，皆屬於濕。諸逆衝上，皆屬於火。諸脹腹大，皆屬於熱。諸躁狂越，皆屬於火。諸暴強直，皆屬於風。諸病有聲，鼓之如鼓，皆屬於熱。諸病胕腫，疼酸驚駭，皆屬於火。諸轉反戾，水液渾濁，皆屬於熱。諸病水液，澄澈清冷，皆屬於寒。諸嘔吐酸，暴注下迫，皆屬於熱。」

又此條文後，《卜筮全書．黃金策．疾病》另有一條文：「若在坎宮中滿，血虛兼濕毒；如當離卦內虛，眼赤及尿黃。」原解作：「坎象中滿，故主中滿；離象中虛，故主內虛。然坎宮屬水，火鬼主血虛，水鬼主濕毒；離宮屬火，或火官主眼赤，水鬼主尿黃。」

註釋：

①「心經」，手少陰心經。正經十二條之一。本經有病時，主要有心痛、口渴、咽乾、目黃、脅痛等症狀和病症，以及在本經循行部位的局部症狀。《黃帝內經．靈樞．經脈》：「心手少陰之脈，起于心中，出屬心系，下膈絡小腸；其支者，從心系上挾咽，繫目系；其直者，復從心系却上肺，下出腋下，下循臑內後廉，行太陰、心主之後，下肘內，循臂內後廉，抵掌後銳骨之端，入掌內後廉，循小指之內出其端。」「經」，經脈。正經十二條，分手三陰經（手太陰肺經、手厥陰心包經、手少陰心經）、手三陽經（手陽明大腸經、手少陽三焦經、手太陽小腸經）、

足三陰經（足太陰脾經、足厥陰肝經、足少陰腎經）、足三陽經（足陽明胃經、足少陽膽經、足太陽膀胱經）；奇經八條，分督脈、任脈、衝脈、带脈、陰維脈、陽維脈、陰蹻脈、陽蹻脈。正經十二條是氣血運行的主要通道，奇經八條統率、聯絡、調節正經十二條。

②「惡寒」，中醫稱怕冷的症狀。有外感惡寒和內傷惡寒兩類。

③「盜汗」，中醫指睡中汗出、醒時即止的病症。

④「遺精」，中醫學根據有夢無夢，將遺精分爲兩類：因思偶心切，妄想不遂，夢中與人交會而流精，稱夢遺或夢失精；夜間無夢，甚至白日清醒時精液自行流出，或見色流精的，稱滑精，又稱滑泄。

⑤「煎迫」，煎熬逼迫。

⑥「腎經」，足少陰腎經。正經十二條之一。本經有病時，主要有口中熱、舌乾、咽喉病、飢餓而不欲食、羸瘦、咳血、哮喘、心悸、胸痛、煩躁、黄疸、腹瀉、面色暗黑、視物不清、精神痿靡、好睡痿厥等症狀和病症，以及在本經循行部位的局部症狀。《黄帝內經·靈樞·經脈》：「腎足少陰之脈，起于小指之下，邪走足心，出于然谷之下，循內踝之後，別入跟中，以上踹內，出膕內廉，上股內後廉，貫脊屬腎絡膀胱；其直者，從腎上貫肝膈，入肺中，循喉嚨，挾舌本；其支者，從肺出絡心，注胷中。」

⑦「白濁」，小便渾濁色白爲主要症狀的疾患；溺孔常流白色濁物而小便自清的疾患。

⑧「肺經」，手太陰肺經。正經十二條之一。本經有病時，主要有咳嗽、咳血、喘息氣短、口渴、煩躁、胸滿、肩背痛、手心發熱、傷風、自汗、小便頻數、尿黃赤等症狀和病症，以及在本經循行部位的局部症狀。《黃帝內經·靈樞·經脈》：「肺手太陰之脈，起于中焦，下絡大腸，還循胃口，上膈屬肺，從肺系橫出腋下，下循臑內，行少陰心主之前，下肘中，循臂內上骨下廉，入寸口，上魚，循魚際，出大指之端；其支者，從腕後直出次指內廉，出其端。」

⑨「虛怯」，虛損勞傷；勞怯。中醫指凡先天不足，後天失調，病久失養，正氣損傷，久虛不復，所表現的各種虛弱症候的，皆屬虛勞範圍。大都由積漸而成。

⑩「肝經」，足厥陰肝經。正經十二條之一。本經有病時，主要有胸滿、嘔逆、腰痛、下痢、疝氣、遺尿、小便不通、月經不調、子宮出血、口咽乾燥、面色暗晦等症狀和病症，以及在本經循行部位的局部症狀。《黃帝內經·靈樞·經脈》：「肝足厥陰之脈，起于大指叢毛之際，上循足跗上廉，去內踝一寸，上踝八寸，交出太陰之後，上膕內廉，循股陰入毛中，過陰器，抵小腹，挾胃，屬肝絡膽，上貫膈，布脇肋，循喉嚨之後，上入頏顙，連目系，上出額，與督脈會于巔；其支者，從目系下頰裏，環唇內；其支者，復從肝別貫膈，上注肺。」

⑪「不和」，不舒服。

⑫「脾經」，足太陰脾經。正經十二條之一。本經有病時，主要有胃痛、嘔吐、腸炎、腹脹、噫氣、黃疸、水腫、自覺身體沉重、行動困難、不能平臥、舌痛、舌根強直、小便不通等症狀和病症，以及在本經循行部位的局部症狀。《黃帝內經·靈樞·經脈》：「脾足太陰之脈，起於大指之端，循指內側白肉際，過核骨後，上內踝前廉，上踹內，循脛骨後，交出厥陰之前，上膝股內前廉，入腹屬脾絡胃，上膈，挾咽，連舌本，散舌下；其支者，復從胃別上膈，注心中。」

⑬「虛黃」，病證名。多因勞倦太過，氣血兩虛所致。症見口淡，怔忡，耳鳴，脚軟，怠惰無力，寒熱微作，小便濁澀，皮膚雖黃而爪甲如常。

⑭「浮腫」，虛腫、水腫。

⑮「時氣」，因氣候變化而流行的傳染病。

⑯「瘟疫」，又名時行、天行時疫、疫癘、疫。指感疫癘之氣造成的一時一地大流行的急性烈性傳染病。

坤腹乾頭，兌必喉風①咳嗽；艮手震足，巽須癱瘓②腸風③。

鬼在坤宮，腹中有病。火鬼必患腹癰④；水鬼腹中疼痛，動化財，或化水鬼，必患瀉痢⑤；土鬼則是食積⑥癖塊⑦，或沙脹⑧蠱⑨症；木鬼絞腸沙⑩痛，或大腸有病；金鬼脇⑪肋疼痛，在上胸痛，在下腰痛。此鬼在坤宮斷，餘卦類推之。

鼎升曰：

《卜筮全書．黃金策．疾病》原條文作：「坤腹乾頭，兌必喉風咳嗽；艮足震手，巽須癱瘓腸風。」「艮足震手」顯爲「艮手震足」之誤，以其誤用卦象而誤。

註釋：

①「喉風」，中醫上指咽喉發炎、腫痛等病症。

②「癱瘓」，又名癱瘓風。指四肢不用的疾患。多由肝腎虧虛，氣血不足，復因邪氣（如風寒濕熱痰瘀等病邪）侵襲經絡所致。症見四肢痿廢，不能運動，輕則手足雖能活動，但肢節緩弱，必須扶持方能運用。

③「腸風」，以便血爲主症的疾病。後世用其名而含義不一：大腸久積風冷所致的便血；泛指內痔、外痔、舉痔、脫肛、肛瘺出血；因風邪而便純血鮮紅的病症；以濕熱爲主因的下血。

④「腹癰」，發生於腹部皮裏膜外之癰瘡。因飲食不節，七情內傷火鬱而成。初起患部隱痛，後漸腫起於皮外，或漫腫堅硬，肉色不變，或脈遲緊未成膿。「癰」，音yōng【擁】。中醫指惡性膿瘡。

⑤「瀉痢」，中醫指痢疾和腹瀉。

⑥「食積」，中醫指飲食時無節制，引起消化不良，東西停積腸胃的病。症狀有胸腹部脹滿、口有臭味、吐酸水、便秘或腹瀉等。

⑦「癖塊」，泛指腹內腫塊；肝積，表現爲脅下腫物隆起，如倒置之杯，有頭足，長期不愈，並伴有咳嗽、寒熱、脈弦細等症；婦女胞中結塊，伴有或痛或脹或滿或出血者。

⑧「沙脹」，痧脹。以胸腹脹痛爲主症者，多因受寒、濕滯或感受穢濁之邪、山嵐不正之氣等，侵襲或邪傳於腸胃而觸發。吳語中指因中暑而發的急病。

⑨「蠱」，泛指由蟲毒結聚，絡脈瘀塞引起脹滿、積塊的疾患；少腹熱痛，溺白濁的病證；房事過度成疾。

⑩「絞腸沙」，絞腸痧。霍亂病的俗稱。中醫指不吐不瀉而有劇烈腹痛者。吳語指霍亂等急腹症。

⑪「脇」，音xié【協】。身軀兩側自腋下至腰上的部分。亦指肋骨。

螣蛇心驚，青龍則酒色①過度；勾陳腫脹，朱雀則言語顛狂②；虎有損傷，女子則血崩③血暈④；玄武憂鬱，男人則陰症⑤陰虛⑥。

螣蛇鬼則坐臥不安，心神不定；青龍鬼則酒色過度，虛弱無力；勾陳鬼胸滿⑦腫脹，脾胃不和；朱雀鬼狂言亂語，身熱面赤；白虎鬼跌打氣悶，傷筋損骨，女人血崩血暈，產後諸症，蓋白虎血神故也；玄武鬼色慾⑧太過，憂悶在心，在本宮主陰虛，化子孫，男子陰症陰虛，蓋玄武暗昧之神故也。斷宜通變。

註釋：

①「酒色」，酒和女色。亦泛指放縱不檢的生活。

②「顛狂」，精神病名。指言語行動失常的病理現象。也指精神病人的狂亂表現。

③「血崩」，婦女經血非時而下，量多勢如山崩。多因勞傷過度，氣虛不能攝制經血，或暴怒傷肝，肝不藏血，以致經血妄行。

④「血暈」，因失血過多而昏厥。

⑤「陰症」，陰證。中醫表、裏、寒、熱、虛、實、陰、陽八綱辨證中，裏、虛、寒證為陰證；正氣虛寒或陰寒內盛之證；外科瘡瘍之見瘡根散漫，皮色黯淡，不紅不腫，不焮熱，不硬不痛者為陰證。

⑥「陰虛」，陰液不足，不能滋潤，不能制陽的證候。多見低熱、手足心熱、午後潮熱、盜汗、口燥咽乾、心煩失眠、頭暈耳鳴、舌紅少苔，脈細數無力等症。「虛」，同「虛」。

⑦「胸滿」，胸部脹滿不適。可因風寒、熱壅、停飲、氣滯、血瘀等所致。

⑧「色慾」，性慾。

鬼伏卦中，病來莫覺；官藏世下，病起如前。

遇官鬼不出現，必隱然得病，不知何由；官鬼伏在世下，必是舊病復發。

若伏妻財，必是傷飢[①]失飽[②]；如藏福德，定然酒醉躭[③]淫。父乃勞傷所致，兄爲氣食相侵。

鬼伏財下，必是傷食[④]，或因財物起因，或因婦女得病；鬼伏子下，必是酒醉過度，或恣行房事[⑤]，夏或過于風凉，冬或多着衷[⑥]帛[⑦]，或過服補藥所致；鬼伏父下，必是勞心勞力，憂慮傷神，或因動土[⑧]所致，或因尊長得病；鬼伏兄下，必因口舌爭競，停食[⑨]感氣[⑩]，或有呪詛[⑪]得病。

鼎升曰：

《卜筮全書．黃金策．疾病》原條文作：「若伏妻財，必是傷飢失飽；如藏福德，必然酒醉躭淫。父乃勞傷所致，兄爲氣食相侵。」

註釋：

①「傷飢」，因飢餓而使身體受到傷害。

②「失飽」，大量吃喝，使身體失調。

③「躭」，玩樂；沉湎。

④「傷食」，中醫上指因暴飲暴食或吃生冷食物，所引起的急性消化不良病症。

⑤「恣行房事」，性生活過度。

⑥「裘」，用毛皮製成的禦寒衣服。

⑦「帛」，音bó【博】。古代絲織物的通稱。

⑧「動土」，刨地。指開始建築。

⑨「停食」，氣機不暢，以致食物停滯而形成的脘悶、噯氣等症狀。

⑩「感氣」，感冒四氣。爲感受風寒暑濕之氣而致的的病證。即春傷風，夏傷暑，秋傷濕，冬傷寒。此四時之正氣病。小兒失其調理，尤易感之，嫩弱之故。

⑪「呪詛」，用惡毒的言語詛罵祈求鬼神降禍他人；念咒語；咒罵。「呪」，同「咒」。

官化官，新舊兩病；鬼化鬼，遷變百端①。

卦中現有官爻，而又變出官爻，主新舊兩病也。又如官爻化進神則病增，化退神則病減。

鼎升曰：

古今圖書集成本《卜筮全書．黄金策．疾病》原解作：「本宮官鬼，仍伏他宮官鬼之下，必是舊病；或因舊病不謹，變生他症；或新舊兩般病。若遇鬼化鬼，其病進退，或有變症，或藥石駁雜，或寒熱不定。」闡易齋本與談易齋本《卜筮全書．黄金策．疾病》原解中「或藥石駁雜」作「或應使駁雜」，當誤。

註釋：

①「百端」，此處指多種多樣。

化出父書在五爻，則途中遇雨；變成兄弟居三位，則房内傷風①。

化出父母，必在修造之處得病；若在五爻屬水，則在途中冒雨②而得也。如化兄弟，必因口舌毆氣③，或是傷食；若在三爻，必房中脱衣露體，感冒風寒。若化子孫，則在僧道寺院，或漁獵游戲。化財傷食，或因妻奴，或因買賣。已上六親化出官鬼爻，亦依此斷。

鼎升曰：

原條文中「父書」當爲「文書」之誤，以其形近而誤。《卜筮全書．黄金策．疾病》原條文作「文書」。

註釋：

①「傷風」，風邪犯表所致的外感輕症；傷寒病太陽中風；感受風邪所致的外感熱病。

②「冒雨」，頂著雨。

③「毆氣」，嘔氣。鬥氣、動氣。

本宮爲在家得病，下必內傷①；他卦爲別處染災，上須外感②。

鬼在本宮，家中得病；在下三爻，必是內傷症候③。官在外宮，外方得病；更在上三爻，必是外感風邪④。上下有鬼，內傷兼外感，症候不一。

註釋：

①「內傷」，中醫上指因身心過勞、飲食不適及七情六慾所導致的病症，相對於外感而言。

②「外感」，中醫上指風寒暑濕等自外侵入的病。

③「症候」，由若干症狀綜合構成的疾病狀態。如發熱、惡寒、頭痛、脈浮等是外感表症的症候。

④「風邪」，中醫上指受風寒暑濕燥火和疫癘之氣等從外侵入人體而感得風寒、風熱、風濕等症。

上實下空，夜輕日重。

鬼在內宮，病必夜重；鬼在外卦，病必日重。若卦有二鬼，一旺一空，或一動一靜，必日輕夜重也。

動生變剋，暮熱朝凉。

凡動爻爲始，變爻爲終。若動爻生扶用爻，而變爻刑剋用爻者，必朝凉暮熱，日輕夜重。動剋變生，反此斷。

水化火，火化水，往來寒熱。

水化火，火化水，不拘鬼爻，但有干犯①主象者，皆是寒熱往來之症。卦有水火二爻俱動，亦然。水旺火衰，寒多熱少；倘水受傷，火得助，則常熱乍②寒也。坎宮火動，內寒外熱；離宮水動，皮寒骨熱：若帶日辰，必是瘧疾③。

註釋：

①「干犯」，冒犯；觸犯；干擾。

②「乍」，突然；忽然。暫時；短暫。

③「瘧疾」，以寒戰、壯熱、頭痛、汗出等症狀定期發作爲臨床特徵的傳染性疾病。多因感受瘧邪，正邪交爭所致。

上沖下，下沖上，內外感傷。

上下有鬼，病必內外兩感：俱動俱靜者，一同受病；二鬼自沖者，適①感而適愈也。

註釋：

①「適」，偶爾、偶然。

火鬼沖財，上臨則嘔逆①多吐。

火性炎上，財為飲食。故占病遇火鬼動剋外財，必是嘔吐，重則反胃②不食③。

鼎升曰：

古今圖書集成本《卜筮全書·黃金策·疾病》原解作：「火性炎上，財為飲食。故占病遇火鬼動尅外財，必是嘔吐，重則番胃不食。若財帶螣蛇，吐內兼蟲；財在間爻，則是消渴易饑之症。」闡易齋本與談易齋本《卜筮全書·黃金策·疾病》原解中「吐內兼蟲」作「吐上兼蟲」。

註釋：

①「嘔逆」，嘔吐。古有將嘔吐區分者，謂聲物俱出為嘔，有物無聲為吐。現一般將

胃內容物經食道口腔吐出者，總稱嘔吐。

②「反胃」，食下良久復出，或隔宿吐出者；食入阻隔，未曾入胃即吐出者。

③「不食」，食慾減退，甚至不欲飲食。

水官化土，下值則小便不通。

水官化出回頭土尅，在本宮初爻，是小便不通，属陰是大便不通；陽宮陰象，陰宮陽象，二便俱不通。若加白虎，陽爻是尿血①，陰爻是瀉血②，白虎血神故也；帶刑害是痔漏症③。

鼎升曰：

古今圖書集成本《卜筮全書·黃金策·疾病》原解作：「水官化出回頭土尅，在本宮內卦，是小便不通，屬陰是大便不通；陽宮陰象，陰宮陽象，二便俱不通。若內卦水尅，動加白虎，陽爻是尿血，陰爻是瀉血，白虎血神故也；帶刑是痔漏。」

註釋：

①「尿血」，血從尿道排出而無疼痛者。

②「瀉血」，參本卷前對「腸風」的註釋。

③「痔漏症」，痔瘡合併肛漏；痔瘡潰爛經久不癒。

若患牙疔①，兌鬼金連火煞。

鬼在兌宮，口中有病。若金鬼化忌神，或忌神化金鬼，必患牙疔；不化忌神則是齒痛。靜鬼逢冲，齒必動搖。

鼎升曰：

《卜筮全書·黃金策·疾病》原解作：「鬼在兌宮，口中病。若金鬼化火，或火化金鬼，必患牙疔；不化火爻，則是齒痛。金鬼逢衝，齒必動搖。」

註釋：

①「牙疔」，牙齦腫起如粟，色紅疼痛，甚至連及腮頰的病證。「疔」，音dīng【叮】。小的毒瘡，堅硬而根深，形如釘狀。

如生脚氣①，震宮土化木星。

鬼在震宮，病在足。加勾陳足必腫，加白虎必折傷破損。土鬼化木，則患脚氣；木鬼酸疼麻木②；水鬼是濕氣；火鬼必生瘡毒③；金鬼是脚骱④膝疼骨痛，或刀刃所傷類。

註釋：

①「脚氣」，中医指两脚软弱无力的病。其證先見腿腳麻木，酸痛，軟弱無力，或攣急，

或腫脹，或萎枯，或發熱，進而入腹攻心，小腹不仁，嘔吐不食，心悸，胸悶，氣喘，神志恍惚，語言錯亂等。

②「麻木」，「麻」，非痛非癢，肌肉內如有蟲行，按之不止，搔之愈甚；「木」，不痛不癢，按之不知，掐之不覺，如木厚之感。由氣血俱虛，經脈失於營養；或氣血凝滯；或寒濕痰瘀留於脈絡所致。

③「瘡毒」，諸瘡毒腫。

④「腳骱」，吳語指腿關節。「骱」，吳語音ga【釓】。吳語指關節（主要指四肢的）。

鬼在離宮，化水，痰火①何疑；官來乾象，變木，頭風②有準。震遇螣蛇仍發動，驚悸③顛狂；艮逢巳午又交重，癰疽④瘡毒。

離宮鬼化水爻，痰火症候，水動化鬼亦然。乾宮鬼化木爻，頭風眩暈，木動變鬼亦然。震在外卦，勿以腳斷，可言其病坐臥不安，心神恍惚，蓋震主動故也；更加螣蛇發動，必是顛狂驚癇⑤之症，小兒乃驚風⑥也；逢沖，則有逾墻上屋之患。艮逢火鬼，必生癰疽，若遇變出土鬼，可言浮腫蠱脹⑦等症。餘可類推。

註釋：

①「痰火」，中醫指無形之火與有形之痰煎熬膠結貯積於肺的病證。平時可無明顯症

狀，如因外邪或飲食內傷等因素則引致發作。其症頗似哮喘，煩熱胸痛，口乾唇燥，痰塊很難咯出等。

②「頭風」，因風寒侵入頭部經絡，或因痰涎風火，阻礙經絡，以致氣血壅滯所致。頭痛的症狀往往日久不癒，時發時止，甚至一觸即發，有的患者更可兼見目眩的症狀。

③「驚悸」，無故自驚恐懼而悸動不寧；因驚而悸；突然心跳欲厥，時作時止。

④「癰疽」，音yōngjū【擁狙】。常見的毒瘡。多由於血液運行不良，毒質淤積而生。大而淺的爲癰，深的爲疽。

⑤「驚癇」，因受驚而得的癇病；小兒癇證因驚而發者；急驚風發作。「癇」，癲癇。通稱羊癇風或羊角風。

⑥「驚風」，中醫上以心病主驚，肝病主風，驚風爲小兒心熱肝盛，觸驚受風而引起的驚厥、抽搐等症狀。分急驚風、慢驚風二類：急驚風指小兒急性癲癇症，患者兩眼直視、手足痙攣及牙關緊閉；慢驚風指小兒常因吐瀉而引起全身痙攣或神智不清，成人亦偶患。

⑦「蠱脹」，臌脹。中醫指由水、氣、瘀血、寄生蟲等引起的腹部膨脹之病。

卦內無財，飲食不納①。

財主飲食。若遇空亡，飲食不納；若不上卦，不思飲食。

註釋：

①「飲食不納」，因生病或情緒不佳以致食慾不振，難以下嚥。

間中有鬼，胸膈①不寬。

世應中間，卽病人胸膈處也，官鬼臨之，必然痞塞②不通：金鬼胸䐐③骨痛，土官飽悶不寬，木鬼心痒嘈雜，水鬼痰飲④填塞，火鬼多是心痛。若化財爻，或財爻化鬼，必是宿食⑤未消，以致胸膈不利。

註釋：

①「胸膈」，亦作「胸鬲」。泛指胸腹。「膈」，膈膜。胸腔和腹腔之間的膜狀肌肉。

②「痞塞」，鬱結，阻滯不通。

③「䐐」，音wèi【胃】。皮。

④「痰飲」，中醫病症痰飲、懸飲、溢飲、支飲之一。指體內過量水液不得輸化、停留或滲注於某一部位而發生的疾病。一般認爲「稠濁者爲痰，清稀者爲飲」。

⑤「宿食」，中醫指積食之症。

鬼絶逢生，病體安而復作。

官鬼逢絶，其病必輕。如遇生扶，謂之絶處逢生，其病必將復作。

世衰入墓，神思①困而不清。

世爻入墓，病必昏沉。旺相有氣，則懶于行動；衰則不言不語，是怕明喜暗，不思飲食，愛眠怕起懶開目。更坐陰宮，必是陰症。用爻入墓、鬼墓臨用、原神入墓，皆依此法斷。

註釋：

①「神思」，吳語指精神、心思。

應鬼合身，纏染①他人之症。

應臨官鬼，刑尅合用爻，必因探訪親友病而纏染也。鬼爻屬土，是時行疫症②。用爻臨應，必然病臥他家。

鼎升曰：

《卜筮全書·黃金策·疾病》原解作：「應臨官鬼，刑尅合世爻，而世爻在交重之位者，必因探訪親友病而纏染也。鬼爻屬土，是時疫。

用爻臨應，必病臥他家。」

註釋：

①「纏染」，傳染。

②「時行疫症」，一時流行的傳染病；在一定季節流行的疾病。

世官傷用，重發舊日之灾。

大抵官爻持世，必然原有病根，傷用必是舊病再發，否則必難脫體①。卦身持鬼，亦是舊病。

註釋：

①「脫體」，此處指病愈。

用受金傷，肢體必然酸痛；主遭木剋，皮骨定見傷殘。火爲仇，則喘欬①之災；水來害，則恍惚之症。

如金動來剋，則木爻受傷，支節②酸痛；木動來剋，則土爻受制，皮骨傷損。餘可類推。

鼎升曰：

《卜筮全書·黃金策·疾病》原解作：「卦中無鬼，以刑衝尅害用爻者斷。如金動來剋，則木爻受傷，支節酸痛；木動來剋，則土爻受制，皮肉傷損。餘可類推。」

註釋：

①「欬」，音kài【愾】。咳嗽。亦作「咳」。

②「支節」，四肢骨節。

空及第三，此病須知腰軟①。

第三爻如值旬空，爲腰軟。或旺相而空，爲腰痛②；不空，而遇動爻日辰官鬼剋沖者，乃閃腰③痛也；動空亦然。鬼在此爻者，亦主腰痛。

註釋：

①「腰軟」，自覺腰部軟弱無力。由濕襲經絡、風襲腰背、房事過度、腎陰不足等引起。

②「腰痛」，腰部疼痛。年高、病久、勞倦過度、情志所傷、房事不節、感邪、外傷等都能引起。

③「閃腰」，腰部急性筋肉扭、挫傷，包括腰椎間盤突出症。多因跌閃、扭挫或搬重物用力不當，傷及腰部及胸椎下段，使經絡氣血鬱閉所致。症見腰部疼痛難忍，不

能俯仰、轉側，局部無紅腫，但有竄痛感。

官傷上六，斯人①當主頭疼。

不惟官鬼剋傷上六而主頭疼，卽如官鬼所臨之處，亦有病也：如官鬼剋間爻，或臨間爻，皆主胸膈不利；忌神亦然。餘可類推。

註釋：

①「斯人」，此人。

財動卦中，非吐則瀉。

財爻動臨上卦主吐，動臨下卦主瀉。若逢合住，則欲吐不吐，欲瀉不瀉。

鼎升曰：

《卜筮全書·黃金策·疾病》原條文作：「財動卦中，不吐則瀉。」

木興世上，非癢卽疼。

寅卯二爻屬木。寅木主痛，卯木主癢。

鼎升曰：

《卜筮全書·黃金策·疾病》原解作：「寅卯二爻屬木。寅木主痛，卯木主癢。若在本宮內卦，又是氣不順也。」

病體

既明症候，當決安危。再把爻神，搜索箇中①之玄妙；重加參攷，方窮就裏②之精微。先看子孫，最喜生扶拱合。

子孫能剋制鬼煞，古人謂「解神」，又名「福德」，占病又爲醫藥。卦中無此，則鬼無制服，藥無效驗，禱神不靈，所以先宜看此。惟占父母丈夫病，不宜子孫發動，動則傷剋夫星，又剋傷父母之原神也。

註釋：

①「箇中」，此中，這當中。

②「就裏」，個中；內中。

次觀主象，怕逢剋害刑沖。

主象，卽用神也，如占夫以官爲用神，占妻以財爲用神類。如遇刑冲剋害，卽病人受病磨折，故怕見之。剋害處若得生扶，必不至死。

世持鬼爻，病總輕而難療。

占自病，怕鬼持世，必難脫體。

身臨福德，勢雖險而堪[1]醫。

月卦身乃一卦之體，子孫臨之，決然無虞，總然病勢凶險，用藥可以痊癒。

鼎升曰：

《卜筮全書·黃金策·病體》原解作：「用爻爲身，乃一卦之體。若得子孫臨之，決然無虞。總然病勢凶險，自可有救；以藥治之，必定痊癒。」

註釋：

①「堪」，可以，能夠。

用壯有扶，切恐太剛則折。

凡用神臨月建，又得日辰生扶拱合，再遇動爻生扶者，乃太剛則折之兆；最怕用神又值日建，必凶。若有日辰動爻刑剋，則不嫌其旺矣，所謂「太過者損之則利」也。

主空無救，須防中道[1]而殂[2]。

非獨指空而言也。凡主象墓絕空破，有救者無妨，無救者必死。救者，生扶拱合也。

鼎升曰：

古今圖書集成本《卜筮全書．黃金策．病體》原解作：「主象若空，占病大忌，必得動爻日辰衝剋，謂之有救。蓋衝空則實，剋空爲用故也。否則必死。」

註釋：

①「中道」，半途；中途。

②「殂」，音cú【徂】。死亡。

祿係妻財，空則不思飲食；壽屬父母，動則反促[1]天年[2]。

占病以妻財爲食祿，卦若無財，或落空亡，乃是「不思飲食」。

父母爻動，占病所忌，以其剋制福神，官煞能肆其虐故也，主服藥無效，故云「反促天年」；占兄弟病，反宜動也。

鼎升曰：

古今圖書集成本《卜筮全書·黃金策·病體》原解作：「占病以妻財爲食祿，父母爲壽命，卦中不可無，宜靜不宜動。若主象遇絕或化絕地，財遇之爲祿絕，父母遇之爲壽絕，大象若凶，此爲死兆。卦若無財或落空亡，乃是不思飲食。父母爻動，占病大忌，以其尅制福神，官殺能肆其虐故也，主服藥不效，禱神不靈，故云『反促天年』。」

註釋：

①「促」，縮短。

②「天年」，自然的壽數。

主象伏藏，定主遷延乎日月①。

用爻不上卦，縱有提拔扶引者，必待其值日出露，或久病必值年值月病方愈，故曰「定主遷延日月」也。

鼎升曰：

古今圖書集成本《卜筮全書·黃金策·病體》原解作：「用爻不上

卦，其病必難安。蓋出現之爻，日辰動爻能生能合；若不上卦，雖有生扶，著于何地？故其占如此，病亦是恍惚朦朧，不爽快之症。」

註釋：

①「遷延乎日月」，拖延時間。

子孫空絕，必乏調理之肥甘①。

子孫固爲藥，又爲酒肉，若臨死絕，或在空亡，或不上卦，病中必無甘肥調理。或日辰或應爻，帶子孫生合用爻者，必有人餽②送食物資養③。

註釋：

①「肥甘」，肥美的食品。

②「餽」，音kuì【愧】。贈送。

③「資養」，供養。

世上鬼臨，不可隨官入墓。

凡占自己病，若世上臨鬼，入墓于日辰，或化入墓庫于爻，固非吉兆；世爻持鬼墓發動者，亦凶。

身臨福德，豈宜父動來傷？
占病以子孫爲解神，身若臨之，大吉之兆。如父母動來剋傷，仍爲不美；如父母有制，無妨。

鬼化長生，日下[1]正當沉重。
鬼爻發動，病勢必重；若鬼化入長生，乃一日重一日之象。

註釋：

①「日下」，目前，目下；即日，當天。

用連鬼煞，目前必見傾危[1]。
連字當作變字解。今術家以用神變出官鬼者，斷其病必死，是以辭害義[2]矣。孰知鬼煞者，是忌神也，「用連鬼煞」，卽指用化回頭剋耳。如用神變回頭剋，而無月日動爻解救者，目前立見其危也。

鼎升曰：

《卜筮全書·黃金策·病體》原解作：「占病，不宜用爻發動，動則病體不安。若又化出鬼爻，謂病人變鬼；卦中更無子孫日辰解救，必死無疑之斷。」

註釋：

①「傾危」，此處指危險。

②「以辭害義」，因拘泥於辭義而誤會或曲解作者的原意。語出《孟子·萬章章句上》：「故說《詩》者，不以文害辭，不以辭害志。」

福化忌爻，病勢增加於小愈①。

子孫發動，制伏官鬼，其病必減；若化父母回頭剋壞子孫，必因病勢少愈，不能謹慎，以致復加沉重。子孫化官爻亦然。

鼎升曰：

古今圖書集成本《卜筮全書·黃金策·病體》原解作：「子孫發動，制伏官鬼，其病必減。若遇化出忌爻，反來傷尅用神者，必因病勢少愈，不能謹慎，以致復加沉重；子孫化官爻，亦然。」闡易齋本與談易齋本《卜筮全書·黃金策·疾病》原解中「反來傷尅用神者」作「及來傷尅用神者」。

註釋：

①「小愈」，病稍痊可。

世擾①兄弟，飲食減省於平時。

兄弟持世，飲食必減，其病亦因多食而得。

鼎升曰：

《卜筮全書・黃金策・病體》原解作：「兄弟持世，飲食必減，其病亦是貪食而得。若不動，又無氣，而卦中財福爻旺者則不然，乃是氣短力弱之症，不易痊可。」

註釋：

①「擾」，擾亂；阻撓。此處指兄弟持世。

用絕逢生，危而有救。

凡用爻逢絕，如得卦中動爻相生，謂之「絕處逢生，凶中回吉」之象，雖危有救。

主衰得助，重亦何妨？

用神不宜太弱，弱則病人體虛力怯難痊。若得日辰動爻生合扶助，最吉，總有十分重病，亦不至死也。

鬼伏空亡，早備衣冠①防不測②。

此兩句，惟言父母官府丈夫病，如遇官爻伏而又空者，須防不測。

鼎升曰：

古今圖書集成本《卜筮全書．黃金策．病體》原解作：「官鬼一爻，固是惡殺，然亦不可無。蓋凡得症因由，症候虛實，疾病安危，鬼神情狀，皆決於此。若不上卦，卽當尋伏，庶可推測。若伏爻又空，其病必不能痊：總有良醫，亦不能達其病源；總有鬼神，亦無叩告之門，天年命盡。若病輕不在此論。」

註釋：

①「衣冠」，此處指生前做好備用的殮衣。

②「不測」，意外或不能預料的禍害。此處指死亡。

日辰帶鬼，亟①爲祈禱②保無虞③。

如日辰帶官鬼，生合世爻或用爻者，當爲祈禱。看其生合者是何等神：如生合青龍父母，是花幡④香願⑤，勾陳則土地⑥城隍⑦，朱雀則香燈⑧口願⑨，螣蛇則百怪⑩驚神⑪，白虎則傷司⑫五道⑬，玄武則玄帝⑭北陰⑮。陽象陽爻是神，陰象陰爻是鬼。今陳⑯大畧⑰，後有《鬼神》章，盡細閱之，照斷方是，切不可妄斷，有費民財。

鼎升曰：

古今圖書集成本《卜筮全書·黃金策·病體》原解作：「日辰帶鬼，生合世爻，世爻看帶何等神，便知得何者爲治：且如帶父母，必須經籙符醮保扶則愈；如帶子孫，必須用藥調理；如帶兄弟，必須戒暴怒，節飲食；如帶財爻，必須好將息；帶官鬼，祈禱鬼神。世持鬼，亦宜先禱，但世鬼是先曾許下，日辰鬼是未曾許下。要知求何神鬼有福力，以日辰推之：如子爲北斗或北陰，或溺死鬼；亥水爲河伯，或刬龍船，蓋亥中有甲木故也。餘倣此。」

註釋：

①「亟」，疾速。與「緩慢」相對。

②「祈禱」，向天地神佛禱告，祈福免災。含有贊美、感謝、告白、請求等意。

③「無虞」，沒有憂患和顧慮。

④「花幡」，佛教道教中用以供奉的彩花和旌旗。「幡」，音fān【翻】。旌旗之總稱。原爲武人在戰場上用以統領軍旅、顯揚軍威之物，佛教則取之以顯示佛菩薩降魔之威德，爲佛菩薩之莊嚴供具。造幡有降魔、延壽等種種福德。

⑤「香願」，對神佛祈求時許下的燒香心願；到廟裏燒香還願。

⑥「土地」，此處指掌管、守護某個地方的神，也稱土地爺或土地老兒，以其造福鄉里，施德萬民，故亦稱爲「福德正神」。古稱「社神」，爲管理一小地面之神，後轉變爲祭祀之神，與地上一切生產物、牲畜、農作物等年豐歲熟有密切關係。相傳善人君子死後可由城隍爺任命爲各地方之土地。

⑦「城隍」，冥界的地方官，職權相當於陽界的市長，產生於古代祭祀而經道教演衍的地方守護神。歷代多有奉祀，至明太祖始大行封賞，稱祇以各府州縣之名，職掌也擴大爲護國安邦、調和風雨、剪凶除惡，並管領死人亡魂等事，而官吏赴任，依例須至城隍廟前宣誓就職，以求庇佑。各地的城隍由不同的人出任，甚至是由當地的老百姓自行選出，選擇的標準大抵是「正直聰明」的歷史人物。而「城隍」本意指城墻和護城河，語出《周易・泰》：「上六，城復于隍，勿用師，自邑告命，貞吝。」古代建國，範土爲城，依城鑿池曰隍，城隍之名，即本於此。

⑧「香燈」，長明燈。通常用琉璃缸盛香油燃點，設於佛像前或死者靈前。

⑨「口願」，對神佛有所祈求，親口許諾給以酬謝。

⑩「百怪」，各種妖精、鬼物；各種怪異、反常的事物與現象。

⑪「驚神」，此處指觸犯神靈；亦指內心震動不安靜。

⑫「傷司」，執役的鬼魂。吳語指小鬼、鬼卒。

⑬「五道」，此處當指陰間的統治神東嶽大帝的屬神「五道將軍」，爲掌管人的生死之神。

⑭「玄帝」，北極玄天上帝。又稱玄帝、北帝、黑帝、真武大帝。其象徵北極星與二十八宿中的北宮玄武，爲統理北方之道教大神，北方在五行之中屬水，能統領所有水族與水上事物（故兼海神），因北方在五色中屬於黑色，又稱黑水帝。玄帝也是明朝鎮邦護國之神、降妖伏魔之神、戰神，明朝曾建立多處由官方祭祀的玄天上帝廟。據說玄帝擁有消災解困、治水禦火、護持武運及延年益壽的神力。一說指北方之帝顓頊；一說指夏禹，禹有治水功，水色黑，故稱。

⑮「北陰」，此處當指「北陰酆都大帝」。酆都的主宰神，爲地獄最高主宰，可保佑生人吉利，維護死者安寧。

⑯「陳」，陳述；述說。

⑰「大畧」，大概；大要。

動化父來冲剋，勞役①堪憂。

卦中父母爻動來冲剋用爻，或用爻動變父母不冲剋者，宜自在②，少勞碌，不然病即反覆，又加沉重矣。

鼎升曰：

古今圖書集成本《卜筮全書．黃金策．病體》原解作：「卦中動爻，化出文書衝尅世爻，宜自在，少勞碌，不然病卽復來，反加沉重；若化財來衝尅，須防食復，更加元武，宜防色復；若化子孫尅衝，被藥誤矣；若化兄弟衝尅，惱氣卽復也。已上若日辰帶刑衝，不可依此斷，可言因此而復加沉重，蓋日辰是鬼在也。」

註釋：

①「勞役」，出勞力以供役使。

②「自在」，安閒自得，身心舒暢。

日加福去生扶，藥醫則愈。

日辰臨子孫，生扶拱合用爻，必得藥力①而愈。

註釋：

①「藥力」，藥物的功效。

身上飛伏雙官，膏肓之疾①。

身者，卦身及用神也。如身爻上已臨官鬼，又他爻動而飛入身上來者，或身之前後夾有官鬼，或用爻前後夾有官鬼，或世上有鬼而身上又有鬼，皆謂之「雙官夾用夾身」，大象不死，亦是沉困②考終③之疾也。卽如占子病吉凶，得恒卦，三五爻皆是官爻，午火子孫居其四爻，鬼之中是也。餘倣此。

註釋：

①「膏肓之疾」，不可醫治的絶症。心尖脂肪爲膏，心臟與膈膜之間爲肓，舊時以爲藥效無法達到。「肓」，音huāng【荒】。

②「沉困」，此處指患有越來越嚴重的疾病。

③「考終」，善終。

命入幽明①兩墓，泉世②之人。

以卦看有鬼墓，以世看有世墓，以用神看有主墓。凡遇此三墓出現卦中者，人皆見之，其墓爲明；變入墓中者，人所不見，其墓爲幽：不拘幽明，病主危困。或世爻用爻被官鬼兩頭夾之，或見有兩重鬼墓夾身者，必死。得日辰動爻沖破墓爻，庶幾③無事。

鼎升曰：

《卜筮全書·黃金策·病體》原解作：「以日時看。身隨鬼入墓、命隨鬼入墓、世隨鬼入墓，有卦墓、鬼墓、世墓、主墓。凡遇動出卦中者，人皆見之，其墓爲明；變入墓中者，人所不見，其墓爲幽。不拘幽明，皆非吉兆：大象不死，病亦危困；若大象既凶，又逢墓動，或世爻主象俱入墓者，必死。得動爻日辰衝破墓爻，庶幾無事。」

註釋：

①「幽明」，生與死；陰間與陽間。此處指明暗兩墓。

②「泉世」，黃泉之下。人死後埋葬之處。也指陰間。

③「庶幾」，希望，但願；或許，也許；有幸。

應合而變財傷，勿食饋①來之物。

應爻動來生合用爻，當有問安②之人：帶財福必有饋送，兄弟則清訪③而已。若應雖生合，而用爻或變妻財，或被財爻刑冲剋害用神者，倘有饋送，切宜戒食，否則反生傷害。若占長輩，尤宜忌之。

鼎升曰：

古今圖書集成本《卜筮全書．黃金策．病體》原解作：「應爻動來生合世爻，當有問安之人：帶財福，必有饋送；兄弟，清訪而已。若應雖生合，而變出妻財反來刑世剋世，或應爻生合世爻而刑剋主象：倘有餽送，切宜戒食，否則反能傷害。若上尊長，尤宜忌之。或加應值妻財爲變爻，衝尅主象者，亦然。」

註釋：

①「饋」，音kuì【愧】。贈送。

②「問安」，問候起居安好。此處指探病。

③「清訪」，不帶禮品來訪。

鬼動而逢日破，何妨見險之虞？

官爻發動，或忌神發動，其禍成矣。若得日辰動爻冲之，謂已冲散，主其病雖凶而不死。

鼎升曰：

古今圖書集成本《卜筮全書·黄金策·病體》原解作：「官爻發動，其禍成矣。若得日辰動爻衝之，謂衝散，主其病雖凶，必不至死。忌爻發動，遇衝亦吉。若不遇衝，而得日辰動爻或合住，或制尅，皆是見險無虞之象。」

欲決病痊，當究福神之動靜；要知命盡，須詳鬼煞之旺衰。

鼎升曰：

古今圖書集成本《卜筮全書·黃金策·病體》原解作：「此二句，乃言大略，此處最宜活潑推斷。且如子孫得時旺相，更動，就以本爻斷其愈；無氣發動，以生旺日月斷。若得子孫安靜，不得地，賴有扶持爲福者，當以扶持之爻斷；如卦中不賴子孫爲福，而用所喜之爻相助，以成其吉者，卽以所喜之爻斷。又如卦爻凶險，遇殺神忌爻動來傷尅，得別爻衝散尅制，或合住救得，惡爻無事，卽當以制伏惡殺之爻斷。若鬼爻忌爻雖動無氣，亦無尅制，而用爻旺相不受傷尅者，又當以鬼爻墓絕者斷。若忌爻不動，用爻不傷，而但衰絕無氣者，當以用爻生旺之日斷死期。餘倣此。」

讀是篇者，不可以辭害義。福神者，其義輕於子孫，而重於原神也；鬼煞者，其理在於忌神，而不在於官鬼也。凡卜病，如遇原神旺動，卽使用神空破伏藏者，其病可痊；如遇忌神旺動，卽使用神出現不空破者，祿命①當盡矣！

註釋：

①「祿命」，祿食命運。謂人生的盛衰、禍福、壽夭、貴賤等均由天定。此處指壽命。

醫藥

病不求醫，全生①者寡；藥不對症，枉死者多。欲擇善者而從之，須就蓍人②而問也。應作醫人，空則瞷③亡④而不遇；子爲藥餌⑤，伏則扞格⑥以無功。

鼎升曰：

凡卜醫藥，以子孫爻爲藥餌，以應爻爲醫生。如子孫受傷或墓絕，或官爻生旺，是藥不對症，必不能去病；如應爻旬空，醫人非他出不來，定用藥無效。

《卜筮全書．黃金策．醫藥》原解作：「凡占病，以子孫爲醫藥；占醫藥，以應爻爲醫人，子孫爲藥餌。如卜請醫，應空，醫人必不來；發動生合世，醫必從命；動空化空，必然他出；剋世衝世，皆主不來。無子孫，服藥無效；空亦無功。」

註釋：

①「全生」，保全生命，以終天年。

②「蓍人」，擅長占卜的人；賣卜者。「蓍」，音shī【師】。蓍草，古代用其莖占卜；用蓍草占卜。

③「瞯」，音jiàn【劍】。看；窺探。

④「亡」，外出；出門。

⑤「藥餌」，藥物。

⑥「扞格」，互相抵觸。「扞」，音hàn【漢】。抵禦；違反。

鬼動卦中，眼下速難取效①。

占藥要鬼爻安靜無氣。若遇發動，雖有妙藥，一時難以取效，待鬼爻墓絕日，用藥方始有功。

註釋：

①「取效」，收效。

空臨世上，心中强①欲求醫。

世爻空亡，必不專心求醫；或自不相信他，雖請彼看，亦不用其藥石②。

鼎升曰：

古今圖書集成本《卜筮全書・黄金策・醫藥》原解作：「世爻空亡，必不專心求醫；無故自空，决請不成；勉强爲之，藥亦不效。如占服藥，而世空者，乃是藥不對症也。」

註釋：

①「强」，音qiǎng【繈】。勉强。

②「藥石」，藥劑和砭石。泛指藥物。

官旺福衰，藥餌輕而病重。

官爻無氣，子孫旺相，藥能勝病，服之有效；若子孫休囚，官爻旺相者，乃是藥輕病重，服之無功。

鼎升曰：

原解中「休囚」，原本作「休因」，顯誤，徑改。

應衰世旺，病家富而醫貧。

世爲病家，應爲醫家。相合相生，非親則友。若應旺世衰，病家貧乏，醫必富；應衰世旺，反此斷。

父母不宜持世，鬼煞豈可臨身？

卦身與世爻，皆不宜臨官臨父，遇之則藥不效。

鼎升曰：

《卜筮全書．黃金策．醫藥》原解作：「卦身與世，皆不宜臨官父二爻，若有所遇，藥便不中。父母持世，可許經醮保禳；鬼爻持世，可禱鬼神護祐：然後服藥方有驗。」

官化官，病變不一；子化子，藥襍①不精。

此言官爻化進神，症候不一，或病勢不定；化退神，反此斷。子孫乃占藥用神，如子孫化進神而藥有效；如化退神及伏吟卦，不可服此劑。

鼎升曰：

此條文在《卜筮全書．黃金策．醫藥》中分爲兩段條文。前條文作：「官化官，病變不一。」原解作：「醫藥卦中，遇官化官，其病必有更變：或症候不一，或病勢不定，用藥亦不見效。」後條文作：「子化子，藥雜不精。」古今圖書集成本《卜筮全書．黃金策．醫藥》原解作：「子孫乃占藥用神，只喜一位出現，有氣不空，日辰動爻扶持，卽上吉之兆；若卦中重疊太過，或子孫又化子孫，乃是醫不精，用藥雜而無功也。」

註釋：

①「襍」，音zá【砸】。同「雜」。

福化忌爻，誤服殺身之惡劑。

蓋有動則有變，變出父母回頭來剋，難傷官鬼，必致因藥傷命。

鼎升曰：

古今圖書集成本《卜筮全書·黃金策·醫藥》原解作：「世人皆疑《海底眼》『悞服藥』之句，殊不知此說極有理。蓋有動則有變：變出父母，回頭來尅；變出財爻，扶持官鬼；變出兄弟，藥不精潔；變出官殺，藥反助病；子變子，乃用藥駁雜，不能見效。此所以不若安靜爲妙。若變爻或傷世尅用者，必致因藥傷命之禍。」

「《海底眼》『悞服藥』之句」，當指《海底眼·病患》中一句：「又曰：用是病人宜有氣，福德醫師可至全。子孫發動誤服藥，卦宮旺相病逡巡。六位無財食不納，兄弟爻重氣積深。鬼多不一原曾病，用發休囚損病因。」

應臨官鬼，防投增病之藥湯。

應臨官鬼，必非良醫；更來刑剋身世用神，須防誤藥損人。或臨忌爻，或化官鬼，皆不宜用此人之藥。

鬼帶日神，定非久病。

鬼帶日神，動出卦中者，必是目下暴病①。若日辰雖是官爻，不現卦中則不然，可言其病眼下正熾②，必須過此，方可用藥。

註釋：

①「暴病」，突然發病。亦指突然發作、來勢很凶的病。

②「熾」，此處指病勢嚴重。

應臨月建，必是官醫①。

應持太歲，必是世醫②；持月建日辰，必是官醫；更得月日臨子孫，用藥神效。應臨子孫，乃專門③醫士④，可托之。

註釋：

①「官醫」，官署所用的醫生。

②「世醫」，世代以行醫爲業的人。

③「專門」，專精某一門技藝或學術。

④「醫士」，醫生。

世下伏官，子動，則藥雖妙而病根常在。

大抵自占病，遇鬼伏世下；或占他人病，遇鬼伏用爻下：其病不能斷根，日後恐再發也。

衰中坐鬼，身臨，則病雖輕而藥力難扶。

卦身雖臨衰弱之鬼，纏綿難愈之象，或主象身臨官墓者亦然。

父若伏藏，名雖醫而未諳[①]脉理[②]。

卦中父動，子孫不能專權，固非吉，然又不可無，宜靜不宜動。何也？葢人氣脉[③]，皆屬父母，故占醫若無此爻，必是草澤醫人[④]，雖然用藥，而脉理未明也。

註釋：

①「諳」，音ān【安】。熟悉；知道。

②「脉理」，醫術；醫道。一說指脈博的狀態。

③「氣脉」，血氣與脈息。

④「草澤醫人」，江湖醫生。

鬼不出現，藥總用而莫識病源。

官鬼爲病，出現則易受剋制，用藥有效；若不上卦，其病隱伏，根因不知，症候莫決，率意①用藥，亦難取效。

註釋：

①「率意」，隨意；輕率。

主絕受傷，盧醫①難救。

主象若遇休囚墓絕，或變入墓絕，再有剋傷者，雖良醫不能救也。

註釋：

①「盧醫」，春秋戰國時名醫扁鵲的別稱；泛稱良醫。「扁鵲」，原名秦越人，渤海郡鄚（今河北任丘北）人。一說家於盧國（今山東長清南），故又稱盧醫。

父興得地，扁鵲無功。

父母發動，子孫受傷，藥必不效；若得子孫有氣，日辰動爻剋父母，必須多服有功。

察官爻而用藥，火土寒涼。

火土官爻，其病必熱，宜用涼藥攻之；金水官爻，其病多寒，必溫熱之劑治之。然火必寒、土必涼、水必熱、金必溫等劑是也。又如火鬼在生旺之地，又遇生扶者，必用大寒之藥攻之；水鬼在生旺之地，又遇合助者，須用大熱之藥。如火鬼在陰宮陰爻，乃是陰虛火動之症，可用滋陰降火①之藥；水鬼在陽宮內卦，乃是血氣虛損之症，可用補中益氣②之藥。宜通變。餘倣此。

註釋：

①「滋陰降火」，治療腎陰虧損而腎火偏亢的方法。

②「補中益氣」，用健脾的方法治療氣虛證。是補氣的基本方法。脾胃爲後天之本，氣血營衛之源，健脾可使氣血化源充足，達到補氣目的。

驗福德以迎醫，丑寅東北。

凡占服藥，須看子孫何爻，便知何處醫人可治：如在子爻宜北方醫人，丑爻東北方醫人類。又如寅爻子孫五行屬木，其醫是木旁草頭姓名，或是虎命者，雖非東北，皆能醫治。餘倣此。

水帶財興，大忌魚鮮生冷。

財爲飲食，資以養生，然動則生助鬼爻，反爲所害；若更屬水，必忌魚鮮生冷等物，藥始見功。如值木爻，忌食動風之物，值火忌炙煿①熱物，值金忌堅硬鹽物，值土忌油膩滑物。財如不動，不可妄言。又忌鬼爻生肖物，如丑忌牛、酉忌雞類。餘倣此。

註釋：

①「炙煿」，煎、炒、炸、爆一類的烹調方法。經炙煿的食物，性多燥熱，偏嗜會損耗胃陰，發生內熱病症。「煿」，音bó【博】。煎炒或烤乾食物。

木加龍助，偏宜舒暢情懷。

青龍爲喜悅之神，更臨木爻生合世爻主象，病人必拋却家事，放寬懷抱，然後服藥有功。

財合用神居外動，吐之則痊。

財在外宮主吐，若得生合用爻，以藥吐之則愈。

子逢火德寓離宮，灸①之則愈。

子孫屬火，又在離宮，宜用熱藥療之，或用艾灸則愈。

註釋：

①「灸」，音jiǔ【酒】。中醫上指點燃由艾葉等藥物製成的艾炷或艾卷，燒灼或熏烤人體的體穴表面，以達治療目的的方法。

坎卦子孫，必須發汗①；木爻官鬼，先要疎風②。

子孫屬水，或在坎宮發動，皆宜表汗③；官鬼屬木，先散風邪，用藥有效。

註釋：

①「發汗」，用藥物等使身體出汗。亦泛指出汗。

②「疎風」，即疏散風邪。治療外感風邪，使用善於祛風的藥物。

③「表汗」，發汗。

用旺有扶休再補，鬼衰屬水莫行針①。

用爻休囚墓絶，必是補藥方效；若用爻得時旺相，又有生扶合助，須用剋伐②之藥治之，若再補則反害矣。子孫屬金，利用刀針；鬼爻屬水而用刀針，則金能生水，反助病勢。土鬼忌用熱藥，木鬼忌用寒藥，火鬼忌用風藥，金鬼忌用丸藥。

鼎升曰：

古今圖書集成本《卜筮全書·黃金策·醫藥》原條文作：「用旺有扶勿再補，鬼衰屬水莫行針。」闡易齋本與談易齋本原條文俱作：「用旺有扶宜再補，鬼衰屬水莫行針。」顯誤。

註釋：

①「行針」，用針刺療疾。亦指針刺時施行各種操作手法。

②「剋伐」，中醫採用的驅除、攻逐等治療方法，稍過即傷元氣，因有「剋伐」之稱。

福鬼俱空，當不治而自愈；子官皆動，宜內補而外修①。

占病，子官二爻俱空，乃吉兆也；或俱衰静，無沖無併者：其病自愈，不用服藥。若二爻俱動，此非藥不對症，乃是神祟作禍，故曰無功，必須祈禱服藥，方得病痊，俗所謂「外修內補」也。

註釋：

①「修」，修行，指學佛或學道，行善積德。此處特指向神佛等祝告以求疾病痊癒。

卦動兩孫，用藥須當間服①。

卦有二爻子孫發動，用藥不必連服，以其分權故也；或用兩般湯藥，間服之則效矣。

鼎升曰：

闡易齋本與談易齋本《卜筮全書．黃金策．醫藥》原解作：「卦有二爻子孫發動，用藥不必連服，以其分權故也，須多服見効；或用兩般湯藥，相間服之則効。如占瘡疽腫毒，可言內用托裏，外用敷貼。」古今圖書集成本《卜筮全書．黃金策．醫藥》原解作：「卦有二爻子孫發動，用藥不必速服，以其分權故也，須多服見效；或用兩般湯藥，相間服之則效。如占瘡疽腫毒，可言內用托裏，外用敷貼。」當誤。

註釋：

①「間服」，交替服用；分開服用。

鬼傷二間，立方①須用寬胸②。

官鬼動來冲剋間爻，或鬼在間爻動，必然胸膈不利③，須用寬胸之藥；逢兄弟發動，則是氣逆④，治宜調氣。

註釋：

①「立方」，開藥方。

②「寬胸」，疏鬱理氣。是治療因情志抑鬱而引起氣滯的方法。症見胸膈痞悶、兩脅及小腹脹痛等。

③「胸膈不利」，胸與橫隔部滯塞堵悶。「膈」，音ge【隔】。橫膈膜，由此分胸腹腔，爲心肺與胃腸的分界。中醫認爲膈的作用可以遮膈胃腸消化飲食所產生的濁氣，不使濁氣上熏心肺。

④「氣逆」，中醫指氣上行不順。

父合變孫，莫若閉門脩養。

卦中福官衰静，若有父母動來生合世身主象者，不須服藥，宜居僻静，閉門脩養。

五興化福，可用路遇醫人。

如卦中第五爻變出子孫，不須選醫服藥，不如路遇草醫①能治。若子孫不現，而日辰臨子孫生合者，意外自有醫生可治也。

鼎升曰：

古今圖書集成本《卜筮全書．黃金策．醫藥》原解作：「子孫出現逢空，而五爻變出子孫卻不空者，不須選求名醫服藥，不如過路草醫反能治之。若子孫不出現，六爻不化出，而日辰帶子孫生合者，不意中自有醫來治也。」

註釋：

①「草醫」，在鄉村行醫的中醫師；江湖醫生。

世應比和無福德，須用更醫。

世應比和，卦無福德，此藥無損無益，須更換醫人，方可得痊。

財官發動子孫空，徒勞服藥。

財官俱動，其勢已凶；子孫又空，服之無益。

凡占醫藥者，須誠心默禱：用何人藥，有效無效？不必說明姓氏。卜家據此章而斷，自無薦醫之弊。則誠無不格①，卦無不驗矣！豈非彼此心安乎？

註釋：

①「格」，感通；感動。

鬼神

徼福①鬼神，乃當今之所尚②；禱爾上下③，在古昔④而皆然⑤。不質正⑥於易爻，亦虛⑦行乎祀典⑧。先看卦內官爻，便知鬼神情狀⑨。

官鬼能爲禍福，故觀此可知其情狀也。

註釋：

①「徼福」，祈福，求福。「徼」，音yāo【妖】。求取。

②「尚」，重視；盛行。

③「禱爾上下」，向天神地祇祈禱。語出《論語．述而》：「子疾病，子路請禱。子曰：『有諸？』子路曰：『有之；《誄》曰：「禱爾于上下神祇。」』子曰：『丘之禱久矣。』」

④「古昔」，往昔；古時。

⑤「皆然」，都是如此。

⑥「質正」，質詢；辨明。

⑦「虛」，虛假，不真實。

⑧「祀典」，祭祀的儀禮。

⑨「情狀」，情形。指事物的實際狀況。

旺神衰鬼，方隅①乾巽堪推；陰女陽男，老幼旺衰可決。

鼎升曰：

凡鬼爻旺相是神，休囚是鬼；陽爲神爲男，陰爲鬼爲女；乾宮西北方，巽宮東南方之鬼也。

《卜筮全書·黃金策·鬼神》原解作：「凡鬼爻旺相爲神，休囚爲鬼。陽爲男，陰爲女。臨長生，少年鬼；臨帝旺，壯年鬼；臨衰墓，老年鬼；胎養，小兒鬼。乾宮西北方，巽宮東南方鬼也。」

註釋：

①「方隅」，此處指方位。「隅」，音yú【榆】。角、角落；邊、旁；邊遠的地方；事物的一端或一面。

若在乾宮，必許天燈斗願①；如居兌卦，定然口愿傷神。坎是北朝，艮則城隍宅土；離爲南殿，坤則土地墳陵。震恐樹神②，或杖傷之男鬼；巽必縊死③，或顛仆④之陰人⑤。八卦仔細推詳，諸鬼自能顯應⑥。

此以八卦推之。乾象爲天神⑦，在此宮屬火，宜許點天燈斗愿類。

鼎升曰：

《卜筮全書・黃金策・鬼神》原條文作：「若在乾宮，必許天燈斗願；如居兌卦，定然口願傷神。坎是北朝，艮則城隍宅土；離爲南殿，坤則土地墳陵。震恐樹神，或杖傷之男鬼；巽必縊死，或癲仆之陰人。八宮仔細推詳，諸鬼自能顯應。」古今圖書集成本《卜筮全書・黃金策・鬼神》原解作：「此以八卦推之。乾象爲天，鬼在此宮，值火，許點天燈類。金鬼亦然。木鬼許放風箏。子丑二爻，許拜北斗。坤土屬陰，故是墳陵土地。艮土屬陽，故是城隍宅土。離居南，故推南殿。坎居北，故推北朝聖眾。震爲木，故樹神；帶白虎或自刑，則杖死之鬼。巽爲繩，故主縊死之鬼；不帶螣蛇，或非刑爻，則是風症死者。兌爲口，故有呪咀口願；又屬金，故推傷神。蓋乾三連，是渾成之金；兌象上缺，是傷損之金：故以兌爲傷神，而不以乾爲傷神。」

據《大明律釋義・禮律・祭祀・褻瀆神明》記載：「凡私家告天拜

斗，焚燒夜香，燃點天燈、七燈，褻瀆神明者，杖八十。婦女有犯，罪坐家長。」「釋義曰：斗謂北斗，天道之燈曰天燈，七曜日月五星之燈曰七燈，皆告天拜斗之燈也。天至尊，星辰至遠，豈私家皆宜行哉？故告天拜斗，夜則燒香燃燈，皆爲褻瀆，故杖八十。」

據《臺灣私法人事編》記載：「褻瀆之罪實卽僭越之罪也：不能備其物則褻，不當行其禮則瀆。」「《七燈疏義》謂北斗七星之燈，卽所以拜斗者也，《指南》謂是布日月五星之象者。」「私家則在寺觀，非所禁矣。蓋二氏之教，各有其禮，不復以正道責之，特在私家，則不許耳。」「天燈是星辰天象之燈，非懸以取炤之天燈也。」

據日本內藤乾吉《六部成語註解．告天拜斗》記載：「求告上天，禮拜星斗，妄思非分也。」

註釋：

①「許天燈斗願」，對神明有所祈求，許諾於應驗後，點燃天燈和七燈告天拜斗，對神明進行酬謝。通常認爲，拜斗從最早消災延壽的習俗逐漸演變爲祈福消災的儀式。

②「樹神」，樹木之神。

③「縊死」，以繩索繞緊脖子而死。「縊」，音yì【益】。勒頸而死；上吊。

④「顛仆」，失去平衡而跌倒。

⑤「陰人」，婦女。

⑥「顯應」，此處指在卦象上能顯示感應。

⑦「天神」，指天上諸神，包括主宰宇宙之神及主司日月、星辰、風雨、生命等神。泛指神仙。

更值勾陳，必有土神①見礙；如臨朱雀，定然呪詛相侵。白虎血神，玄武則死於不明之鬼；青龍善願，螣蛇則犯乎施相之神②。

此以六神推之。勾陳職專田土，鬼爻臨之，乃是土神爲禍類。

鼎升曰：

古今圖書集成本《卜筮全書·黃金策·鬼神》原條文作：「更值勾陳，必有土神見碍；如臨朱雀，定然呪咀相侵。白虎血亡，元武則死于不明之鬼；青龍善願，螣蛇則犯乎施相之神。」原解作：「此以六神推之。勾陳職專田土，鬼爻臨之，乃是土神爲禍。朱雀爲口舌，故有呪咀。白虎爲血神，故爲帶血女傷之鬼；居陽，則凶暴惡死之鬼也。元武是幽神，故有不明死鬼；化兄弟，或從兄弟化出，則是盜賊。青龍是喜神，故有善願。螣蛇推施相之神，今俗，禱謝必以麪作小蛇，獻之取驗。」

據清顧祿《清嘉錄．盤龍饅頭》記載：「市中賣巨饅，爲過年祀神之品，以麵粉搏爲龍形，蜿蜒於上，復加瓶勝、方戟、明珠、寶錠之狀，皆取美名，以讖吉利，俗呼盤龍饅頭。案：《華亭縣志》載：施相公諱鍔，宋時諸生，山閒拾一小卵，後得一蛇，漸長，還入篇。一日，施赴省試，蛇私出乘涼。眾見金甲神在施廩，驚呼有怪，持鋒刃來攻，無以敵。聞於大僚，命總兵殛之，亦不敵。施出闈知之，曰：此吾蛇也，毋患。叱之，奄然縮小，俯而入篇。大僚驚曰：如是，則何不可爲？奏聞，施立斬。蛇怒，爲施索命，傷人數十，莫能治。不得已，請封施爲護國鎮海侯。侯嗜饅首，造巨饅祀之，蛇蜿蜒其上以死。至今祀者盤蛇象于饅首，稱侯曰『相公』云云。吾鄉謝神筵中，必祀施相公，饅首特爲施而設。蜿蜒於上者，乃蛇也，而皆作龍形，亦日久沿譌耳。」

然而在各地方志與民間傳說中，施相公的身份錯綜複雜，其信仰也呈現出多元的文化取向，出現掌水、掌醫、掌橋、保國護民等多重神格屬性。

據《嘉慶松江府志．建置志．壇廟．鎮海侯廟》記載：「在城東紫霞宮西。卽施相公廟。相傳爲宋將軍施全，又云施諤。按：《至元嘉禾志》：施府君，宋人，名伯成。九歲爲神，【宋理宗趙昀】景定五年【公元1264年，甲子年】敕封靈顯侯，明敕封護國鎮海侯。所在立廟，甚著靈應。」據《上海研究資料．臥龍庵——施相公廟》記載：「《周浦紀略》云：『明敕封護國鎮海侯，今則稱爲靖江王。』因爲是靖江王，所以坐鎮在龍華港畔。據廟祝說：『小孩子初次要過百步橋的，都得來拜施相公，就可以免了驚嚇。』這是因爲龍華港在今日已不是水路要道，所以施相公也不得不屈就管橋的職務了吧？」據《崇禎嘉興縣誌．建置志．丘墓》記載：「施府君伯成墓，在縣北思賢三十二都西地字圩，靈顯廟中。伯成九歲爲土神，凡歲旱澇疾病，有禱必應【其下小註：詳見祠廟】。墓上有靈丹樹，取葉煎服，可治百病。」

《嘉慶松江府志》中所述「宋將軍施全」，據明張岱《西湖夢尋．施公廟》記載：「施公廟在石烏龜巷，其神爲施全，宋殿前小校也。【宋高宗趙構】紹興二十年【公元1150年，庚午年】二月朔，秦檜入朝，乘肩輿過望仙橋，全挾長刃遮道刺之，透革不中，檜斬之於市。觀者如堵牆，中有一人大言曰：『此不了漢，不斬何爲！』此語甚快。秦檜奸惡，天下萬世人皆欲殺之，施全刺之，亦天下萬世中一人也。其心其事，原不爲岳鄂王起見，今傳奇以全爲鄂王部將，而岳墳以全入之翊忠祠，則施全此舉，反不公不大矣。後人祀公于此，而不配享岳墳，深得施公之心矣。」

又據今人薛理勇《上海灘地名掌故》記載，明末清初崇明、太倉一帶有民間傳說，認爲明抗倭英雄施玶是施相公的俗身。據《民國崇明縣志·人物志·忠節》記載：「施玶，西沙耆民也，慷慨好義，有膽略，邑有大事，必與議。【明世宗朱厚熜】嘉靖三十二年【公元1553年，癸丑年】，倭入寇，玶率勇壯與戰輒勝，因號『耆民兵』。會倭復據南沙肆掠，玶率衆千人與戰。賊酋蕭顯素患玶，乃設伏以待。戰佯北，玶追數里，伏猝起，且戰且退。賊先斷橋，不得渡，前後受擊，玶與其衆殲焉。初，玶嘗援太倉，敗倭於城南，太倉人思其功，請於總督，即其地建祠祀之。祠在普救寺東，并祀邑忠義孝弟祠。」

此外在上海張堰、青浦、龍華一帶，還有傳說施相公是懸壺濟世、妙手回春的神醫。龍華鄉間一帶更是尊稱施相公爲施老爺，傳說其尤精治瘰瘡癧，曾爲皇帝治好隱疾，敕封「金手」。據《上海研究資料·臥龍庵——施相公廟》記載：「施相公的塑像，面是紅的，一隻手是金的，一隻手是紅的。那隻金手據說能夠醫毛病；殿的東偏有一條椅子，供着小小的馬夫與其馬，是預備給施相公騎了去出診的。」

據《民國重輯張堰志·風俗》记載：「春間迎神賽會，如城隍【其下小註：保障一方】、莽將【其下小註：俗稱猛將，驅蝗】、照天侯【其下小註：掌酆都府出入死生】、施相公【其下小註：醫瘡患】、牛郎【其下小註：治牛】等神，村落中都立廟祀之。」據清葛元煦《滬遊雜記・施廟》記載：「廟在城中虹橋上，神之來歷無可考證。廟基不過四五椽，求方許愿者麕至麻集，青樓中尤爲敬信。」據清王韜《瀛壖雜志》記載：「滬多淫祀，如三茅眞君祠及虹橋施廟，勾欄中敬奉倍至。凡妓患惡瘍，輒往施廟，斬牲設醴，侑以鼓樂而償之，云其靈如響。此外尚不下數十處。每歲楮帛費不貲，傷民財，耗物力，莫此爲甚。」

註釋：

①「土神」，五行神之一，主信，名后土；土地神；土中所生的精怪，名羵羊。

②「施相之神」，施相公。自宋以來上海、蘇州、杭州、松江、嘉興等地普遍崇奉的民間俗神。據各地方志與民間傳說，其存在施鍔、施伯成、施老爺、施全、施珽等諸多神主身份，職司也包含了掌水、掌醫、掌橋、保國護民等諸多神格屬性。此處應指因飼養蛇神而枉死的書生施鍔。

金乃傷司①，火定竈神②香願；木爲枷鎖，水爲河泊江神③。

此以五行推之。金乃刀兵所傷之鬼，旺是傷神，衰是傷鬼類。

鼎升曰：

原條文中「河泊」疑爲「河伯」之誤，以其形近而誤。闡易齋本與談易齋本《卜筮全書．黃金策．鬼神》原條文中俱作「河泊」。古今圖書集成本《卜筮全書．黃金策．鬼神》原條文作：「金乃傷司，火定竈神香願；木爲枷鎖，水爲河伯江神。」原解作：「此以五行推之。金主刀兵所傷之鬼：旺是傷神，衰是傷司部衆。火鬼在二爻，是竈君，其餘香信。本宮內卦，是本境土地神佛香愿；他宮，別境香愿。在六爻，遠方香信；在五爻，途中所許。持世當境，社會中香愿也。午火衰弱，必是燒死之鬼。木鬼，東方神鬼；化金或從金化，是械鎖鬼；帶螣蛇，弔死之鬼；木化木，又加白虎，夾死鬼。水鬼旺相，江神河伯；衰弱，落水鬼。在震巽二宮，或木化水，必是船上墮水死鬼。」

據唐段成式《酉陽雜俎．諾臯記上》記載：「竈神名隗，狀如美女。又姓張名單，字子郭。夫人字卿忌，有六女，皆名察【其下小註：一作祭】洽。常以月晦日上天白人罪狀，大者奪紀，紀三百日，小者奪筭，筭一百日。故為天帝督使，下為地精。己丑日，日出卯時上天，禺中下行署，此日祭得福。其屬神有天帝嬌孫、天帝大夫、天帝都尉、天帝長兄、硎上童子、突上紫官君、太和君、玉池夫人等。一曰竈神名壤子也。」

據晉干寶《搜神記．馮夷》記載：「宋時弘農馮夷，華陰潼鄉隄首人也。以八月上庚日渡河，溺死。天帝署爲河伯。又《五行書》曰：『河伯以庚辰日死。不可治船遠行，溺没不返。』」據《後漢書．張衡列傳》註記載：「《聖賢冢墓記》曰：『馮夷者，弘農華陰潼鄉隄首里人，服八石，得水仙，爲河伯。』《龍魚河圖》曰：『河伯姓呂名公子，夫人姓馮名夷。』」

註釋：

①「傷司」，執役的鬼魂。吳語指小鬼、鬼卒。此處指被兵器所殺傷的鬼神。

②「竈神」，灶王爺。供於灶上的神，掌管一家禍福財氣。另有專司監察民眾善惡、飲食、護宅、護法、防備火災的職能。民間認爲，灶神會在舊曆年尾回到天庭，向玉皇大帝稟告人間家家戶戶的善惡。舊俗臘月二十三或二十四，用紙馬飴糖等送灶神上天，所謂「上天言好事，下界保平安」，此謂送灶；除夕又迎回，謂之迎灶。灶神張單，是民間最普遍的說法；此外還有張宙、炎帝、祝融、重黎、蘇吉利爲灶神的說法。

③「河泊江神」，此處當泛指傳說中主宰、護佑各種水域的水神，包括海神、河川神、湖泊神、江神、潮神、井神等。如媽祖、真武大帝、大禹、龍王、水德星君、洪聖大王、伍子胥、屈原、共工、河伯、瀟湘二妃、川主等神祇。又「河泊」疑爲「河

伯」之誤。「河伯」，傳說中的黃河之神，即馮夷。亦有說法認爲是河川之神的通稱。馮夷相傳爲華陰潼鄉人。一說因渡河淹死，被天帝封爲水神；一說因服食八石，得水仙而成神。亦有說法認爲河伯姓呂名公子，夫人姓馮名夷。「江神」，傳說中的江水之神，有奇相、湘君、屈原等諸多神主身份。

若見土爻，當分厥①類。

土鬼，陰爻是陰土，陽爻是陽土。或從木化是樹頭土；臨應冲世是飛來土；若日月動變者，五方②土類也。

鼎升曰：

《卜筮全書·黃金策·鬼神》原條文作：「若見土爻，當分厰類。」「厰」當誤，以其形近而誤。古今圖書集成本《卜筮全書·黃金策·鬼神》原解作：「土爻臨鬼，陰是陰土，陽是陽土。在震巽二宮，或從木化，皆然；或樹頭土。臨應衝世，或日辰帶土鬼相衝相尅，是飛來土。若日月動變皆帶土，五方土也。」

註釋：

①「厥」，代詞。其。起指示作用。

②「五方」，東、南、西、北和中央。也泛指四面八方。

鬼墓乃伏屍①爲禍，財庫則藏神不安。

鬼爻属金，卦有丑動，是鬼墓；妻財属木，卦有未動，是木墓。餘倣此。

鼎升曰：

古今圖書集成本《卜筮全書·黃金策·鬼神》原解作：「鬼爻屬金，卦有丑動，是鬼墓；妻財屬木，卦有未動，是財庫。他倣此。一事見《家宅訣》中，今不盡述。然不傷世則不爲禍。」闡易齋本與談易齋本《卜筮全書·黃金策·鬼神》原解中「一事」作「二事」。

「一事」或「二事」，似指《卜筮全書·闡幽精要·家宅秘訣》中「鬼墓臨身，常有陰人伏枕」一事。

註釋：

①「伏屍」，屍體横倒地上。

修造動土，必然煞遇勾陳；口舌起因，乃是土逢朱雀。

此亦土鬼也。如勾陳，必因修造動土，以致不安。

鼎升曰：

古今圖書集成本《卜筮全書·黃金策·鬼神》原解作：「此亦言土

鬼也。加勾陳，必因修造動土，以致不安：在初爻，穿井不安；二爻，作竈動土；三爻四爻，當門動土；五爻，路邊動土；六爻，籬邊牆下動土。兌宮，開池動土；艮宮，築牆動土；坤宮，造墳動土；坎宮加元武，坑厠動土。以上若臨朱雀，則是動土時，暗有口舌呪咀，或多口惹事，以致爲禍。」

或犯井神①，水在初爻遇鬼；或干②司命③，火臨二位逢官。若在門頭④，須犯家堂⑤部屬；如臨道上，當求五路神祇。四遇世衝，鬼必出門撞見；六逢月合，神須遠地相干。

水鬼臨于初爻，斷井神；火鬼臨于二爻，斷司命；如鬼臨三爻，斷家堂；如臨五爻，斷路頭五聖⑥；臨四爻，斷出門撞祟；臨六爻，斷遠處染邪。

鼎升曰：

《卜筮全書·黃金策·鬼神》原解作：「此以六爻推之也。初爻水鬼，井泉童子不安。二爻火鬼，竈神見責。三爻爲門，官鬼臨之，當犯家堂香火。四爻爲戶，若遇官尅世衝世，必曾出門撞見鬼祟。五爻臨金鬼，五道；火鬼，五聖；木鬼，五郎神眾；水鬼，五路神司：衰弱，則道路邊鬼。在六爻，定遠方鬼；月建日辰生合，乃天神中有願。」

據清顧祿《清嘉錄．封井》記載：「置井泉童子馬於竹篩內，祀以糕、果、茶、酒，庋井欄上揜之，謂之『封井』。至新正三日或五日，焚送神馬。初汲水時，指蘸拭目，令目不昏。案：《白澤圖考》：『井之精名觀，狀如美女，好吹簫。』《輯柳編》呼爲『吹簫女子』，吾鄉呼爲『井泉童子』。《太常記》：『十月朔祀井。』長、元《志》皆載：『除夕封井。』又《崑新合志》云：『新正三日祀，以糕果送之。』褚人穫《堅瓠集》云：『除夕，人家封井，不復汲水，至正月三日始開。張漁川《封井》詩云：「冰鏡沈寒砌，銀瓶臥晚階。明年試初汲，昏眼要先揩。」』」

原條文中「五路神祇」與原解中「路頭五聖」，皆指「五路財神」。

據清顧祿《清嘉錄．接路頭》記載：「【正月】五日，爲路頭神誕辰。金鑼爆竹，牲醴畢陳，以爭先爲利市，必早起迎之，謂之『接路頭』。蔡雲《吳歈》云：『五日財源五日求，一年心願一時酬。隄防別處迎神早，隔夜匆匆搶路頭。』案：《無錫縣志》：『五路神，姓何名五路。元末禦倭寇死，因祀之。』今俗所祀財神曰五路，似與此五路無涉。或曰卽陳黃門侍郎先希馮公之五子，當黃門建祠翠微之陽，并祀五侯。見元初《石函小譜》及【明思宗】崇禎閒《武陵小史》。明初號五顯靈順廟，曰顯聰、顯明、顯正、顯直、顯德。姑蘇上方山香火尤盛，號爲『五聖』。崑山家瑞屏公錫疇，撰《黃門祠碑記》云：『公墓在楞伽山側，子五侯從祀于山之陽。』家行人公陳垿《無益之言》，云『嘗度仙霞嶺，後經一嶺，名五顯嶺。嶺有五顯廟，極整麗。黃門子孫，世居光福，吳郡乃五侯父母之邦，而楞伽俗名上方，尤五侯正首之邱也。妖由人興，遂淫昏相憑，姧愚互惑』云云。【清聖祖】康熙閒，湯文正斌巡撫江蘇，毀上方祠，不復正五顯爲五通之所譌，而祀者皆有禁矣。因更其名曰『路頭』，亦曰『財神』。予謂今之路頭，是五祀中之行神。所謂五路，當是東、西、南、北、中耳。黎里汝秋士亦爲是行神。嘗有詩云：『人爲利所昏，所見無非利。路頭古行神，今作財神例。門戶與中霤，我鄉已廢祀。祀竈并祀行，五祀猶存二。粔妝堆滿盤，媚竈値廿四。雖等燔柴愚，尚不失祭義。云何年初五？相傳路頭至。神或臨其室，獲利億萬計。拜跪肅衣冠，饋獻羅酒食。所禱非所司，明神應吐棄。誰歟矯其失，正俗重爲祭。供雖異餼羊，愛禮情自摯。有功當報享，尚及貓虎類。況此路頭神，司行職攸寄。丈夫志四方，馳驅所有事。要皆邀神庥，明禋敢或替。去其謬悠論，引之合禮意。行神非財神，愼勿紊祈衈。』」

註釋：

①「井神」，神靈之一，管轄井所在的水域。《白虎通・五祀》：「五祭者，何謂也？謂門、戶、井、竈、中霤也。」「冬祭井。井者，水之生藏在地中，冬亦水旺，萬物伏藏。」

②「干」，干犯；沖犯；干擾。

③「司命」，此處指灶神。道教中稱灶神爲「九天司命定福東廚煙主保灶護宅真君」，簡稱「司命真君」。

④「門頭」，大門口；門戶。

⑤「家堂」，本指安放祖先神位的屋宇，後多借指祖先的神位。

⑥「路頭五聖」，五路財神。明代以來江南各地有五路神之祀，清代以來則將其稱爲財神。有關此神，有三種說法：一爲元末抗倭寇而死的何五路；一爲五祀中之行神，即路頭、行神；一爲五顯神。此外民間也有將玄壇真君趙公明、招寶天尊簫升、納珍天尊曹寶、招財使者陳九公、利市仙官姚少司稱爲五路神的說法。

鬼剋身，冤家債主①；身剋鬼，妻妾陰人。我去生他，卑幼兒童僧道；他來生我，祖宗尊長爹娘。若無生合剋刑，必是弟兄朋友。

此以卦身推之。鬼生卦身爲父母，卦身生鬼爲子孫，鬼剋卦身爲冤仇，卦身剋鬼爲妻妾，二者比和，爲兄弟朋友姊②妹之鬼。

註釋：

①「冤家債主」，指與我結怨欠債的人。「冤家」，仇人；「債主」，收債的人。

②「姊」，音zǐ【紫】。女兄，姐姐。

刑不善終①，絶則無祀②。

鬼帶刑爻，必非善終之鬼，當以五行所屬推其何死。鬼不上卦，看伏何爻下，便知是鬼祟：如伏父下爲家先③，伏福下爲小口類。

鼎升曰：

此條文在《卜筮全書．黃金策．鬼神》中分爲兩段條文。

前條文作：「刑不善終。」古今圖書集成本《卜筮全書．黃金策．鬼神》原解作：「鬼帶刑爻，必非善終之鬼：辰是牆壁壓死鬼，午是湯火燒湯鬼，酉是刀箭斫傷鬼，亥是投河落水鬼；寅或虎噬，巳或蛇傷，戌或犬咬，丑或牛觸。旺則爲神道，劉郡王猛將之神。」

後條文作：「絶則無祀。」古今圖書集成本《卜筮全書．黃金策．

鬼神》原解作：「鬼不上卦，看伏何爻下，便知是何鬼祟。如伏父下，爲家先；伏福下，爲小口類。若伏空下，乃是無收管之鬼，是孤魂野鬼；若臨絕爻，乃無祀之鬼。」

註釋：

①「善終」，能享天年，安詳而逝；喪禮盡其善，盡其哀。

②「祀」，對神鬼、先祖所舉行的祭禮。

③「先」，祖先；先人。

如臨日月，定然新死亡靈①。

卦無官鬼，而日辰是鬼者，必然新死亡靈爲禍。若日辰是鬼，而卦中又有鬼，是近日新許之愿未酬也。

註釋：

①「亡靈」，人死後的靈魂。

自入墓刑，決是獄中囚犯。

如未日占卦，得木爻官鬼入墓，必是死于囹圄①囚獄之鬼。旺相發動，則是廟神②。

鼎升曰：

《卜筮全書．黃金策．鬼神》原解作：「如未日占卦，得木爻官鬼，謂鬼自入墓，必是死于囹圄囚人之鬼；更帶刑爻，必死于非命，或死于塜墓間者。旺相發動，則是廟神。」

註釋：

①「囹圄」，音língyǔ【靈宇】。監獄。

②「廟神」，廟中所供奉的神靈，包括但不限於神話或傳說人物、歷代聖賢、歷史著名人物等。廟一般不僅有佛寺與廟宇，還有祠、道觀等，其功能爲祭祀以及讓信眾祈求庇佑。一般所稱寺廟不包括祭祀祖先的家廟，但一些名人的家廟由於亦受宗族以外的信眾參拜，故同時有著寺廟的性質。

旁爻財合，必月下之情人①；應位弟生，乃社②中之好友。

財爻動合鬼爻，或財化鬼、鬼化財，自相作合者，必與病人私通之人爲禍。

鼎升曰：

古今圖書集成本《卜筮全書．黃金策．鬼神》原解作：「財爻動合鬼爻，或財化鬼、鬼化財，自相作合者，必與病人私通之人爲禍。若被世尅，而帶元武，乃因奸致死之鬼。餘倣此。」

註釋：

①「月下之情人」，此處指私通的男女。

②「社」，由土地崇拜發展而來的中國傳統地域性基層聚落組織，卽基層居民單位。

化出鬼爻臨玄武，則穿窬①之鬼；變成父母遇螣蛇，則魘魅②之精。

鬼動化出六親，卽以化出者斷。如化兄，爲朋友兄弟妯娌③類。若化鬼加玄武，必是盜賊。化父母，是伯叔六親；加螣蛇，乃其家因匠人造作④魘魅，以致人口不安。父化官，雖非螣蛇，亦是匠人作弊⑤。

註釋：

①「穿窬」，挖墻洞和爬墻頭。指偷竊行爲。也指小偷。「窬」，音yú【魚】。通「逾」。從牆上爬過去。

②「魘魅」，音yǎnmèi【衍妹】。假借鬼神，作法害人的一種妖術；用妖術害死人。

③「妯娌」，兄弟之妻相互的稱呼；兄弟的妻子的合稱。

④「造作」，製造；製作。

⑤「獘」，同「弊」。

太歲鬼臨，乃祖傳之舊例；日辰官併，是口許①之初心②。

若太歲、日辰俱官，則目下許酹③祖先例未完。

註釋：

①「口許」，口願。在神靈前親口許下諾言。

②「初心」，最初的心願。

③「酹」，同「酬」。

持世則未酬舊愿，伏爲有口無心；變財乃不了①心齋②，空則有頭無尾。

鬼爻持世，有舊愿宜酹類。

鼎升曰：

古今圖書集成本《卜筮全書·黃金策·鬼神》原解作：「鬼爻持世，亦非舊例，乃是先曾許過口願，未得酬也；若無鬼，世下却伏本宮之鬼，亦是舊欠，但是有口無心，再不介意，故致愆責。若鬼爻化出妻財，必齋修不了，土殺之欠，或破戒不淨；變財空亡，心雖許而口不戒，有頭無尾也。」

註釋：

①「不了」，未完成。

②「心齋」，內心專一定靜，猶齋戒時的屏除外慾。其方法爲靜坐自守，收心除慾，使精神保持虛靜空明的狀態。道教將「心齋」作爲其「齋法」的一種，宋儒也以此形容一種修養境界。語出《莊子・人間世》：「聽止於耳，心止於符。氣也者，虛而待物者也。唯道集虛，虛者，心齋也。」

鬼在宅中，住居不穩；官臨應上，朝向①不通。

內卦第二爻爲宅，若動鬼臨之，住宅不安，常有疾病；若應爻臨鬼，其宅朝向不利，宜改作②。

鼎升曰：

《卜筮全書・黃金策・鬼神》原解作：「內卦第二爻爲宅，若動鬼臨之，宅不安，常有病；若衝尅之爻或應爻臨鬼，其宅朝向不利，宜改。」

註釋：

①「朝向」，建築物所面對的方向。

②「改作」，更改，變更。

兌卦金龍干佛像，坎宮木動犯划舟。

金在兌宮發動，金身①佛像；木在坎宮發動，舟楫②之象。

鼎升曰：

此條文在《卜筮全書．黃金策．鬼神》中分爲兩段條文。

前條文作：「兌卦金龍干佛像。」古今圖書集成本《卜筮全書．黃金策．鬼神》原解作：「兌西方卦，佛又金身，故遇兌宮金鬼，神佛中必有善願：帶青龍勾陳，是宜粧塑；帶螣蛇，是欲圖畫；化父，是欲描寫，不然則是經文；若化財福，是欲修捨。」

後條文作：「坎宮木動犯划舟。」原解作：「木在坎宮發動，舟楫之象，必划龍船上三相公見咎，送之則吉。若艮巽卦中，水鬼臨青龍動，及木化水、水化木，鬼在水上，皆是。」

註釋：

①「金身」，以金飾身的佛像；爲佛像塑金身。

②「舟楫」，船隻；行船；船槳；船夫。「楫」，音jí【集】。船槳；划船，划水；船。

水土交加在乾宮，則三元大帝①；火金互動於兌卦，爲五道傷官②。

三官，天、地、水三官，乾宮土水互化，遇官爻者是也；五道乃刀劍之神，在兌宮互相發動，而遇官鬼者是也。

鼎升曰：

古今圖書集成本《卜筮全書·黃金策·鬼神》原條文作：「水土交加在乾宮，則三官大帝；火金互動于兌卦，爲五道傷官。」

註釋：

①「三元大帝」，又作「三官大帝」，是天官紫微大帝、地官青靈大帝和水官暘谷大帝的合稱，源自上古先民對天、地、水自然現象的崇拜，認爲宇宙萬物生成和生長都離不開天、地、水三種基本元素，合稱「三元」，並將其進一步人格化，認爲天官賜福、地官赦罪、水官解厄，後逐漸形成爲農曆正月十五日對天官、農曆七月十五日對地官、農曆十月十五日對水官三位天神的固定祭奠禮儀，稱這三天分別爲上元節、中元節、下元節。一說三官指金、木、水三官，具體化爲守衛天門的唐、葛、周三將軍。一說三官指堯、舜、禹三帝，爲元始天尊吐氣化成。

②「傷官」，此處指鬼神的差役。

三空無香火之堂，怪動有不祥之禍。

三爻空，其家不奉香火。怪爻，四季月初六爻是，仲月二五爻是，孟月三四爻是，臨父母必有怪噐[①]，加玄武是盜人之物：凡遇此爻動，雖非鬼爻，必是怪事。螣蛇又動臨鬼爻，然後可言妖怪。

鼎升曰：

此條文在《卜筮全書·黃金策·鬼神》中分爲兩段條文。

前條文作：「三空無香火之堂。」原解作：「凡占病，遇三爻空亡者，其家不供香火之堂；動空化空，似有若無；旺相空亡，供器不全。餘見《家宅》章。」

後條文作：「怪動有不祥之禍。」古今圖書集成本《卜筮全書·黃金策·鬼神》原解作：「怪爻季是兩頭居【其下小註：初與六爻】，仲月逢之二五隨，孟月只宜三四是，動爻成怪靜無之。臨父母必有怪器，加元武是盜人之物。凡遇此爻動，雖非鬼爻，必是怪事。螣蛇又動臨鬼爻，然後可言有怪。」

註釋：

①「噐」，同「器」。

龍遇文書獨發，經文可斷。

如父母獨發，乃祖宗求祀；臨青龍則有善願經文。

鼎升曰：

古今圖書集成本《卜筮全書．黃金策．鬼神》原解作：「凡占有何鬼神，不特鬼爻斷，獨發之爻亦可推：如父母獨發，祖宗求祀；臨青龍，則有善願經文。本宮鬼爻又伏世下，而在胎養生旺之地者，必有新死亡人討求經懺薦度也：伏鬼屬水，棺尚暴露；空則不然。」

蛇逢官鬼屬陰，夢寐①當推。

鬼臨螣蛇，必有虛驚怪異。若在陰宮陰象，則有夢寐：冲剋世爻用爻，必夢中所見神祟。

鼎升曰：

《卜筮全書．黃金策．鬼神》原解作：「鬼臨螣蛇，必有虛驚怪異。若在陰宮陰象，則有夢寐：衝尅世爻用爻，必夢中所見神祟。螣蛇臨鬼動，則是弔死鬼。」

註釋：

①「夢寐」，睡夢。「寐」，音mèi【妹】。睡；入睡。

動入空中値鬼，恐失孝思①之禮。

官爻動空化空，皆主先亡中有失祀禮；若在他宮外卦，則是眷屬中曾有祀禮，不設其位②。

註釋：

①「孝思」，孝親之思；孝心。

②「位」，此處指供奉死者的牌位。

靜居宅上臨木，家停暴露之棺。

木爻官鬼靜臨二爻，或木鬼伏于父母下，其家必然停柩①不安。

註釋：

①「停柩」，停放靈柩。通常指靈柩在埋葬前，暫時停放於家中。長時間停柩，則多因貧困不能葬，或因爲求吉地、遵鄉俗而不葬。

卜筮正宗卷之七終

卜筮正宗卷之八

古吳洞庭西山王維德洪緒註
吳　庠　鍾　英子燦叅訂
蔡　鑑升明
門　人　謝朝柱巨材　同較
任用淵潛菴
男其龍雲客
其章琢軒
後　學　李凡丁鼎升校註

種作①

註釋：

①「種作」，從事農耕；泛指農業生產時耕種、收穫等事。

農爲國本①，食乃民天②。五穀③不同，孰識異宜④而佈種⑤？一年關係，全憑卦象以推詳⑥。旺相妻財，豐登⑦可卜。

妻財爲農之本。凡占種作，先看財爻，現與不現、有傷無傷，便知吉凶。然此一爻，雖不可無，亦不宜動，動則官鬼有氣，終有損耗。若變出福爻，則吉。

鼎升曰：

古今圖書集成本《卜筮全書．黃金策．種作》原條文作：「農爲國本，食乃民天。五穀不同，孰識異宜而播種？一年所係，全憑卦象以推詳。旺相妻財，豐登可卜。」

註釋：

①「國本」，國家的根本。

②「食乃民天」，民以食爲天。人民以糧食爲生存的根本。形容民食的重要。「天」，比喻賴以生存的最重要的東西。

③「五穀」，通常指稻、黍、稷、麥、菽；泛指各種主要穀物。

④「異宜」，所宜各不相同。

⑤「佈種」，播種。

⑥「推詳」，推究詳察。

⑦「豐登」，農田收成豐足；豐收。

空亡福德，損耗難憑。

子孫爲原神，最喜生旺發動爲吉，若遇空亡，則財無生氣，官鬼當權，定多損耗。

父母交重，耘耔①徒知費力。

父母爲辛勤勞苦之神，動則必主費力，收成②亦減分數③。

註釋：

①「耘耔」，翻土除草。亦泛指耕種。「耔」，音zǐ【紫】。在禾根上培土；植物的種子。

②「收成」，收割農作物；莊稼、蔬菜、果品等收穫的成績。

③「分數」，數量；程度；比例。

兄爻發動，年時①莫望全收。

兄弟劫財，大怕發動；倘得子孫亦動，反許全熟年時。如子孫之爻衰靜，莫望全收，又主工本②欠缺。

鼎升曰：

古今圖書集成本《卜筮全書·黃金策·種作》原解作：「兄弟劫

財，占種爲忌爻，大怕發動；總得福與財旺，亦非全熟年時。若臨世，主治田之人種作不精，不然欠工本也。」

註釋：

①「年時」，農作物的收成情形；全年；年份。

②「工本」，生產和銷售產品所需的基本費用。

鬼在旺鄉遇水神，而禾苗渰腐①。

鬼爻發動，若臨水爻，冲剋身世，禾苗必爲渰腐；更逢月建日辰動爻生扶，當有洪水橫流②之災。

鼎升曰：

古今圖書集成本《卜筮全書・黃金策・種作》原解作：「鬼爻發動，所種之初必有損害。若臨水爻，其田必被水淹；衝尅身世，蓋必爲淹腐也；更逢月建日辰動爻生扶，當有洪水橫流之患。化出福爻生合鬼，必後重生長；化出火來刑尅，恐澇後又遭大旱。若有救，雨雖多無事。」

註釋：

①「渰腐」，因水淹浸而腐爛。「渰」，音yǎn【掩】。通「淹」。淹没。

②「橫流」，水四處漫溢的樣子。

官居生地加火煞，而稼穡①焦枯。

鬼在生旺之地，而臨火爻動者，必主缺水；冲剋刑剋，恐有焦禾殺②稼之禍。若有制服，雖旱不妨。

鼎升曰：

《卜筮全書·黃金策·種作》原解作：「鬼在生旺之地，而臨火爻動者，必主缺水；衝尅刑尅，恐有焦禾殺稼之禍。有制伏，雖旱不妨。變出水爻刑尅身世，旱後必有苦雨淹沒。」

註釋：

①「稼穡」，耕種和收穫。泛指農業勞動。此處指農作物；莊稼。「稼」，音jià【嫁】。耕作，種植。穀物；莊稼。「穡」，音sè【澀】。收穫穀物；泛指耕耘收種；穀類植物的穗。

②「殺」，此處指草木枯萎。

土忌剋身，水、旱不調①之歲。

土鬼發動，必主水旱不調，又主里社②興災，否則田禾欠熟。

鼎升曰：

《卜筮全書·黃金策·種作》原解作：「土鬼發動，必主水旱不調：尅世，必有傷損；化火，缺水時多，滋潤時少；化水，淹沒時多，乾旱時少。蓋土能瀉火之氣，制水之勢故也。又主里社興災，須祈禱則吉，否則田地荒蕪欠熟。」

註釋：

①「不調」，不協調。

②「里社」，古代同鄉祭祀土地神的處所；借指鄉里。

金嫌傷世，螟、蝗①交括②之年。

金鬼發動剋世，主有蝗虫。若不傷身傷世，財爻靜旺者，不爲害也。

鼎升曰：

《卜筮全書．黃金策．種作》原解作：「金鬼發動尅世，有蟲傷。應臨及六爻，或五類中化出者，是蝗蟲。不傷身世，財又旺不動，乃經過此地，不爲害也。」

註釋：

①「螟、蝗」，螟和蝗，都是食稻麥的害蟲。「螟」，螟蛾的幼蟲，是一種蛀食稻心的害蟲。「蝗」，種類很多，一般指飛蝗，有的地區叫螞蚱，常成群飛翔，吃麥、

稻等禾苗，是農業上的主要害蟲之一。

②「交括」，一齊會集。

木則風摧，靜須穀粃①。生扶合世，方許無虞。

木爻發動，傷剋世身，所種之物，必遭惡風摧挫②；若化水爻，或與水爻同發，當有風潮③顛沒④之患。木鬼不動，亦主虛粃，葢木爻乃五穀主星；更若福靜財衰，必主秀而不實⑤；財福動空化空，俱是虛粃，空好看之象也。

鼎升曰：

古今圖書集成本《卜筮全書．黃金策．種作》原解作：「木爻發動，傷剋世身，所種物必遭惡風摧挫；若化水爻，或水化木爻，或與木爻同發，當有風潮顛沒之患。木鬼不動，亦主虛粃，蓋木爻五穀主星；更若福靜財衰，必主苗而不秀，或秀而不實；財福動空化空，俱是虛粃，空好看之象。火持鬼爻，與土金鬼爻安靜，被動爻日辰傷剋衝併，皆有虛損：如棉花暗蛀，菽豆延口，葶薺腐爛類。」

註釋：

①「粃」，音bǐ【筆】。同「秕」。中空或不飽滿的穀粒。

②「摧挫」，損害；折斷。

③「風潮」，狂風怒潮；颶風。

④「顛沒」，傾倒覆沒。

⑤「秀而不實」，莊稼只吐穗開花，却不凝漿結實。語出《論語·子罕》：「子曰：『苗而不秀者有矣夫！秀而不實者有矣夫！』」

二爻坐鬼，必難東作①於三春②；五位連官，定阻西成③於八月④。

二爻爲內卦之主，五爻爲外卦之主。內卦有官，種作時多阻；外卦有官，收成時多阻。若二五爻日辰刑傷，更看何爻受傷，便知何事阻節⑤：如兄弟爲口舌，如官爻爲官訟疾病。

鼎升曰：

古今圖書集成本《卜筮全書·黃金策·種作》原解作：「以二爻爲種作始事，五爻爲收成之事。第二爻爲內卦之主，第五爻爲外卦之主。畫卦自下而上，種作自春而秋收也。以爻象言之：初爻爲種子，二爻爲秧苗，三爻爲人力，四爻爲耕牛，五爻爲成熟之日，六爻爲百事之天時也。凡遇鬼在初爻，種子不對，或多敗壞；鬼在二爻，難以耕種，或因阻節失時，秧苗有損；鬼在三爻，農力不到，欠工；鬼在四爻，牛必有病，難以耕㞢；鬼在五爻，收成有阻；鬼在六爻，收時天氣不順。內卦無官方大吉。二爻五爻，若被日辰刑傷衝尅，其種作收成之時，必有阻節失宜。更看何爻傷尅，便知何事阻之：如兄弟爲口舌，官鬼爲官訟類。且如四月丙戌日卜禾，得大過之困卦。酉官動變午火，旱之兆也；日辰帶財，尅制二爻。後將插蒔，果爲陰人少財而去；踰三四日，而天則亢旱難用矣。此上海孫西疇所卜。依此斷之，萬無一失。」

註釋：

①「東作」，春耕；泛指農事；春季作物。

②「三春」，春季三個月。農曆正月稱孟春，二月稱仲春，三月稱季春。也指春季的第三個月，暮春。

③「西成」，秋天莊稼已熟，農事告成。

④「八月」，農曆一年中第八個月份（如果之前沒有閏月）；仲秋。北方秋收一般在農曆八月秋分前後進行。

⑤「阻節」，阻塞不通。

初旺則種子有餘，四空則耕牛未辦。

初爻旺相，種子有餘，空則欠少。四爻旺相，牛必强壯，衰空則無；

空動化出子孫，或化丑爻，而與應爻作合，俱租佃①他人之牛也。

註釋：

①「租佃」，此處指付出一定代價使用別人的牛，用畢把牛歸還原主。

應爻生合世，天心①符合人心。

當以應爲天，以世爲地。應爻生合世爻，治田②遇好天；冲剋世爻，則凡有所作，非風卽雨。

註釋：

①「天心」，天意。

②「治田」，此處指種田。

卦象疊財爻，多壅①爭如少壅。

卦中財爻重疊太過，不宜多加埡②壅；財爻不空、兄弟不動，而遇子孫發動者，多壅則多收也。

鼎升曰：

原解中「埡」，疑爲「堊」之誤。古今圖書集成本《卜筮全書・黃金策・種作》作「堊」。「堊」，音è【餓】。泥土；施肥。

註釋：

①「壅」，聚積；堆積；堵塞；阻擋。也指在植物根部培土或施肥。

②「埡」，音yà【訝】。方言。兩山之間的狹窄地方；山口。

日帶父爻，一倍工夫一倍熟。

父母若臨日辰，或坐世上，必主辛勤勞苦。若非勤作，決然少收，葢「一倍工夫則有一倍熟」也。

財臨帝旺，及時耕種及時收。

凡遇財在生旺爻上，不宜種作太遲，遲則少收。

鼎升曰：

古今圖書集成本《卜筮全書．黃金策．種作》原解作：「凡遇財在胎養長生爻上，不宜種作太早，早則不利：葢胎養長生，一日有氣一日，雖遲不妨。帝旺雖有氣，過此則一日衰一日，故宜早種；在帝旺衰爻上，不宜種遲。」

要知始終吉凶，但看動爻變化。

動爻變財福吉，變兄鬼凶。父化兄鬼，辛勤不熟；父化財福，辛勤有收。財化兄、子化官，始則暢茂①，終則空虛；兄化財、官化子，先遭傷損，後必如意。若然財旺化子孫，五穀豐登也。

鼎升曰：

古今圖書集成本《卜筮全書·黃金策·種作》原條文作：「要知終始吉凶，但看動爻變化。」原解作：「動爻變財福吉，變兄鬼凶。兄化兄，偷盜損折；鬼化鬼，蟲害殘傷。父化兄鬼，辛勤不熟；父化財福，辛勤有收。財化兄、子化官，始則暢茂，終則空虛；兄化財、官化子，先遭傷損，後必稱意。五爻財旺化兄爻，年穀豐登而價賤。」

註釋：

①「暢茂」，繁茂滋長。

欲識栽培可否，分詳子位持臨。

凡卜種植，當指實種子分占：得子孫持臨身世，財爻無刑傷剋害者，此種是必多收；如官鬼持身世，或父動，或財爻動變兄鬼，定主此種無收。

鼎升曰：

《卜筮全書．黃金策．種作》原條文作：「欲識栽培可否，須詳子位持臨。」原解作：「凡占種植何物，以子孫推之：如臨金水，宜種水物；臨火土，宜種旱物；臨木爻，水旱皆宜。子孫能生財剋官，故不看財；若不上卦，方以財論。」

世値三刑，農須帶疾。

世爲治田之人，被日辰動爻刑冲剋害，最爲不利。若帶白虎三刑，農夫必然帶疾，世持官爻亦然；如朱雀恐涉是非；持兄弟必欠工本，或種作不精。持財福，或得財生福合，皆大吉。

鼎升曰：

古今圖書集成本《卜筮全書．黃金策．種作》原解作：「世爲治田之人，被日辰動爻刑衝剋害者，最爲不利。如財爻傷剋，必有陰人財物事；福爻傷剋，必有小口六畜僧道事：故有妨農事。兄弟爲口舌爭鬭，父母爲尊長文書屋宅事情，官鬼爲病訟火盜類。若帶白虎三刑，農夫必然帶疾。世持官爻亦有疾，否則必有職役在身；加朱雀，恐是官訟。世持父母，慣知農業。持兄弟，必欠工本，或種作不精。持財福，或得財生福合，皆大吉。自空化空，農夫有大難，不然其田必種不成，種亦必不利也。」

爻逢兩鬼，地必同耕。

凡卦有兩鬼出現，或鬼臨應上動來作合，或日辰帶鬼爻合世，或被兄弟合併，皆是包攬①與人合種也。

鼎升曰：

《卜筮全書．黃金策．種作》原解作：「凡卜種作，卦有兩鬼出現，其田必與人合種。世爻空動，而鬼臨應上，動來作合，必有人包種此田；日辰帶鬼爻合住，亦然。世爻空亡，而被兄弟衝併，皆是包攬與人種也。」

註釋：

①「包攬」，招攬過來，全部承擔。

父在外爻，水輔，地雖高而潮濕；父居內卦，日生，田固小而膏腴①。

父母爲田。在外卦，其田必高；在內卦，其田必低。生旺田肥，墓絕田瘦。臨木，田形必長；臨土，田形必短；臨火，是乾旱地；臨水，是潮濕地；臨金，是白沙地。日辰冲剋，人不顧戀②；日辰生合，必是好田。

註釋：

①「膏腴」，此處指土地肥沃。

②「顧戀」，眷戀不捨。

父化父，一丘①兩段。

卦有兩父，或化出父爻見兩重，或卦身出現重疊，皆出兩處耕種。

鼎升曰：

原條文中「一丘兩段」，原本作「一丘兩叚」，顯誤，據《卜筮全書·黃金策·種作》改。本卷後條文「變成福德，溝洫分明」原解中「叚」亦同。古今圖書集成本《卜筮全書·黃金策·種作》作「一坵兩段」，「坵」當爲避至聖先師孔丘之諱。

古今圖書集成本《卜筮全書·黃金策·種作》原解作：「父動化父，必是一坵兩段之田；卦有兩父亦然。或是種作兩處。卦身出現重疊，必然兩處耕種。」

註釋：

①「丘」，田地之界址。清制，民間私自移動田地之界址，或將田地段落彼此調換，或以少換多，以劣換好等等，藉此隱佔和侵佔，均依私佔他人田宅律治罪。若藉此逃避納賦，令追納，仍定罪。

沖併沖，七坎①八坑。

日辰動爻沖剋父爻，其田必不平坦，非七高八低，或六畜傷損，或行人踐踏。

鼎升曰：

《卜筮全書·黃金策·種作》原解作：「日辰動爻尅衝父母，其田必不平坦，非七高八低，則主人不照顧，田不值錢。或六畜損傷，或行人踐踏類。」

註釋：

①「坎」，坑。地面凹陷處。

陽象陽爻，此地必然官科則①。

父母在陽宮陽爻，是官田②科則也。

鼎升曰：

原條文與原解中「科則」，原本作「斗則」，當誤，據古今圖書集成本《卜筮全書·黃金策·種作》改。本卷後條文「坐落胎養，開闢未久」原解中「科則」亦同。闡易齋本與談易齋本《卜筮全書·黃金策·種作》俱作「斗則」。

古今圖書集成本《卜筮全書·黃金策·種作》原解作：「父母在陽宮陽爻，是官田；在陰宮陰爻，是民田。若陽宮陰爻，元官田，今改民田；陰宮陽爻，元民田，今改官田科則也。」

註釋：

①「科則」，政府按田地類別、等級而定的田賦標準。東漢部分地區曾分田地爲三品，後歷代越分越細：宋分五等；金分九等；明初分官田爲十一則，後又分民田爲三等九則；清初沿明制，後分則更繁多，如江蘇松江縣分爲五十六則，昆山縣分爲五十九則。「科」，賦稅。「則」，劃分等級。

②「官田」，官府或皇室所有，私人耕種、官府收租的田地。

或空或動，其田還恐屬他人。

父母空亡，田種不成，否則必非己產。臨世發動，其田必有變更；化入空亡，或空合應爻，當賣與人。世臨勾陳動，亦主田有更變。

坐落胎養，開闢①未久。

胎養，言其衰弱也。如父母安静，若遇衰弱之爻動來冲者，乃是新闢之田；父爻自值衰弱動者，亦然；或是新置者。若父持太歲月建，乃是祖遺產業；卦無父母，從世化出，自己續置；若財化出者，乃妻家奩田②；從兄弟化出，合戶之田；從鬼化出，官家田地，不然乃官科則也；應爻化出，必是他人之田。

註釋：

①「開闢」，此處指把荒地開墾成可以種植的土地。

②「奩田」，以田地爲女兒的嫁妝；陪嫁的田產。

變成福德，溝洫①分明②。

父母化出福財，必然溝洫分明，其地亦善，其田必得高價。化兄，田不値錢，或未分析③，或與他家之田合段；若係卦身，則是與人合種。化官，其田不美。

鼎升曰：

古今圖書集成本《卜筮全書．黃金策．種作》原解作：「父母動化出子孫，必然溝洫分明，其地亦善；化財亦吉，其田必得高價；化兄，田不值錢，或未分析，或與他家之田合段；若係卦身，則是與人合種也。化官，其田不美，分五行取之：如化金鬼，必多瓦礫；化木鬼，必是雜草；化水鬼，溝道不明，水難泄瀉；化火鬼，必有屍骸燒化，或蕩田，或廢宅；化土鬼，必有伏尸古墓，或溝塍畦圻莫辨，或浮土難爲耕種，或有六畜踐踏，或官吏人田。否則，不然也。化官空亡，不妨。」

註釋：

①「溝洫」，田間水道。「洫」，音xù【緒】。田間的水溝；通水渠道。

②「分明」，明確；清楚。

③「分析」，分割；分家。

若是坎宮，必近江湖之側。

父在乾宮，其田必高，總在內卦，亦非洼下低田；父在坎宮，田必傍汀①河；父在離宮，田邊遭旱；父在震巽宮，田邊必有樹木；父在坤宮，田在郊外，田心之田也；父在兌宮，田邊有官溝，或近池沼②。

鼎升曰：

原解中「汀河」，闡易齋本與談易齋本《卜筮全書．黃金策．種作》俱如此，疑爲「江河」之誤。

古今圖書集成本《卜筮全書．黃金策．種作》原解作：「父在乾宮，其田必高，總在內卦，亦非洼下低田；父在坎宮，田必傍江河；父在離宮，田邊窰冶；父在艮宮，田在山林左右；父在震巽宮，田邊必有樹木；父在坤宮，田在郊外，田心之田也；父在兌宮，田邊有官溝，或傍池沼。或以八方定其種所。」

註釋：

①「汀」，水邊平地或河流中的小沙洲。

②「池沼」，池和沼。泛指池塘。

若伏兄弟，乃租鄉隣之田。

此指租種而言。若父爻出現，看父爻，則知何人家之田；卦無父母，須看伏在何爻，如伏兄下，是鄰家之田；若無父而動爻有化出者，是卽其人之田也：如財爻化出，是婦人之田。餘倣此。

鼎升曰：

《卜筮全書．黃金策．種作》原條文作：「若伏兄弟，乃租鄰里之田。」古今圖書集成本《卜筮全書．黃金策．種作》原解作：「此條為租種而言。若父母出現，看父爻本宮所伏之神，則知何人家之田：如官伏父下，為職役人家田之類；卦無父母，須看伏在何爻之下，則可知矣：如伏兄下，為鄰里人家之田類；若無父，而動爻有化出者，即是其人之田也：如財爻化出，婦人之田。餘倣此。」

蠶桑①

註釋：

①「蠶桑」，養蠶與種桑。

既言種植，合論蠶桑。採飼辛苦，只為絲綿①而養育；吉凶懸惑②，因憑卜筮於蓍龜③。

諸家以水爻為忌，以火爻為用。孰知：卜蚕，以子孫為蚕；卜絲，以財爻為絲；卜葉，以財爻為葉價。至于水火，何喜何忌之有？倘財爻臨應，或合應，或與動爻相合之財，皆爲養蚕婦女，非絲非價也。宜通變。

鼎升曰：

《卜筮全書．黃金策．蠶桑》原條文作：「既言種植，合論蠶桑。採飼辛勤，只爲絲綿而養育；吉凶眩惑，因憑卜筮于蓍龜。」

註釋：

①「絲綿」，用蠶繭亂絲整理成的棉絮狀的東西，用以絮棉被等。一說指蠶吐在平面上的絲組成的片狀物。

②「懸惑」，對無法看清真相的事物產生的疑惑或焦慮。

③「蓍龜」，以蓍草與龜甲占卜凶吉，因以指占卜。「蓍」，音shī【師】。多年生草木植物，一本多莖，可入藥。古代用其莖以占卜。「龜」，爬行綱龜鱉目龜科，腹、背皆有硬殼。商朝先民以龜甲爲卜具，先於龜甲鑽孔，再以焚燒之草枝置於孔中，甲孔遇熱產生裂紋，以此觀吉凶。產生爆裂時的聲音「啵」即爲「卜」音之來源。

初論子孫，得地，則蠶苗①必利。

凡占蚕，獨以子孫爲用。如子孫旺相得地，無刑冲剋害，必蚕苗盛利②也。

鼎升曰：

《卜筮全書．黃金策．蠶桑》原條文作：「初論火爻，得地，則蠶苗必利。」

註釋：

①「蠶苗」，蠶種。卽蠶蛾的卵。一說指蟻蠶，卽剛孵化的蠶，色黑褐，乍看似螞蟻。

②「盛利」，豐厚的利潤。

次憑財位，當權，則絲繭①多收。

凡占絲繭，獨以財爻爲用。如財爻旺相，有生合，無剋冲，自然絲繭多收。

鼎升曰：

闡易齋本與談易齋本《卜筮全書．黃金策．蠶桑》原條文作：「次尋水位，當權，則寒溼多災。」古今圖書集成本《卜筮全書．黃金策．蠶桑》原條文作：「坎尋水位，當權，則寒濕多災。」

註釋：

①「絲繭」，此處指蠶繭。

福德要興，更喜日辰扶助。

子孫爲蚕身也。旺相發動，蚕必興旺；若衰弱，偶得日辰動爻生扶拱合，大吉之象。惟怕父爻及日辰傷剋，蚕必有損。

妻財怕絶，尤嫌動象刑冲。

凡占絲綿，如財爻休囚死絶，或日辰動爻刑冲剋害，必無好繭，亦無好絲；得生旺有氣，不受傷剋，大吉也。

鼎升曰：

古今圖書集成本《卜筮全書·黃金策·蠶桑》原解作：「占蠶，以財爲絲綿桑葉。凡遇休囚死絕，或日辰動爻刑衝尅害，利必微薄；更若子孫衰空不動，必無好繭，亦無好絲；又主葉缺。須得生旺有氣，不受傷尅，大吉。」

兄弟臨身，葉費而絲還微薄。

卦身如臨兄弟，必主多費桑葉；剋世傷世，必然缺飼，絲綿少收。

鼎升曰：

《卜筮全書·黃金策·蠶桑》原條文作：「兄弟扶身，葉費而絲還微薄。」原解作：「兄弟發動，必主多費桑葉，又主其年葉貴；尅世傷世，必然缺飼，異日作繭必薄，絲綿必少。最不宜持世發動，總財爻旺相，亦不稱心。」

父母持世，心勞而蠶必難爲①。

父母爲子孫之忌神，若臨身世，雖或安靜，必費收拾②，倍加勤勞，然後可望，故言「蚕必難爲」。日月不宜値之。

註釋：

①「難爲」，不易做到；不好辦。

②「收拾」，照顧；照料。

五行如遇官爻，必遭傷損。

官鬼發動屬金，主有霧露①，以致蚕多殭死②。屬木，主門窓③不謹，蚕冒風寒。屬水，主食濕葉，以致蚕瀉。屬火，尅世，須防火災，不然火倉④太熱，不通風氣⑤。屬土，寒煖⑥失宜⑦；飼葉不勻；眠起⑧不齊⑨；或分擡⑩遲緩，致蚕沙⑪發熱蒸傷⑫等類。

鼎升曰：

原解中「分擡」，原本作「分檯」，當誤，以其形近而誤。據《卜筮全書．黃金策．蠶桑》改。

古今圖書集成本《卜筮全書．黃金策．蠶桑》原解作：「官鬼發動屬金，蠶必多食桑葉，或有霧露衝絕，以致蠶多殭死。屬木，桑葉必費；或門牕不謹，蠶冒風寒，以致落蔟變蛹之類。屬水，須防鼠耗；或食濕葉，以致蠶瀉；或火倉不熱，以致寒濕相承，蠶苗遲長。屬火，尅世，須防火災；不然則是火倉太熱，不通風氣；或曬照閃爍，以致蠶眠遲起慢，頭黃難脫之病。屬土及鬼，寒暖失宜；飼葉不勻；眠起不齊；或分擡遲緩，以致蠶沙發熱蒸傷。若鬼臨太歲，當有常例未還。日辰帶鬼衝尅世爻，或日辰值鬼發動，或太歲動變鬼爻，或世持官鬼：皆有願心，祈之則吉。」

據清劉清藜《蠶桑備要．養蠶總要》記載：「蠶有諸忌：濕葉【遇陰雨必晾乾】，霧葉【遇大霧須擦淨】，乾葉，黃沙葉【須擦淨】，氣水葉【積久發熱，卽生氣水，須用新鮮】，香氣，臭氣，不潔淨人，燈油氣，酒醋氣，葱韮薤蒜阿魏硫磺等臭，敲擊門窗箔架，鑼鼓爆竹哭泣叫喚怒罵等聲，及生人與凶服人入室。【一說蟻初下連，卽將葱蒜韮薤忌之物，少擦養蠶筐盤上，以後卽不忌】」

據明徐光啟《農政全書·蠶桑》記載：「《務本新書》蠶忌曰：忌食濕葉。忌食熱葉。蠶初生時，忌屋內掃塵。忌煎煿魚肉。不得將煙火紙撚於蠶房內吹滅。忌側近舂搗。忌敲擊門牕竈箔及有聲之物。忌蠶房內器泣㕭喚。忌穢語淫辭。夜間無令燈火光忽射蠶屋牕孔。未滿月產婦不宜作蠶母。蠶母不得頻換顏色衣服，洗手長要潔淨。忌帶酒人將桑飼蠶及擡解布蠶。蠶生至老，大忌煙燻。不得放刀於竈上箔上。竈前忌熱湯潑灰。忌產婦孝子入家。忌燒皮毛亂髮。忌酒醋五辛羶魚麝香等物。忌當日迎風牕。忌西照日。忌正熱著猛風暴寒。忌正寒走令過熱。忌不潔淨人入蠶屋。蠶屋忌近臭穢。」

註釋：

①「霧露」，吳語指霧。主要由近地層中水汽冷卻凝結的大量小水滴或冰晶所形成的、使視野模糊不清的天氣現象。

②「殭死」，僵硬而失去生命力。「殭」，同「僵」。

③「窓」，同「窗」。

④「火倉」，養蠶室的一種保溫設備。元王禎《農書·農器圖譜·蠶繅門》：「火倉，蠶室火龕也。凡蠶生室內，四壁挫壘空龕，狀如三星，務要玲瓏，頓藏熟火，以通煖氣，四向勻停。」

⑤「風氣」，風。

⑥「煖」，同「暖」。

⑦「失宜」，不得當。

⑧「眠起」，蠶眠後甦醒過來。蠶在生長過程中要蛻數次皮，每次蛻皮前有一段時間不動不食，如睡眠的狀態。

⑨「不齊」，各隻蠶的睡眠和甦醒不在同一個時間。蠶眠起不齊的原因有寒熱不均、收種不得法等，直接導致蠶的飼食不均、生病及蠶絲減少。

⑩「分擡」，養蠶時，由於蠶體增長迅速，須及時對其生長場所進行清理、擴充或替換，否則不僅有礙蠶體發育，生長場所也容易冷濕或過熱等，造成蠶的生病或傷亡。「分」，把蠶分開。「擡」，把蠶捲起提至別處。元佚名《居家必用事類全集·農桑類》：「分擡法：分擡之便，惟在頻欵稀勻，使不致蒸濕損傷也（蚕滋多必須分之，沙燠厚必須擡之。失分則不勝稠疊，失擡則不勝蒸湿，故宜頻。蚕者柔軟之物，不禁觸弄，小而分之，猶能愛護，大而擡之，莫能顧惜也，未免久堆亂積、遠擲交拋。生病損傷，實由於此，故宜安欵而稀勻也）。」

⑪「蚕沙」，蠶屎。黑色的顆粒，可作肥料及供藥用。

⑫「發熱蒸傷」，此處指養蠶時如不及時清理桑渣與蠶砂，則容易引發濕熱之氣，造成蠶的生病或傷亡。清沈公練《廣蠶桑說輯補·飼蠶法》：「桑渣蠶砂不宜厚積，

厚積則濕熱上侵，非蠶所能受。」

一卦皆無鬼煞，方始亨佳①。

凡卜蚕事，一卦無官，眠眠無變，故云「亨佳」。

鼎升曰：

原解中「眠眠」，疑爲「眠起」之誤，以其誤寫而誤。

古今圖書集成本《卜筮全書．黃金策．蠶桑》原解作：「占蠶，以初爻爲蠶種：臨財福，蠶種必好，蟻出必齊；臨死絕，必不齊；臨父母，一半出；臨鬼死絕處，已變亦不能出。二爻臨鬼下，蟻必難長盛，雖已黑其頭，亦有損害；臨父母，亦然。若動而化出，則頭眠起後有損。三爻臨鬼，停眠時有損。若三爻得吉神生扶，二爻遇凶殺剋制者，始雖不旺，後日則盛。四爻臨鬼，蠶女人眠，必多損失。無故自空，前功俱廢；臨財化空，食加而葉缺。五爻臨鬼上，箔有損。鬼帶水爻，蔟汗；鬼帶木爻，必多遊走；鬼帶土爻，必多腐爛；鬼帶金爻，白殭死；鬼帶火爻，繭必輕薄。六爻臨鬼，絲必難織，蛾必難出。以上六爻，須當互看，大抵皆怕空絕，皆要財福，皆忌官父持剋。」

註釋：

①「亨佳」，順利美好。

日主冲身，切忌穢人入室。

遇日辰相冲身世，或應爻動剋，須防穢汚人①帶魘②入室，觸犯蚕花③，以致變壞。

鼎升曰：

《卜筮全書・黃金策・蠶桑》原解作：「世身遇日辰相衝，或應爻動剋，須防穢汚人帶魘入室，觸犯蠶花，以致變壞。世帶水土動衝子孫，乃蠶婦自身不潔，非他觸也。」

另參本卷前「五行如遇官爻，必遭傷損」條文。

註釋：

①「穢汚人」，鄙俗之人；骯髒之人；不潔之人。

②「魘」，音yǎn【演】。吳語中指用法術等鎮壓邪魅或加害於人。

③「蚕花」，指蟻蠶。剛孵化的幼蠶，色黑褐，乍看似螞蟻。清沈公練《廣蠶桑說輯補・飼蠶法》：「子之初出者名蠶花，亦名蟻，又名烏。」一說指蠶繭或蠶繭獲得好收成。一說指名爲「蠶花太子」、「蠶花仙子」或「蠶花娘娘」等主管蠶事的神

靈。一說指一種紙花，蠶婦在參加蠶花廟會或進蠶房前插於頭髮上。一說指養蠶期間，蠶農爲討吉利，稱一般野花爲蠶花。一說指「蠶花懺」或「送蠶花」，清汪曰楨《湖蠶述・浴種淴種》：「俗於臘月十二日、二月十二日禮拜經懺，謂之『蠶花懺』。僧人亦以五色紙花施送，謂之『送蠶花』。」

妻財合應，必然汚婦①臨蚕。

妻爻爲養蚕婦。臨太歲財爻，必是慣家②；化子孫必然精製③；化父母難爲蚕苗；化官鬼有病。財爻化兄弟墓絶，蚕姑當有大難。臨子孫胎，或化子孫胎，必有孕。若與鬼爻應作合者，蚕婦必與外人有情；遇有冲剋，其事已露。

鼎升曰：

《卜筮全書・黄金策・蠶桑》原條文作：「世爻合應，必然汚婦臨蠶。」古今圖書集成本《卜筮全書・黄金策・蠶桑》原解作：「世爻爲養蠶婦。墓庫，老年婦；胎養長生，少年女子。臨太歲財爻，必是慣家；臨子孫，必然精製；臨兄，老年懶飼；臨父母，雖多辛勤，然恐多傷蠶苗；臨官鬼，蠶姑必有病。世爻無故自空，或化死墓絶空，蠶姑當有大難；不然，必懶于擡飼。若帶自刑，身亦病。臨胎化胎，必有孕；

日辰相衝，將及分娩。若與鬼爻應爻及日辰作合者，蠶婦必與外人有情；遇有衝尅，其事已露。世在陽宮，又臨陽爻，是蠶主淫亂，非蠶婦也。」

註釋：

①「污婦」，此處指可能傷損蠶苗、懶惰、有病在身或與外人有私情等情形的蠶婦。

②「慣家」，有經驗的行家。

③「精製」，此處指精細周密，技藝超群。

子受暗冲，每遇分擡須仔細。

子孫爲蚕身。出現不動，而被日辰動爻暗冲者，主分擡時不加仔細，蚕恐傷損。

鼎升曰：

古今圖書集成本《卜筮全書．黃金策．蠶桑》原解作：「子孫爲蠶身。出現不動，而被動爻日辰暗衝者，主分擡時不加仔細，蠶多傷損；蓋衝福之爻不遇父母官鬼，非吉神故也。動而逢衝，蠶多遊走。無衝然後爲吉。」

財無傷剋，凡占葉價必騰增①。

獨占葉價貴賤，惟重財爻。若遇動爻日辰相生，後必葉貴；或財衰無氣，或化入墓絕，皆主葉賤。

鼎升曰：

《卜筮全書·黃金策·蠶桑》原條文作：「財逢傷尅，凡占物價必騰增。」古今圖書集成本《卜筮全書·黃金策·蠶桑》原解作：「凡占葉價貴賤，但看財爻：若遇動爻日辰相尅，去後必然葉貴；或財空亡，或衰無氣，或化入死墓空絕，皆主葉貴；若財爻旺相，兄弟不動，則葉必賤。凡遇兄弟發動，葉必不敷。」

註釋：

①「騰增」，此處指物價上漲。

兄弟入空亡，絲番①白雪。

如遇兄弟死絕，空伏不動，利有所望：獨占絲，必好；獨占葉，必貴；獨占蚕，反不旺也。

鼎升曰：

《卜筮全書·黃金策·蠶桑》原條文作：「兄弟值空亡，絲番白雪。」古今圖書集成本《卜筮全書．黃金策．蠶桑》原解作：「凡遇財福旺相，豐稔可推。然有兄弟父母官鬼，亦難許爲吉兆：必得三者死絕空伏不動，方成大吉之象，則蠶無所傷，利有所望，而絲亦好也。」

註釋：

①「番」，同「翻」。

福身臨巳午，繭積黃金。

凡養春蠶，在清明後收蠶苗，立夏後收絲繭。比時①春末夏初，最宜子孫臨巳午二爻：巳午者，言其旺相也。若子孫與財會局，大吉之兆。

鼎升曰：

《卜筮全書．黃金策．蠶桑》原條文作：「卦身臨巳午，繭積黃金。」古今圖書集成本《卜筮全書．黃金策．蠶桑》原解作：「巳午臨身，蠶命得地；更會財福，大吉之卦。世爻臨之亦好。」

註釋：

①「比時」，當時。

父動化財，不枉許多辛苦。

父動剋子，此非吉兆，如化財爻回頭剋制，不能傷剋子孫矣，故曰「不枉許多辛苦」。

鼎升曰：

《卜筮全書．黃金策．蠶桑》原條文作：「父動化財，不枉許多勤苦。」古今圖書集成本《卜筮全書．黃金策．蠶桑》原解作：「父動尅子，本非吉兆：若化財爻，則主辛勤終有成望；化子亦吉。父化父，廣養薄收。父化官，徒自辛勤，必多傷損。父化兄，兄化父，鬼化父，財化兄，日後必賤。財化鬼，子化官，先吉後凶：如蠶雖旺，入箔則多變爛類。兄化兄，則主折本。」

官興變福，亦遭幾度虛驚。

官鬼發動，育蚕必有損耗；若化子孫回頭剋制，庶幾①無事，然亦有虛驚。如買出火②蚕養，比自收蚕苗更好。

註釋：

①「庶幾」，希望，但願；或許，也許；有幸。

②「出火」，蠶自出生經過四眠與四次蛻皮後吐絲作繭，蛻皮時，不食不動，呈睡眠

狀態。第三次蛻皮稱三眠，由於時間特別短，一過三眠後就可免去人工加溫，蠶可離於火，故稱。清汪曰楨《湖蠶述·出火》引《遺閒瑣記》：「小蠶用火至三眠去之，故名出火（亦作輟火）。近多不用火，而出火之名仍相沿不改。」清道場山人《西吴蠶略·出火》：「古書稱蠶三眠三起，《農桑直說》謂四眠蠶别是一種。今湖蠶多養四眠者，轉謂三眠者爲别種矣。湖蠶之第三眠名爲出火。」

卦出乾宫，若養夏蠶偏吉利。

蚕有春蚕、夏蚕。春蚕者，俗名頭蚕也，清明後收蚕苗，立夏後收絲繭。夏蚕者，俗名二蚕也，芒種後收蚕苗，夏至後收絲繭：比時夏火炎炎[1]，如得子孫爻属水反吉，因乾兑二宫子孫属水，故曰「若養夏蚕偏吉利」。

鼎升曰：

古今圖書集成本《卜筮全書·黄金策·蠶桑》原解作：「乾兑宫卦，子孫屬水，其性皆逆：春蠶必難興旺，故利夏蠶。蓋春與夏不同：春蠶怕冷，大忌水爻；夏蠶要凉，不忌水爻。春蠶若冷，多病難養；夏蠶若凉，少病易旺：所以夏蠶宜子孫屬水。」

註釋：

①「炎炎」，灼熱。

母居刑地，如言蚕室①定崩摧②。

蚕房以父母論。生旺有氣，修治整齊；死絶刑害，崩摧破敗；帶水自刑，蚕室必漏。水化父、父化水，皆作前斷。

註釋：

①「蚕室」，蠶房。養蠶的溫室。

②「崩摧」，倒塌毀壞。

蠶絸①獻功，三合會財局而旺相；卦宮定位，六爻隨動靜以推詳。

卦有三合，最怕會成父官局，大爲不利。蓋會局之爻，不論四時，皆爲旺論：如會父局則傷子孫；如會鬼局則傷兄弟，兄弟乃子孫之原神也。故占蚕得三合財福一局，可作十分吉斷。

鼎升曰：

《卜筮全書・黃金策・蠶桑》原條文作：「蠶絸獻功，三合會財福而旺相；卦宮定位，六爻隨動靜以推詳。」古今圖書集成本《卜筮全書・黃金策・蠶桑》原解作：「卦有三合，最怕會成父兄官局，大爲不利。蓋會起之爻，不論四時，皆爲有氣，以彼有二爻扶持故也；旺相遇之，其勢愈甚。故占蠶，得三合財福二局，大吉之兆；更若凶殺有制，可作十分吉斷。」

註釋：

①「絸」，同「繭」。

六畜①

註釋：

①「六畜」，馬、牛、羊、雞、犬、豬六種牲畜；泛指各種牲畜。

道形萬物①，理總歸於一心②；易盡三才③，占豈遺乎六畜？惟能精以察之，自得明而著矣！

凡占六畜，不可以其本命論之，當以指實④一畜而卜。以子孫爻爲用神，以財爻爲身價⑤斷之。

鼎升曰：

原條文中「明而著」，疑爲「明而着」或「明而著」之誤，以其形近而誤。闡易齋本與談易齋本《卜筮全書・黃金策・六畜》作「明而着」，古今圖書集成本《卜筮全書・黃金策・六畜》作「明而著」。「明而着」或「明而著」，鮮明且顯著之意。

註釋：

①「道形萬物」，萬物無不被道所統攝，而萬物又以自己獨特的功能來體現道。

②「心」，古代哲學認爲「心之官則思」，心是人思維、感情的器官。儒家學者陸九淵、王陽明發展出來的「陸王心學」認爲「心」即理，與「物」相對，是宇宙萬物之本，「明本心」、「尊德性」、「致良知」，可達「與天地萬物爲一體」的境界。

③「三才」，天、地、人。語見《周易・說卦》：「是以立天之道曰陰與陽，立地之道曰柔與剛，立人之道曰仁與義。兼三才而兩之，故《易》六畫而成卦。」

④「指實」，確定；認定。

⑤「身價」，此處指六畜的價格。

命在福神，若遇興隆須長養①。

禽虫六畜之命，皆屬子孫。旺相有氣不空，必然長養易大；休囚墓絕，決然不濟②。若不上卦，或落空亡，皆不可畜養。

註釋：

①「長養」，撫育培養。

②「不濟」，不頂用；不好。

利歸財位，如逢囚死定輕微。

大抵此占，惟牛馬爲力，其他爲利而占。然力與利，同歸財爻，如逢休囚墓絕，財利必薄、氣力不多，旺相方爲大吉。

二者不可相無，一般①皆宜出現。

無福則難養，無財則利少。財福不空俱出現，六畜相宜②。

註釋：

①「一般」，同樣；通常。

②「相宜」，適宜；合適。

財旺福衰，雖瘦弱而善走；財空福動，總遲鈍而可觀①。

凡占牛馬等物，子孫爻旺相主肥，休囚主瘦，動則强健；財爻旺相則主有力，又主善走，後亦有力。

鼎升曰：

古今圖書集成本《卜筮全書．黃金策．六畜》原解作：「凡占牛馬，子孫爻旺相，主肥；休囚主瘦；動則強健輕跳，必有可觀[①]。財爻旺相，則主有力，又主善走，後亦有益；休囚則無力，而不善走，亦不濟；財若空亡，愈見遲鈍不濟。」

註釋：

①「可觀」，優美好看。

財若空亡，雖利暫時無遠力。

財爻發動，但不宜化入空亡，必無久遠力。

福臨刑害，若非齴[①]鼻定凋[②]疤。

子孫爻帶刑敗等爻，其畜主有破相。齴，音葉，缺齒也。

註釋：

①「齴」，齒缺也。「齾」字之譌。「齾」，音yà【訝】。缺齒；器物的缺損。

②「凋」，半傷、未全傷。

相合相生，必主調良①且善；相冲相剋，定然頑劣不馴②。

子孫生合世爻，六畜馴善，于我有益；若來刑冲剋害，必主性劣不馴。

鼎升曰：

原解中「刑冲剋害」，原本作「形冲剋害」，顯誤，以其形近而誤。徑改。

註釋：

①「調良」，馴服善良。

②「馴」，音xùn【訓】。馬順服。泛指順服。

要知蹄足身形，須看臨持八卦；欲別青黃白黑，須叅生剋六神。

乾爲頭，坎爲耳，震爲前足，艮爲後足，巽爲腰，離爲目，坤爲腹，兌爲口。青龍色青，白虎色白，朱雀色赤，玄武色黑，勾陳、螣蛇色黃。凡占，以子孫所臨爲本身顏色，以他動來生剋者，斷別處有異色：如子孫臨玄武在乾宮，而被坤宮動剋之，乃是黑身黃足；若被艮宮白虎動剋，可言黃身白足。他倣此。凡剋處多于生處，衰處少于旺處，自宜通變。

陰陽有雌雄牝牡①之分。

禽曰雌雄，獸曰牝牡。以子孫屬陰屬陽：如陽爻子孫，占牛爲牡，占馬爲雄之類也。

註釋：

①「牝牡」，此處指鳥獸的雌性和雄性。「牝」，音pìn【聘】。鳥獸的雌性。「牡」，鳥獸的雄性。

胎養爲駒①犢②羔③雛④之類。

馬子曰駒，牛子曰犢，羊子曰羔，雞鴨子曰雛。凡遇子孫之胎養臨于世爻上，必是此類。

註釋：

①「駒」，音jū【拘】。二歲的馬。泛指少壯的馬。

②「犢」，音dú【瀆】。小牛。泛指牛。

③「羔」，小羊；幼小的生物。

④「雛」，音chú【鋤】。小雞。泛指幼禽或幼獸。

身坐子胎，必是受胎之六畜。

如子孫之胎爻臨于身爻上，則是有胎之畜；化出胎爻亦是。

鼎升曰：

《卜筮全書．黃金策．六畜》原條文作：「身生子胎，必是受胎之六畜。」原解作：「如占牛，子孫在胎爻上，必童牛；自生，子孫在胎爻上，則是牛有胎，原非童牛也。化出胎爻或子孫衝胎，動于卦中者，亦然。子化子，則是子母牛也。」

福臨鬼墓，須知有病於一身。

福臨鬼墓，畜必有病；或被鬼冲，皆主有病也。

鼎升曰：

古今圖書集成本《卜筮全書．黃金策．六畜》原解作：「福臨鬼墓，畜必有病。如臨病爻，或被鬼爻衝尅，皆主有病也。」闡易齋本與談易齋本《卜筮全書．黃金策．六畜》原解中「鬼爻」作「上鬼」，當誤。

父動有傷，子絕則徒爲勞碌。

父母發動，則傷子孫，六畜必有損失；更子孫受絕無氣，必主死亡。牧養[1]亦徒勞碌。

鼎升曰：

《卜筮全書．黃金策．六畜》原條文作：「父動有傷，子絕則徒勞碌。」古今圖書集成本《卜筮全書．黃金策．六畜》原解作：「父母發動，必傷用神，必有損失；更遇子孫墓絕無氣，必主死亡。雖能牧養，亦徒勞碌。得子孫在空避之地，方爲吉。」闡易齋本與談易齋本《卜筮全書．黃金策．六畜》原解中「墓絕無氣」作「絕無氣」，當誤。

註釋：

①「牧養」，放牧飼養。

兄興不長，福興則反有生扶。

兄弟發動，六畜不長；若得子孫亦動，財爻則反叨[1]其生扶，主易養利厚。

鼎升曰：

《卜筮全書．黃金策．六畜》原條文作：「兄興不長，財空則反生扶。」原解作：「兄弟發動，六畜不長；若得財值空爻，不受傷尅，則反生扶子孫，其畜必然易養，利亦不失。」

註釋：

①「叨」，音tāo【掏】。承受。常用作謙詞。

世若空亡，到底終須失望。

世爻空亡，必不稱意；畜之亦有始無終。

鼎升曰：

此條文後，《卜筮全書．黃金策．六畜》另有一條文：「鬼如發動，從來弗克如心。」原解作：「鬼爻發動，占畜大忌：或六畜自有疾病，或因事而起禍端，日後必不如願。詳具于下。」

逢金生旺，當慮嚙①人；值土交重，須憂病染。

金鬼發動，有蹼②脾③之患；若剋世爻，必難觸犯；世爻更絕，必被傷人。木鬼發動，主有結草之病④。水鬼發動，主有寒病。火鬼發動，必主畏熱。土鬼發動，須防瘟病⑤。

鼎升曰：

古今圖書集成本《卜筮全書．黃金策．六畜》原解作：「金鬼發動，有蹼脾之患；若尅世爻，必難觸犯，亦且傷人。木鬼發動，主有草結之病。若在外卦，毛色不善；更加螣蛇，必有惡毛旋螺，有碍相法。水鬼發動，主有寒病，如激心、黃瀉、薄糞之類。火鬼發動，必主畏熱，或有熱結病類。土鬼發動，須防瘟病類。或曰：鬼在初爻足有病，在二爻臀髀有病，三爻腰股有病，四爻前脾背脊有病，五爻頭項峰領有病，六爻頭上有病。若在震坎二宮，上橋下水，皆宜仔細。」

註釋：

①「嚙」，音niè【涅】。咬；啃。

②「蹼」，音pǔ【普】。某些兩棲動物、爬行動物、鳥類和哺乳動物腳趾中間的薄膜，用來撥水。青蛙、龜、鴨、水獺等都有蹼。

③「脾」，音bì【閉】。通「髀」。股部；大腿；大腿骨。

④「結草之病」，牛馬豬羊等貪吃大量草木飼料後，引起的不消化或脹氣等症，嚴重可致死。

⑤「瘟病」，吴語指流行性的傳染病。

官加蛇雀，必因成訟成驚。

日帶螣蛇發動，異日此畜必有怪異驚駭；若臨朱雀，必致口舌爭訟；臨玄武防偷盜；臨白虎防跌蹼①。

註釋：

①「跌蹼」，跌倒；摔跟頭。

子變兄財，可驗食粗食細。

子孫化出兄弟，主口嬌食細；化出財爻，主食粗口褋。

鼎升曰：

《卜筮全書．黃金策．六畜》原條文作：「福變兄財，可驗食粗食細。」

財連兄弟，乃芻豢①之失時②。

子化兄，是口嬌不食；財化兄，乃人之豢養③失時，以致飢餓，非不食也。

註釋：

①「芻豢」，音chúhuàn【除換】。指牛羊犬豬之類的家畜。芻，吃草的牲口；豢，食穀的牲口。

②「失時」，不及時；不當其時。

③「豢養」，喂養；馴養；養育。

子化父爻，必勞心之太過。

子孫發動，其畜必良，若化父回頭來剋，是人不愛惜，過勞其力，以致于傷。

鼎升曰：

《卜筮全書．黃金策．六畜》原條文作：「子化父母，必勞心之太過。」

福連官鬼，須防竊取之人；鬼化子孫，恐是盜來之畜。

子孫化鬼，日後必被人盜，否則病死；若官化子，恐人盜來者。生合世，必有利；沖剋世，必有害。

官、兄交變，難逃口舌之相侵。

卦中鬼變兄，或官、兄俱動，必因此畜起是非口舌。

鼎升曰：

《卜筮全書．黃金策．六畜》原解作：「卦中兄動變鬼，鬼變兄，或二爻俱動，必因此畜而有是非口舌；若文書亦動，必然成訟；世爻入墓，恐有牢獄拘禁之禍。」

日、月並刑，豈免死亡於不測①？

日辰、月建、動爻，俱來刑剋子孫，不免病死。

註釋：

①「不測」，難以意料；不可知。多指禍患。

若占置買①，亦宜福動生身。

凡占置買六畜，子孫發動，出產②必多。要來生合世爻，必然好買易成；與世沖剋，定難置買。

註釋：

①「置買」，購買；購置。

②「出產」，生育。

若問利時，最怕財興化絶。

財爻出現，不空有氣，持世生合世，不受傷剋，不變兄鬼，即爲有利；或化絕化剋，皆主無利。

鼎升曰：

《卜筮全書．黃金策．六畜》原條文作：「若問利時，最怕妻興化絕。」古今圖書集成本《卜筮全書．黃金策．六畜》原解作：「財爻出現，不空有氣，持世生合世，不受傷尅，不變兄鬼，卽爲有利；若不出現，或落空亡，或化死墓絕空，或被兄尅弟劫，皆主不利。」

或賭或鬪，皆宜世旺財興。

北人好鬪鵪鶉①雞羊，南人促織②黃頭③。凡遇占此，要世爻有氣剋應，子孫發動，卽是我勝；得月建日辰動爻刑剋應爻，亦勝。若世被應剋，子孫空伏，官鬼發動，日月動爻反來刑剋，必是他勝。

鼎升曰：

《卜筮全書．黃金策．六畜》原解作：「北人好鬭鵪鶉雞羊，南人好鬭促織黃頭鳥。凡占此，要世爻有氣尅應，子孫發動，卽是我勝；世雖不尅，得月建日辰動爻刑尅應爻，亦勝。若世被應尅，子孫空伏，官鬼發動，日月動爻反來刑尅，是他勝。最怕父母帶殺旺動，則禽蟲有鬭死之患。財爻持世生合皆吉，兄鬼持世是我輸。世應比和，六爻安靜，子孫空伏，賭鬭不成；世應俱空，亦賭不成。」

註釋：

①「鵪鶉」，音ānchún【安唇】。鳥名。體形似雞，頭小尾禿，羽毛赤褐色，雜有暗黃條紋。雄性好鬥。

②「促織」，昆蟲名。又稱蟋蟀、蛐蛐。觸角長，後腿粗大，善於跳躍。雄性善鳴好鬥。

③「黃頭」，鳥名。體似麻雀，羽色黃潤，趾爪剛強，善鬥。人或飼之爲鬥鳥。

或獵或漁，總怕應空福絕。

凡占漁獵，要應生世，福神旺相，生合世身爲吉；倘或空絕，不能得意。

鼎升曰：

古今圖書集成本《卜筮全書．黃金策．六畜》原解作：「凡占漁獵，要應生世，世尅應，子孫生財，便主有得；若應爻空亡，子孫受尅，或臨死絕，必然空出空回，無所獲也。鬼爻旺動尅世，須防猛獸害人。兄弟發動，雖有不多。得子孫動臨身世，則吉。」

乳抱①者，宜胎福生旺而無傷。

凡占畜養母猪羊，要胎福二爻生旺，不受刑剋，便無損害。

鼎升曰：

古今圖書集成本《卜筮全書．黃金策．六畜》原解作：「凡占蓄養母猪羊，及抱鷄鴨鵝卵類，要胎福二爻生旺，不受刑尅，便無損失。若自空或帶鬼，必難生育；化空絕，化鬼，則主後有損；旺空，一半無事；福旺財空，雖出好而利輕。」闡易齋本與談易齋本《卜筮全書．黃金策．六畜》原解中「主後」作「生後」。

註釋：

①「乳抱」，禽獸的生育繁殖。「乳」，產子。「抱」，禽孵卵。

醫治者，要父官衰絕而有制。

六畜有病，占醫治療，要子孫旺相有氣，不遭刑剋，而父母官鬼休囚墓絕，或雖動而有制者，無妨。

鼎升曰：

古今圖書集成本《卜筮全書．黃金策．六畜》原解作：「六畜有病，占醫治療，要子孫旺相有氣，不落空亡，不遭刑尅，而父母官鬼休囚墓絕，或雖動而有制，不死。若子孫無故自空，或化死墓空絕，或化官鬼，或父母帶殺，乘旺動剋，皆不能救：雖用醫治，亦必死。應爻空亡，及被世剋者，醫必不來。」

求名

書讀五車①，固欲致身②於廊廟③；胸藏萬卷④，肯甘遯跡⑤於丘園⑥？要相⑦國家，當詳易卦。父爻旺相，文成擲地金聲⑧；鬼位興隆，家報泥金⑨喜捷⑩。

凡占功名，以父爻爲文章，鬼爲官職，二者一卦之主，傷一則不成。若父爻旺相，文章必佳；官鬼得地，功名有望。泥金喜報，總言金榜題名⑪、功名成就之意，非以鬼爲音信也。

註釋：

①「書讀五車」，形容讀書多，學識淵博。「五車」，指五車書。語出《莊子・天下》：「惠施多方，其書五車。」

②「致身」，原謂獻身。後用作出仕之典。語見《論語・學而》：「事父母能竭其力；事君能致其身；與朋友交，言而有信。」

③「廊廟」，殿下屋和太廟。指朝廷。

④「萬卷」，形容書籍很多。
⑤「遯跡」，逃避人世；隐居；使人不知蹤跡。
⑥「丘園」，家園；鄉村。指隱逸。
⑦「相」，此處指推測國家的運氣。
⑧「擲地金聲」，比喻文章詞藻優美，語言鏗鏘有力。「金」，鐘磬之類的樂器，聲音清脆優美。
⑨「泥金」，泥金帖子。用金屑塗飾的箋帖。唐以來用於報新進士登科之喜。
⑩「捷」，同「捷」。科舉及第；及第的消息。
⑪「金榜題名」，科舉殿試揭曉的榜上有名。謂殿試錄取。

財若交重，休望青錢之中選①；福如發動，難期金榜之題名。

惟卜功名，以財福反爲惡煞，蓋財能剋父、子能剋鬼故也。如財爻持世，若得官動來生，而財無忌也。子孫固爲忌客。

鼎升曰：

古今圖書集成本《卜筮全書．黃金策．求名》原條文作：「財若交重，休望青錢中選；福如發動，難期金榜題名。」

原解中「如財爻持世，若得官動來生，而財無忌也」句，疑爲「如官爻持世，若得財動來生，而財無忌也」之誤，以其誤用六親而誤。

據《清朝通志．食貨略．錢幣》記載：「【清高宗乾隆】五年【公元1740年，庚申年】，浙江布政使張若震見私毀之弊屢禁不能杜絕，訪諸爐匠，皆言配合銅、鉛加入點錫即成青錢。」

據《新唐書．張薦列傳》記載：「張薦字孝舉，深州陸澤人。祖鷟，字文成，早惠絕倫。爲兒時，夢紫文大鳥，五色成文，止其廷。大父曰：『吾聞五色赤文，鳳也；紫文，鸑鷟也。若壯，殆以文章瑞朝廷乎？』遂命以名。調露【唐高宗李治年號】初，登進士第。考功員外郎騫味道見所對，稱天下無雙。授岐王府參軍。八以制舉皆甲科，再調長安尉，遷鴻臚丞。四參選，判策爲銓府最。員外郎員半千數爲公卿稱『鷟文辭猶青銅錢，萬選萬中』，時號鷟『青錢學士』。」

註釋：

①「青錢之中選」，青錢萬選。「青錢」，用青銅（銅、鉛、錫合製）鑄的錢幣，爲銅錢中的上品，也泛指一般銅錢。唐張鷟文辭極佳，有如青錢般人人喜愛，萬選萬中。後以「青錢萬選」喻文才出眾，屢試屢中。

兄弟同經①，乃奪標②之惡客③。

同類者爲兄弟，求名見之，乃是與我同經之人。如遇發動，或月建、日辰俱帶兄弟，則同經者多，必能奪我之標；總大象可成，名亦落後。

註釋：

①「同經」，同試一經；同治一經。「經」，指儒家經典。

②「奪標」，龍舟競渡時，優勝者奪取錦標。亦以喻科舉考試得中。

③「惡客」，庸俗、不受歡迎的客人；爲害主人的賓客，通常指盜賊而言。

日辰輔德①，實勸駕②之良朋③。

如父母官鬼無氣，若得日辰扶起，剋制惡煞，仍舊有望，故曰「輔德」。或世爻衰靜空亡，得日辰生扶冲實，主有親友資助盤費④，輔其前往求名也。

鼎升曰：

古今圖書集成本《卜筮全書·黃金策·求名》原解作：「日辰爲卜卦之主，能成事，亦能壞事。如父母官鬼無氣，事必難成；若得日辰扶起，剋制惡殺，仍舊有望，故曰『輔德』。或世爻衰靜，得日辰生合；或世爻空亡，得日辰衝實：主其人必不上前求名，而有親友勸其進取，或資助盤費，輔其前往求名也。」

註釋：

①「輔德」。輔佐德行。

②「勸駕」，勸人出來做事或擔任某職務。

③「良朋」，好友。

④「盤費」，此處指路費。

兩用相沖，題目生疎而不熟。

以官父爲用爻，喜合而不喜沖。若見官父相沖，主出題生澁①不熟也。

鼎升曰：

《卜筮全書．黃金策．求名》原解作：「求名卦，以官父爲用爻，喜合而不喜衝。若見兩官兩父相衝，主出題生澀不熟也。」

註釋：

①「澁」，同「澀」。

六爻競發，功名恍惚①以難成。

六爻皆喜安靜，止要父母官鬼有氣不空，月建日辰不來傷剋，則吉。凡動則有變，變出之爻，又有死墓絶空刑剋等論，皆爲破敗。故凡亂動卦，其大槩不吉，可知矣。

鼎升曰：

《卜筮全書．黃金策．求名》原條文中「恍惚」作「恍忽」。古今圖書集成本《卜筮全書．黃金策．求名》原解作：「占官，六爻皆喜安靜，止要父母官鬼有氣不空，月建日辰不來傷尅則吉。如有一爻發動，便不順利：且如財動則傷父，子動則傷官，兄動則他人有所先，鬼動則事體有變，父動則文不純正。凡動則有變，變出之爻，又有死墓空絕刑尅等爻，皆爲破敗。故凡亂動卦，不必仔細推究，其不吉，大槩可知矣。」

註釋：

①「恍惚」，迷離，難以捉摸。

月剋文書，程式①背②而不中③。

父旺而得動爻日辰生合，其文字字錦繡④；妻財傷剋，必多破綻；月建冲剋，其文必不中試官之程式也。

鼎升曰：

《卜筮全書．黃金策．求名》原解作：「父旺不空，動爻日辰又不衝尅，其文字字錦繡；若遇兄弟刑衝，文章陳腐，無鮮麗之句；妻財傷尅，必多破綻；子孫刑害，乃是弄巧成拙。不宜月建衝尅，其文自行己意，必不中試官之程式也。凡帶父刑害敗病等爻，及化出者，其文皆有敗破，不能錄取。」

註釋：

①「程式」，法式；規格；準則。

②「背」，違背；違反。

③「中」，此處指符合。

④「錦繡」，織錦刺繡。此處比喻文辭優美。

世傷官鬼，仕路①窒②而不通。

世乃求名之人。若持官鬼，或得官鬼生合，功名有望；若臨子孫，則剋制官鬼，是仕路未通，徒去求謀③無濟④。

鼎升曰：

古今圖書集成本《卜筮全書．黃金策．求名》原解作：「世乃求名之人。大忌財福臨之，必難稱意；若持官鬼，或得官鬼生合，方有指望；若臨子孫，尅制官鬼，是仕路未通，徒去求謀無濟也。」

註釋：

①「仕路」，進身爲官之路；官場。

②「窒」，堵塞；閉塞不通。

③「求謀」，設法尋求。

④「無濟」，對事情沒有幫助。

妻財助鬼父爻空，可圖僥倖①。

父母空亡，若得財爻發動，生扶官鬼，僥倖可成。若財官兩動，而父爻旬空，反不宜也；父爻不空有望。

鼎升曰：

古今圖書集成本《卜筮全書．黃金策．求名》原解作：「父母空亡，名不可望。若得財爻發動，生扶鬼爻有氣，其事僥倖可成；然須子孫安靜，則可許。蓋財不嫌發動者，以文書在空故也。」

註釋：

①「僥倖」，意外獲得成功或免除災害。猶幸運。

福德變官身位合，亦忝①科名②。

正卦無官，若得子孫變出官鬼，與世身生合，得文書有氣：功名有望，但不能高中。

註釋：

①「忝」，音tiǎn【恬】。羞辱；有愧於。常用作謙詞。

②「科名」，科舉考試制度所設的類別名目；科舉功名。

出現無情，難遂青雲①之志。

卦中官父，若不臨持身世，而反臨應爻；或發動而反生他爻，不來生合世身；或破壞墓絶：皆謂「出現無情」。雖在卦中，與我無益，所以「難遂青雲之志」也。

鼎升曰：

古今圖書集成本《卜筮全書．黄金策．求名》原解作：「卦中官父俱全，固是吉兆，若不臨持身世，或不生合世身，或被世爻衝尅，或被日月破壞，或臨死墓空絶，皆謂『無情』，雖在卦中，與我無益，所以『難遂青雲之志』也。」

註釋：

①「青雲」，青色的雲；高空的雲，借指高空。比喻高官顯爵、謀取高位的途徑、遠大的抱負和志向。

伏藏有用，終辭白屋①之人。

官爻不現，但觀其所伏何處。如得有用之官爻，俟值年當「辭白屋」矣。

鼎升曰：

古今圖書集成本《卜筮全書．黃金策．求名》原解作：「官父不全，功名難望，但看所伏者有用、無用斷之：如飛神不遇衝開，伏神不遇提起，謂之『無用』，決主不成；若飛神衝尅得開，伏神提挈得起，謂之『有用』，終是可成。若得月建提起最吉，日辰次之，動爻又次之；更得伏上飛爻在空，尤妙。」

註釋：

①「白屋」，指不施彩色、露出本材的房屋。一說指以白茅覆蓋的房屋，爲古代平民所居。借指平民或寒士。

月建剋身當被責，財如生世必幇糧[1]。

月建若在身爻發動，刑剋世爻，而官父失時者，必遭杖責[2]。卦中官爻持世，而財爻發動生合世爻者，必有幇糧之喜。

鼎升曰：

此條文在《卜筮全書·黃金策·求名》中分爲兩段條文。前條文作：「月建尅身當被責。」原解作：「月建爲考試官。若在身爻發動，刑尅世爻，而官父失時者，必遭杖責；若化子孫，必遭斥逐；若化兄弟，廩膳生最忌之，輕則革糧，重則追罰。」後條文作：「財如生世必幇糧。」原解作：「卦中父母避空，而財爻發動，生合世爻者，必有幇糧之喜；月建帶財化財，或官化財生合世爻，皆吉。大抵廩生小試，最不宜兄弟發動，或臨卦身世爻，或臨日辰月建，皆是革糧之兆；財爻無故自空，亦然。若得財臨身世，或伏世下，雖不稱情，糧必如舊。」

「杖責」與「幇糧」，涉及明清科舉制度中「六等黜陟法」與生員（秀才）等級。

童生取得生員資格後，還要參加以後提學官（學政）組織舉行的歲試和科試。歲試和科試都按成績分爲六等：文理平通者爲一等，文理亦通者爲二等，文理略通者爲三等，文理有疵者爲四等，文理荒謬者爲五等，文理不通者爲六等。並要按等進行獎懲，稱「六等黜陟法」。

而明清兩代生員可分三等，一等叫廩膳生員，簡稱廩生，每年可以從國庫領取白銀四兩，這銀子被叫作「廩餼銀」；二等叫增廣生員，簡稱增生；三等叫附學生員，簡稱附生。生員的法定服色是藍袍，如因故受罰，則改穿青衫，稱爲「青衣」；縣學以下，各鄉還設有社學，本是供童生讀書的地方，如生員因故受罰，被府、州、縣學遣送到社學，則稱之爲「發社」。

「六等黜陟法」規定：凡考列一等的，不管是增生、附生，還是青衣、發社，統統都有資格「補廩」，即填補廩生的缺額，成爲廩生。但廩生名額有限，不一定能馬上補廩，則附生以下都補增生；如增生名額也不足，則青衣、發社都補附生。等到廩生有缺額時，這些取得補廩資格的生員就可以依次遞補。等待補廩稱爲「候廩」。原來被停發廩餼銀或降級的廩生、增生可以恢復原來等級。二等，增生補廩生，附生以下都可以補增生；如果沒有增生缺額，青衣、發社可以恢復爲附生；廩生停廩或降爲增生者可以恢復爲廩生；增生降附生的可恢復爲增生，但不許補廩。三等，曾被停廩但未降爲增生者，可以候廩；增生降附生的，可以恢復；青衣和發社可以恢復爲附生。但由廩生降爲增生的不准恢復。四等，廩生免挨板子，暫時保留廩生名號，但要「停餼」，限讀書六個月，再補考。原來已受過停餼處分的廩生則不准補考。增生以下，就得挨板子了。五等，是廩生的，要被停廩，從廩生名額中除名，但不降爲增生；已被停廩者，則要降爲增生；是增生的降附生，附生降青衣，青衣發社，發社者黜爲民。六等，當廩生十年以上者，受發社處分，六年以上的廩生和十年以上的增生，罰充本處吏役，其他統統黜爲民。但入學不到六年的從輕發落，發往社學。

註釋：

①「幇糧」，由公家發給銀兩、糧食。明清兩代取得廩膳生員的資格後享有此待遇。

②「杖責」，以杖刑責罰。

父官三合相逢，連科①及第②。

卦有三合，會成官局者，必主連科及第；會成父局亦吉。

鼎升曰：

《卜筮全書．黃金策．求名》原解作：「卦有可成之象，而又有三合爻動：會成官鬼局者，必主連科及第，大吉之兆；會成父局，亦吉；

會成財福二局，不利；會成兄弟局者，惟廩生忌之，餘皆無損益。」

註釋：

①「連科」，科舉考試連續被錄取；連續幾屆科舉考試。

②「及第」，科舉應試中選。因榜上題名有甲乙次第，故名。

龍虎二爻俱動，一舉成名①。

青龍、白虎，俱在卦中動來生合世爻，必中魁選②；若持官父，或持身世，尤妙。

鼎升曰：

《卜筮全書·黃金策·求名》原解作：「青龍、白虎，俱在卦中動來生合世爻，必中魁選；若持官父，或持身世，尤妙。此固非理，但借龍虎榜之象耳，然亦有驗。」

註釋：

①「一舉成名」，舊指一次科舉便登第成名。今泛稱作成一事而因此聲名遠播。

②「魁選」，科舉考試中的第一名。

殺化生身之鬼，恐發青衣①。

以子孫爲煞。乘旺發動，必遭斥退②；若得化鬼爻生世，終不脫白③，無過④降青衣而已；卦有財動合住子孫，可用資財謀幹⑤，能復舊職。

鼎升曰：

古今圖書集成本《卜筮全書．黃金策．求名》原解作：「占官，以子孫爲殺。乘旺發動，必遭斥退；若得本宮官鬼伏在世下，或卦身持鬼，或子孫自化鬼爻生世，終不脫白，無過降青衣而已；卦有財動合住子孫，可用貲財謀幹，庶復舊職。」

參本卷前「月建剋身當被責，財如生世必幇糧」條文。

註釋：

①「青衣」，明清時生員（秀才）名目之一。

②「斥退」，舊時指免去官吏的職位或開除學生的學籍。

③「脫白」，吳語中指脫身；免掉（罪責）。

④「無過」，不外乎，只不過。

⑤「謀幹」，爲謀求達到某一目的而奔忙。

歲加有氣之官，終登黃甲①。

太歲之爻，最喜有情。若臨鬼爻，是人臣面君②之象；更得生旺有氣，必然名姓高標③。

註釋：

①「黃甲」，科舉甲科進士及第者的名單。因用黃紙書寫，故名。也指進士及第者。

②「人臣面君」，臣下親自面見國君。

③「高標」，在科舉考試張貼的錄取名單中名列前茅。

病阻試期，無故空臨於世位。

動爻日辰來傷世爻，而世爻落空，大凶之象：試前占，去不成；强去終不利，輕則病，重則死。

鼎升曰：

原解中「動爻日辰來傷世爻」當爲「動爻日辰不傷世爻」之誤，以其形近或妄改而誤。

《卜筮全書·黃金策·求名》原解作：「動爻日辰不傷世爻，而世爻自落空亡者，謂『無故自空』，大凶之兆。試前占，去不成；强去終不利，輕則病，重則死：如在本宮內卦，在家卽病；在三四爻，出門病；在五爻，途中病；在六爻，到考處病；在應爻，又屬他宮，則臨考有病，不得入試。若試後占，其事必不成；大象吉，名成身喪。」

喜添場屋①，有情龍合於身爻。

若大象既吉，更得龍動生合世身，不但名成，必然別有喜事。空動，出空之月日見喜。

鼎升曰：

《卜筮全書·黃金策·求名》原解作：「青龍主喜慶事。若大象既吉，更得龍動來生合世身，必然別有喜事并臨，不但名成而已。若空動，爲虛喜。」

註釋：

①「場屋」，科舉考試的地方，又稱科場。引申指科舉考試。

財伏逢空，行糧①必乏。

六爻無財，伏財又居空地，必乏行糧，盤纏②欠缺。

註釋：

①「行糧」，此處指旅途中的口糧；旅費、路費。

②「盤纏」，旅費、路費；日常的費用；花費、開銷；錢幣。

身興變鬼，來試①方成。

卦遇不成之兆，而得身世爻變官鬼有氣，而父母不壞者，下科可中也。

註釋：

①「來試」，此處指下一次考試。

卦值六沖，此去難題雁塔①；爻逢六合，這回必占鰲頭②。

占功名，得六沖卦，必難求；六合卦，必易得也。

鼎升曰：

古今圖書集成本《卜筮全書．黃金策．求名》原解作：「凡事遇合則聚，逢衝則散。故占功名，得六衝卦，必難求；六合卦，必易得也。然大體須以衰旺動靜參之，不可執滯。」

註釋：

①「題雁塔」，雁塔題名。在大雁塔內題名，是舊時考中進士的代稱。「雁塔」，西安慈恩寺內的大雁塔，唐代進士多題姓名於塔下。五代王定保《唐摭言．慈恩寺題名遊賞賦詠雜紀》：「進士題名，自神龍（武周則天皇帝年號，唐中宗李顯沿用）之後，過關宴後，率皆期集於慈恩塔下題名。」

②「占鰲頭」，科舉時代稱狀元及第。皇宮石階前刻有鰲的頭，狀元及第時站此迎榜。

清洪亮吉《北江詩話》：「又俗語謂狀元獨占鼇頭，語非盡無稽。臚傳畢，贊禮官引東班狀元、西班榜眼二人，前趨至殿陛下，迎殿試榜。抵陛，則狀元稍前，進立中陛石上，石正中鐫升龍及巨鼇，蓋警蹕出入所由，即古所謂螭頭矣。俗語所本以此。」

父旺官衰，可惜劉蕡之下第①；父衰官旺，堪嗟②張㚟之登科③。

父母官鬼，皆宜有氣無損，功名可成。若父爻旺相，官鬼空亡，或不上卦，文字雖好，不能中式④：如劉蕡之錦繡文章，竟不登科⑤也；若父爻衰弱，得官爻旺動，扶起文書，文字雖平常，可許成名：如張㚟之文章，雖欠精美，反登高第⑥也。

鼎升曰：

據《新唐書．劉蕡列傳》記載：「劉蕡字去華，幽州昌平人，客梁、汴間。明《春秋》，能言古興亡事，沈健于謀，浩然有捄世意。擢進士第。元和【唐憲宗李純年號】後，權綱弛遷，神策中尉王守澄負弒逆罪，更二帝不能討，天下憤之。文宗即位，思洗元和宿恥，將翦落支黨。方宦人握兵，橫制海內，號曰『北司』，凶醜朋挻，外脅羣臣，內掣侮天子，蕡常痛疾。【唐文宗】大和二年【公元828年，戊申年】，舉賢良方正能直言極諫……是時，第策官左散騎常侍馮宿、太常少卿賈餗、庫部郎中龐嚴見蕡對嗟伏，以爲過古晁、董，而畏中官眦睚，不敢取……」

據《新唐書．苗晉卿列傳》記載：「苗晉卿字元輔，潞州壺關人，世以儒素稱。擢進士第，調爲修武尉，累進吏部郎中、中書舍人，知吏部選事。選人訴索好官，厲言倨色紛于前，晉卿與相對，終日無慍顏。久之，進侍郎，積寬縱，而吏下因緣作姦。方時承平，選常萬人，李林甫爲尚書，專國政，以銓事委晉卿及宋遙，然歲命它官同較書判，覈才實。【唐玄宗】天寶二年【公元743年，癸未年】，判入等者凡六十四人，分甲、乙、丙三科，以張奭爲第一。奭，御史中丞倚之子，倚新得幸於帝，晉卿欲附之，奭本無學，故議者囂然不平。安祿山因間言之，帝爲御花萼樓覆實，中裁十一二，奭持紙終日，筆不下，人謂之『曳白』。帝大怒，貶倚淮陽太守，遙武當太守，晉卿安康太守。」

註釋：

①「劉蕡之下第」，劉蕡，字去華，唐代進士。性沉健善謀，通曉《春秋》，常言古代興亡諸事，有救世之心。唐文宗（公元827年至公元840年）年間，於舉賢良對策時，極力勸諫皇帝誅殺權奸、宦官，惜不爲皇帝賞識，遂落第。因以比喻考試不中，名落孫山。「蕡」，音fén【焚】。草木果實繁盛碩大貌。

②「嗟」，感歎。

③「張奭之登科」，唐玄宗（公元712年至公元756年）年間，御史中丞張倚之子張奭到吏部候選，因張倚正受玄宗寵信，主持官員選拔者欲攀附之，遂將張奭列爲第一。時人皆知張奭不讀書，因此群議沸騰。有人將此事告知安祿山，安祿山上奏朝廷。玄宗親自在花萼樓重試已錄取的官員，能通過考核者十不及一二，張奭則交白卷。「奭」，音shi【試】。同「奭」。盛；極甚；消散，消釋；飲酒作樂。

④「中式」，科舉考試合格。

⑤「登科」，科舉時代應考人被錄取。

⑥「高第」，科舉考試合格；官吏的考績優等；經過考核，成績優秀，名列前茅。

應合日生，必資鶚薦①；動傷日剋，還守雞窓②。

父官化絕，名必不成。若應爻動爻，或月建日辰扶起官鬼，必須浼③人推薦，或用財買求④可成。

鼎升曰：

據明張岱《夜航船．選舉部．薦舉．鶚薦》記載：「後漢禰衡始冠，孔融愛其才，與為友，上表薦之曰：『鷙鳥累百，不如一鶚；使衡立朝，必有可觀。』」

據魯迅《古小說鉤沈》引南朝宋劉義慶《幽明錄》：「晉兗州刺史沛國宋處宗，嘗買一長鳴雞，愛養甚至，恆籠著窗間。雞遂作人語，與處宗談論，極有言致，終日不輟。處宗因此言功大進。」

註釋：

①「鶚薦」，漢孔融上疏皇帝時，推薦禰衡的才能有如善於捕魚的鶚鳥，超出當朝百官之上。後因謂舉薦人才爲「鶚薦」，薦書爲「鶚書」。

②「雞窓」，晉宋處宗有一隻極爲寵愛的長鳴雞，一直關在窗戶邊。後來雞說人話，與處宗談論，使處宗言談技巧大增。後用於代指書房。「窓」，同「窗」。

③「浼」，音měi【美】。請託，請求。

④「買求」，以錢財行賄他人。

世動化空用旺，則豹變①翻成蝴蝶②。

若得必中之卦，如遇世爻發動，變入墓絕，恐名成後不能享福：游魂死于途中；歸魂卦到家而死；墓絕是太歲，踰年③而死也。

鼎升曰：

原條文中「蝴蝶」當爲「蝶夢」之誤，以其不諳典故而誤。

《卜筮全書．黃金策．求名》原條文作：「世動化空用旺，則豹變翻成蝶夢」。古今圖書集成本原解作：「求名，以官父用爻。若得旺相，不遭刑尅，必中科第。如遇世爻發動，變入死墓空絕，恐名成後，不能享福：遊魂卦，死于途中；歸魂卦，到家而死；墓絕是太歲，逾年而死也。」

據《莊子．齊物論》記載：「昔者，莊周夢爲蝴蝶，栩栩然蝴蝶也。自喻適志與，不知周也。俄而覺，則蘧蘧然周也。不知周之夢爲蝴蝶與？蝴蝶之夢爲周與？周與蝴蝶，則必有分矣。此之謂物化。」

註釋：

①「豹變」，豹的花紋變美。多比喻人去惡向善或由賤至貴。語出《周易．革》：「君子豹變，小人革面。」

②「蝴蝶」，當爲「蝶夢」之誤。莊子在夢中化身爲蝴蝶，後因以「蝶夢」喻迷離惝恍的夢境。

③「踰年」，一年以後；第二年。

身官化鬼月扶，則鵬程①連步蟾宮②。

卦身爲事體，功名尤宜看之。怕臨財福。如得官爻臨之，必有成望；更若發動化官爻，而得月建生合者，必主連科及第。

註釋：

①「鵬程」，相傳鵬鳥能飛萬里的路程。比喻前程遠大。典出《莊子．逍遙遊》：「鵬之徙於南冥也，水擊三千里，摶扶搖而上者九萬里。」

②「蟾宮」，月宮。唐以來稱科舉及第爲蟾宮折桂，因以「蟾宮」指科舉考試。典出《晉書．郤詵列傳》：「武帝於東堂會送，問詵曰：『卿自以爲何如？』詵對曰：『臣舉賢良對策，爲天下第一，猶桂林之一枝，崑山之片玉。』」

更詳本主之爻神，方論其人之命運。

本主者，本人之主爻也：自占以世爻論，占子姪看子孫爻類。此爻最怕傷剋變壞。如此搜索，吉凶自應。

雖賦數言，總論窮通①之得失；再將八卦，重推致用②之吉凶。

鼎升曰：

《卜筮全書．黃金策．求名》原條文中「窮通」作「窮居」。

註釋：

①「窮通」，困厄與顯達。

②「致用」，盡其所用。語出《周易．繫辭》：「備物致用，立成器以爲天下利，莫

大乎聖人。」

仕宦①

註釋：

①「仕宦」，出仕，爲官；仕途，官場；官員。

爲國求賢，治民之本；致身輔相①，祿養②爲先。旺相妻財，必得千鍾之粟③；興隆官鬼，定居一品④之尊。

未仕求名，不要財爻；已仕貴人，要見財爻：蓋有爵⑤必有祿，未有無俸⑥而得官者。故凡占官員，得此爻旺相，俸祿必多；若財爻休囚，或空或伏，未得俸祿。財動逢沖，因事減俸；或日辰月建沖財，而刑害世爻及官爻者，恐有停俸罷職之患。官鬼旺相，官高爵大；休囚死絕，官小職卑；若發動生合世爻，或得月建日辰生扶，必有陞擢⑦。

鼎升曰：

《卜筮全書．黃金策．仕宦》原條文中「治民」作「治國」。

註釋：

①「輔相」，宰相。也泛指大臣。

②「祿養」，以官俸養親。古人認爲官俸本爲養親之資。

③「千鍾之粟」，形容糧食非常多。特指優厚的俸祿。「鍾」，古容量單位。古以一斛爲十斗，南宋末年改一斛爲五斗，一鍾合六斛四斗，之後亦有合八斛及十斛之制。「粟」，穀子。古代俸祿常以粟米（稻穀糧食的泛稱）計稱，故也爲糧食和俸祿的通稱。

④「一品」，舊時自三國魏以後，官分九品，最高爲一品。一品官一般是三公三師級高官，在多數朝代爲宰相甚至宰相以上，皇帝的親族與親王妃嬪也有相應的級別。

⑤「爵」，爵位；官位。授爵或授官。

⑥「俸」，俸祿。官吏所得的薪水。

⑦「陞擢」，官職的升遷。「擢」，音zhuó【濁】。舉拔；提升。

子若交重，當慮剝官削職。

子孫若在卦中發動，所謀必不遂意①。已任者，恐有褫②職之禍。

註釋：

①「遂意」，稱心；合自己的心意。

②「褫」，音chǐ【恥】。奪去；革除。

兄如發動，須防減俸除糧①。

兄弟發動，不免費財，多招誹謗②；如與子孫同發，或化子孫，必有除糧減俸之事。持身臨世，皆不吉利也。

註釋：

①「糧」，祿米。用作俸祿的粟米（稻穀糧食的泛稱）。古代俸祿有的爲糧食，有的爲土地、祿粟和俸料錢（包括廚食料、衣服料、辦公料等），有的以貨幣爲主，等等。

②「誹謗」，以不實之辭毀人。

父母空亡，休望①差除②宣勅③。

父母爻爲印綬④、文書⑤、誥牒⑥、宣勅、奏疏⑦、表章⑧，卦中不可無，宜旺不宜衰，扶世最吉。若持太歲，有氣生合世爻，主有朝廷宣召⑨；如加月建，乃上司獎勵之類。若空亡則休望也。

鼎升曰：

古今圖書集成本《卜筮全書．黃金策．仕宦》原解作：「父母爻爲印綬、文書、誥牒、宣勑、奏疏、表章，卦中不可無，宜旺不宜衰，扶世最吉。若持太歲，有炁生合世爻，主有朝廷宣召；如加月建，多是敕制及上司獎勵之類。最怕衝空化空，則多不實；衰靜空亡，必無宣勑，亦無差除。卦無父母，休望遷選。」

註釋：

①「休望」，不要指望。

②「差除」，委任官職。「差」，音chāi【釵】。臨時性的官職。泛指職務。「除」，拜官，授職。

③「宣勑」，宣與敕。國家任命或調遣官員的正式文書。「勑」，音chì【翅】。委任；委任狀。

④「印綬」，印信和繫印信的絲帶。借指官爵。

⑤「文書」，此處指公文、案牘。

⑥「誥牒」，明清時特指皇帝賜爵或授官的詔令。

⑦「奏疏」，古代臣屬向帝王進言陳事的文書。

⑧「表章」，奏章。意同「奏疏」。

⑨「宣召」，帝王召見臣下。

官爻隱伏，莫思爵位陞遷。

官爻臨持身世，或動來生合世爻，不受月建日辰冲剋者，凡有謀望，必然稱意。

鼎升曰：

古今圖書集成本《卜筮全書·黃金策·仕宦》原解作：「官爻為占官之象。若得臨持身世，或來生合世爻，不受月建日辰衝尅者，凡有謀望，必然稱意。若不上卦；或落空亡；雖出現，墓絕無炁；及受尅制：皆不如意。世身衝尅亦凶。」

月建生身，當際風雲之會①；歲君合世，必承雨露之恩②。

太歲乃君象，月建是執政之官。若得生合世身，必有好處；惟怕冲剋世身，必遭貶謫③。如月建扶出官爻世爻者，必是風憲④之職。太歲加父母，扶出官爻及世爻者，必有天恩⑤；更得生旺，尤美。

註釋：

①「當際風雲之會」，風雲際會。比喻有能力的人遇上好機會。「風雲」，比喻難得的機會；「際會」，遇合。

②「雨露之恩」，滋生萬物的雨露的恩情。比喻恩澤、恩情。

③「貶謫」，官吏因過失或犯罪而被降職或流放。「謫」，音zhé【哲】。特指官吏因罪而被降職或流放。

④「風憲」，風紀法度；掌管風紀的官吏；泛指監察、法紀部門。

⑤「天恩」，帝王的恩惠；泛指極大的恩德。

世動逢空，官居不久。

若是出巡①之職，世動逢空，反利已任。遇日辰動爻相沖，必不久任政事。

鼎升曰：

古今圖書集成本《卜筮全書·黃金策·仕宧》原解作：「未任者，卦中世動，必無京官牧守；若是出巡之職，反爲順利。已任遇之，官居不久；更遇日辰動爻相衝，必不久任政事。」

註釋：

①「出巡」，此處指官員出外巡行視察。

身空無救，命盡當危。

世臨無救之空，不拘已任未任，必有大難，甚至死亡。若欲求謀幹事，則主不成。

鬼化福沖當代職①。

出巡官，宜鬼爻發動；牧守②官，宜官爻安靜。若鬼動化子，必有別官替代。

鼎升曰：

古今圖書集成本《卜筮全書·黃金策·仕宦》原解作：「出巡官，宜鬼爻發動；牧守官，宜鬼爻安靜。若鬼動化子，必有別官代職；不然，亦被他人所先也。子動化鬼，則先難後易，或先凶後吉。官福皆動，亦主有官替代。」

註釋：

①「代職」，代理某種職務。

②「牧守」，泛指州郡的長官。州官稱牧，郡官稱守，通稱州牧、郡守。州與郡都是古代行政區劃，所轄地區大小歷代不同，源於東漢末形成的州、郡、縣三級地方政治制度。

財臨虎動必丁憂①。

凡占官，不可無財，亦不可發動。若鬼爻無氣而得財動扶起，必須用財謀幹，方得陞遷；若父母衰弱，而遇此爻加臨白虎旺動者，必有丁憂之事。

鼎升曰：

古今圖書集成本《卜筮全書．黃金策．仕宦》原解作：「凡占官，不可無財，亦不可發動。若鬼爻有炁，而得財動扶起，必須用財謀幹，方得陞遷；若父母衰弱，而遇此爻加臨白虎旺動者，必有丁憂之事。財化子，子化財，或財臨世動，或子動而父母無故自空者，皆主丁憂。」

註釋：

①「丁憂」，遭逢父母喪事。舊制，父母死後，子女要守喪，三年內不做官，不婚娶，不赴宴，不應考。「丁」，遭逢。

日辰沖剋，定然誹謗之多招。

日辰刑沖剋世，必招誹謗。依五類推之：如帶兄弟，因貪賄賂，或徵科①太急；帶財爻，因財賦②不起③；帶子孫，嗜酒好游，怠於政事；帶父母，因事繁劇④，不能料理⑤；帶官鬼，非酷刑，則同僚⑥不協⑦。若世臨月建，雖有誹謗，不能爲害。

註釋：

①「徵科」，此處指徵收賦稅。

②「財賦」，財貨貢賦；財貨賦稅。

③「不起」，不是很多、不算多。

④「繁劇」，事務繁重之極；繁重的事務。

⑤「料理」，安排；處理。

⑥「同僚」，此處指同朝或同官署做官的人。

⑦「不協」，不一致；不和。

鬼煞傷身，因見災殃之不免。

官鬼動來生合世者，爲用神；如動來剋傷世爻者，爲鬼煞。生扶合世，必有進取①之兆；刑冲剋世，必有凶禍。

鼎升曰：

古今圖書集成本《卜筮全書．黃金策．仕宦》原解作：「官鬼發動，生合世爻爲用神，傷尅世爻爲鬼殺。用神扶世，必有進取；鬼殺傷身，必有凶禍。以化出六親斷之：如化子有貶謫之憂，化財有陰人之禍，化兄主失財，化父憂小口類。已上不然，則自身決有災病。得世爻空避不妨。」

註釋：

①「進取」，努力上進，立志有所作爲；求取；追求。

兄爻化鬼無情，同僚不協。

兄弟爲僚屬①。卦中鬼動，化出兄弟，冲剋世爻，主同僚不和；或兄弟刑害傷世，皆然。世剋兄爻，是我欺他也。

註釋：

①「僚屬」，同僚；屬官；屬吏。

太歲加刑不順，貶責①難逃。

太歲動傷世爻，必遭貶責；更加刑害虎蛇，必有鎖②鈕③擒拿④之辱也。

鼎升曰：

古今圖書集成本《卜筮全書·黃金策·仕宦》原解作：「太歲出現，動傷世爻，必遭貶責；更加刑害虎蛇等殺，必有鎖杻擒拿之辱；世爻入墓，必受囚繫。得動爻日辰有救，庶幾無事；但怕化出子孫，罪終不免。月建同看。」

註釋：

①「貶責」，批評指責，貶謫責罰。

②「鎖」，以鐵環勾連而成的刑具。

③「鈕」，音chǒu【丑】。刑具。枷鎖鐐銬之類。

④「擒拿」，捉拿。

卦靜世空，退休①之兆；身空煞動，避禍之徵。

已任，世爻空亡，若六爻安靜，日月歲君來傷，乃是休官②之象；若動鬼同日月歲君傷剋世爻者，如世爻旬空，急宜避之，可免禍也。

鼎升曰：

古今圖書集成本《卜筮全書·黃金策·仕宦》原解作：「凡遇世爻空亡：未任，未有選期；已任，若六爻安靜，月日歲君無傷而遇之，乃是休官改政之象；若鬼爻發動，月日歲君傷尅而遇之者，是避禍脫災之兆。卦靜日衝，欲歸而不放；殺動日合，欲避而不能。」

註釋：

①「退休」，退職休官。任職期滿而離職；罷官；免職；辭官。

②「休官」，辭去官職。

身邊伏鬼若非空，頭上烏紗①終不脫。

或得鬼爻臨身持世，或本宮鬼伏世下，雖見責罰，官職猶在；若不臨持身世，或不伏于世下，或雖伏仍遇空亡者，必遭黜革②。

註釋：

①「烏紗」，古代官員所戴的烏紗帽。泛指官帽。借指官位。

②「黜革」，罷免；革除。「黜」，音chù【觸】。貶降，罷退。

財空鬼動，聲名震而囊篋空虛①。

凡得官動，生合世爻，日月動變又無冲剋者，為官必有聲名聞望②。更得財爻生扶合助，則內實③貪賂④、外不喪名；若財爻空伏死絕，聲名雖有，賄賂却無也。

鼎升曰：

古今圖書集成本《卜筮全書·黃金策·仕宦》原解作：「凡得官鬼動來生合世爻，日月動變又無衝尅者，為官必有聲名聞望。更得財爻生扶合助，有氣不空，則既會做官，又會賺錢，內實貪賂，外不喪名；若財爻或空或伏，或臨死絕，則主聲名雖有，賄賂却無也。」

註釋：

①「囊篋空虛」，口袋、箱篋裡空無一物。比喻經濟困難，手頭無錢。「篋」，音qiè【竊】。小箱子。

②「聞望」，名譽與聲望。

③「實」，實際；事實。

④「貪賂」，貪圖財賄。

官旺父衰，職任高而衙門①冷落。

父母旺相，衙門必大；休囚，則衙門必小。若官旺父衰，又非小職，乃閑靜冷落衙門；官父俱衰，職卑衙小。

鼎升曰：

古今圖書集成本《卜筮全書．黃金策．仕宦》原解作：「父母旺相，衙門必大；休囚，衙門必小。若官旺父衰，又非小去處，乃是冷落閒靜衙門，蓋官旺則職高故也；官衰父旺，則主職雖卑微，却在大衙門中治政；官父俱衰，職卑衙小，必非風憲之地。」

註釋：

①「衙門」，官吏辦公、辦事的地方。

職居風憲，皆因月值官爻。

官鬼不臨月建，定非風憲之職。若臨月建，又得扶出世爻，決是風憲之任，必非州縣①之官；如帶白虎刑爻，主鎮守②邊陲③，職掌兵權。

鼎升曰：

《卜筮全書．黃金策．仕宦》原解作：「大抵官鬼旺相，不臨月建，定非風憲之職。若臨月建，又得扶出世爻，決是風憲之任，必非府縣官也；更在日下生旺之地，尤爲風憲；如帶刑爻，多是鎮守邊陲之職，或掌兵權，或居刑部，在外亦是司刑之職。」

註釋：

①「州縣」，舊時行政區域州與縣的合稱。源於東漢末形成的州、郡、縣三級地方政治制度。

②「鎮守」，軍隊駐扎在重要的地方防守。

③「邊陲」，邊境；邊疆地帶。

官在貳司①，只爲鬼臨傍位。

官臨子午卯酉，是正印官②也；官臨寅申巳亥，乃佐貳③職官；臨辰戌丑未，乃襍職官④。如臨月建日辰，乃掌印之官⑤也。

鼎升曰：

古今圖書集成本《卜筮全書．黃金策．仕宦》原解作：「鬼在世應爻上，或帶月建日辰者，必是掌印正官。若被世合，或在旁爻，則是佐貳之職；六爻無鬼，而動爻有化出者，亦然。」

註釋：

①「貳司」，參後「佐貳」條。

②「正印官」，明清百官印信除少數外皆正方形，依不同品級規定其大小，分別以銀、銅鑄成。清制，自布政使至知州、知縣等各級地方長官均用正印，故府州縣官又稱正印或正印官。

③「佐貳」，輔佐主司（主管官員）的官員。明清時，凡知府、知州、知縣的輔佐官，如通判、州同、縣丞等，統稱佐貳。其品級略低於主管官員。

④「襍職官」，明清官階均分九品，每品又各分正、從，從九品爲最低級，與其他未入流並稱雜職官；佐貳以下的各項小官；品官以外的辦事人員。「襍」，同「雜」。

⑤「掌印之官」，掌管印信的官員。比喻主持事務或掌有權柄。

撫綏①百姓，兄動則難化愚頑②。

凡任牧民③之職，要財爻旺而不動，父母扶而不空，方是善地④；

若財爻空絕，父爻受制，則地瘠⑤民貧。父母動臨世上，政必繁劇。兄弟持世，財賦不起，或貧民難治。

鼎升曰：

古今圖書集成本《卜筮全書·黃金策·仕宦》原解作：「凡任牧民之職，要財爻旺而不動，父母扶而不空，必是豐富地方；財爻空絕，父爻受制，則地瘠民貧。父母動臨世上，政必繁劇。兄弟持世，財賦不起。日帶兄爻衝尅世爻，手下人必要侮文弄法，壞我政事；若兄在旁爻動來衝尅，則主頑民難治。兄化子，子化兄，而刑尅世身，恐有下民訟我之兆；更若世應衝尅，與鄉宦亦多不睦。」闡易齋本與談易齋本《卜筮全書·黃金策·仕宦》原解中「豐富地方」俱作「豐地富方」，「旁爻」俱作「傍爻」。

註釋：

①「撫綏」，安撫，與民休養生息。「綏」，安；安撫。

②「愚頑」，愚昧無知而妄爲。亦指愚蠢冥頑的人。

③「牧民」，治理人民，管理民事。

④「善地」，好地方。

⑤「地瘠」，土地不肥沃。

巡察四方，路空則多憂驚怪。

欽差①出巡，怕世應逢空。若世在五爻空，須防日月刑剋，恐途中有患難②莫測③之禍耳。

鼎升曰：

《卜筮全書．黃金策．仕宦》原條文作：「巡察四方，路空則多憂驚險。」古今圖書集成本《卜筮全書．黃金策．仕宦》原解作：「欽差出巡，或封王採木，皆怕世應逢空。若路爻空之卦，主途中驚險。世在五爻自空，須防身死于外，有衝剋則不然。凡遇世在五爻動，及遊魂卦世動者，皆是出巡之職。」

註釋：

①「欽差」，官名。由皇帝親自派遣，代表皇帝出外辦理重大事件的官員。

②「患難」，艱難困苦的處境。

③「莫測」，不可預測。

出征①勦捕②，福德興而寇賊殲亡。

凡任將帥之職，或征討③之官，平居④卜問，不宜子孫發動，主有降調⑤貶謫。如臨⑥卜問，則喜子孫發動，必成勦捕大功；更得歲君月建生合世爻，主有陞賞：官鬼不作爵位，當作寇賊論。世剋應，亦吉。

鼎升曰：

古今圖書集成本《卜筮全書・黃金策・仕宦》原解作：「凡在將帥之職，或征討之官，平居卜問，不宜子孫發動，主有降調貶責；亦不宜應動剋世，主有不測變故；若歲君月建衝動官鬼或世爻，主有勅命征討之事。如臨敵卜問，則喜子孫發動，必成勦捕之功；更得歲君月建生合，仍有陞賞：官鬼不作爵位，當作賊寇論之。世剋應，亦吉。」

註釋：

①「出征」，出外作戰。

②「勦捕」，討伐捕捉。

③「征討」，討伐。

④「平居」，平日；平素。

⑤「降調」，降級調職。

⑥「臨」，此處指臨陣、臨敵。

鎮守邊陲，卦爻靜而華夷①安泰②。

鎭守地方，不拘文武官職，皆宜六爻安靜，日辰月建不相冲剋，則安然無驚；若遇官鬼發動，世應冲剋，必多侵擾。宜通變推之。

註釋：

①「華夷」，漢族與少數民族。後亦指中國和外國。

②「安泰」，安定太平。

奏陳①諫諍②，那堪太歲刑冲？

凡欲奏對③陳疏④、上章⑤諫諍，及赴召⑥面君⑦類，皆忌動爻冲剋，亦忌太歲刑剋世爻。若太歲月建生合世爻，必見俞允⑧；如來冲剋，須防不測之禍。

鼎升曰：

古今圖書集成本《卜筮全書．黃金策．仕宦》原解作：「凡欲奏對陳疏、上章諫諍，及赴召面君類，皆忌動爻衝尅太歲，亦忌刑尅世爻。若太歲月建生合世爻，必見詳允；一來衝尅，須防不測之禍。歲君衰靜，不帶刑害虎蛇，主不見取用，非有大害；動空化空，亦是虛驚；或有制伏衝散合住，必得大臣申救；應動衝尅世爻，更防人奏劾。」

註釋：

①「奏陳」，向帝王陳述意見、事宜。

②「諫諍」，直言規勸在上位的人。

③「奏對」，臣屬當面回答皇帝提出的問題。

④「陳疏」，上言、上奏章。

⑤「上章」，向皇帝上書。

⑥「赴召」，應朝廷徵召。

⑦「面君」，親自面見國君。

⑧「俞允」，允許、許可。語出《尚書·堯典》：「帝曰：『俞。』」「俞」，應諾之詞。後即稱允諾爲「俞允」。多用於君主。

僧道醫官①，豈可文書發動？

僧道醫官，皆以子孫爲用。如父動則傷僧道，醫官則用藥不靈，反爲不美。生世則吉；剋害刑衝，須防是非。

鼎升曰：

古今圖書集成本《卜筮全書·黃金策·仕宦》原解作：「僧道醫官，及陰陽官，皆要子孫出現，有氣不空爲吉。父母發動，必有災悔；

父帶太歲月建日辰，則非身有災病，乃外來禍也；子孫自空，亦有大難。然子孫只宜安靜，官鬼不宜空伏，雖兩全，仔細爲妙。」

註釋：

①「僧道醫官」，「僧官」、「道官」、「醫官」。「僧官」，管理寺廟和僧尼事務的職官，由僧人擔任。「道官」，掌管道教事務的道司衙門官吏，一般由道士充任。「醫官」，掌管醫藥政令的官吏。

但隨職分①以推詳，可識仕途②之否泰③。

註釋：

①「職分」，此處指職務、官職。

②「仕途」，官員的升遷之路；官場。

③「否泰」，《周易》的兩個卦名。天地交，萬物通謂之「泰」；不交閉塞謂之「否」。後常以指世事的盛衰，命運的順逆。「否」，音pǐ【痞】。

卜筮正宗卷之八終

卜筮正宗卷之九

古吳洞庭西山王維德洪緒註
吳　庠　鍾　英子燦叅訂
蔡　鑑升明
門　人　謝朝柱巨材　同較
任用淵潛菴
男其龍雲客
其章琢軒
後　學　李凡丁鼎升校註

求財

居貨①曰賈②，行貨③曰商，總爲資生④之計；蓍⑤所以筮，龜⑥所以卜，莫非就利⑦之謀？要問吉凶，但看財福。

財爲本，福爲利，二者不可損壞。卦中子孫之爻，稱曰「福神」。

鼎升曰：《卜筮全書．黃金策．求財》原解作：「財爲利息，福爲財源，二者占財用神。」

註釋：

①「居貨」，積貨售賣。

②「賈」，音gǔ【鼓】。開設店鋪做買賣的商人；泛指商人。

③「行貨」，販運貨物售賣。

④「資生」，賴以爲生；有助於國計民生；經濟。

⑤「蓍」，音shī【師】。多年生草木植物，一本多莖，可入藥。古代用其莖以占卜。

⑥「龜」，爬行綱龜鱉目龜科，腹、背皆有硬殼。商朝先民以龜甲爲卜具，先於龜甲鑽孔，再以焚燒之草枝置於孔中，甲孔遇熱產生裂紋，以此觀吉凶。產生爆裂時的聲音「啵」即爲「卜」音之來源。

⑦「就利」，趨利；求利。

財旺福興，無問公私皆稱意；財空福絕，不拘營運①總違心。

財爻旺相、子孫發動，不拘公私之謀，皆得稱意；或傷剋，或臨墓絕，無救，不拘買賣，皆違心之所願。

鼎升曰：

《卜筮全書．黃金策．求財》原條文作：「財旺福興，不問公私皆稱意；財空福絕，不拘營運總違心。」

註釋：

①「營運」，經營。常指經商。

有福無財，兄弟交重偏有望。

有者，言其發動之意；無者，言其伏藏之意。凡卜求財，卦中子孫爻動而無傷，則財源豊厚，固吉，如再見兄弟爻發動生扶子孫，則財愈加根深蒂固①，故曰「兄弟交重偏有望」，皆爲子孫亦動也。

鼎升曰：

原解中「交重」，原本作「爻重」，顯誤，據文意改。

註釋：

①「根深蒂固」，根基深厚牢固，不可動搖。語出《老子》：「有國之母，可以長久，是謂深根固柢，長生久視之道。」

有財無福，官爻發動亦堪①求。

子孫藏伏，財無生氣，一遇兄弟，便被劫奪，須得卦中官爻發動，或日辰是鬼剋制兄弟，亦可求謀。如有子孫而官鬼動，則有阻滯，反不易矣。

註釋：

①「堪」，可以，能夠。

財福俱無，何異守株而待兎①。

有財無福，財必艱難，豈可財福俱無？「守株待兎」，喻妄想也。

鼎升曰：

據《韓非子．五蠹》記載：「宋人有耕者，田中有株，兔走觸株，折頸而死。因釋其耒而守株，冀復得兔。兔不可復得，而身爲宋國笑。今欲以先王之政，治當世之民，皆守株之類也。」

註釋：

①「守株而待兎」，守株待兔。戰國時宋國有一農民，看見一隻兔子撞在樹根上死了，便放下鋤頭在樹根旁等待，希望再得到撞死的兔子。比喻拘泥守成，不知變通或妄想不勞而獲。

父兄皆動，無殊①緣木以求魚②。

父母能剋子孫、能生兄弟，父兄皆動，猶如「緣木求魚」，言必不可得也。

註釋：

①「無殊」，沒有差別。

②「緣木以求魚」，緣木求魚。爬到樹上去找魚。比喻方向或辦法不對頭，不可能達到目的。語出《孟子·梁惠王章句上》：「以若所爲，求若所欲，猶緣木而求魚也。」

月帶財神，卦雖無而月中必有。

月建爲提綱，若帶財爻，雖正卦無財，而伏財亦叨①月建拱扶，所伏之神值日，必有得也。

註釋：

①「叨」，音tāo【掏】。承受；受到。

日傷妻位，財雖旺而當日應無。

財爻旺相，生合持世，乃是必得之象，若被日神剋制，須過此日，然後可得。

多財反覆，必須墓庫以收藏。

卦中財現三五重，爲太過，其財反覆難求，須有財之庫爻持世身，謂之「財有收藏」，必得厚利也。

鼎升曰：

《卜筮全書．黃金策．求財》原解作：「卦中財只一位，有炁不空，生合持世皆美。若三五重太過，其財反覆難求：必須卦中有財庫爻發動，謂『財有庫藏』，必得厚利。財化財，亦主反覆不定。」

無鬼分爭，又怕爻重而阻滯。

無鬼，兄必專權，財雖有氣，亦多虛耗；兄更發動，必有爭奪分散財物之患。官鬼又不宜動，動則必有阻隔。

兄如太過，反不剋財。

兄弟乃占財忌煞，日月動變俱帶兄弟，重疊太過，一見子孫發動，反不剋財，其利無窮。子孫安靜多不吉。

鼎升曰：

古今圖書集成本《卜筮全書．黃金策．求財》原解作：「兄弟乃占財忌殺，若有一位旺動，最爲不利。若月日動變俱帶兄弟，重疊太過，則不專一，反不尅刼，至財爻生旺日可得。」

身或兄臨，必難求望。

卦身一爻，占財體統①，若持兄，不拘作何買賣、問何財物，皆無利益。兄弟持世亦然。

註釋：

①「體統」，體制；規矩；格局。

財來就我終須易，我去尋財必是難。

財爻生合世爻、持世剋世，皆謂財來就我，必然易得；若財爻而與世爻不相干者，謂我去尋財，必難望也。

身遇旺財，似取囊中之物①；世持動弟，如撈水底之針②。

世爲求財之人，若臨財爻，雖或無氣，必主易得，旺相更美；若臨兄弟，雖或安靜，亦主難得，發動尤甚。

註釋：

①「取囊中之物」，取袋子裡的東西。比喻事情極容易辦到。

②「撈水底之針」，撈水底下的一根針。比喻東西很難找到或事情難以完成。

福變財生，穰穰①利源不竭。

占財得子孫發動，利必久遠，更兼財爻生合世身，乃綿綿不絕之象，儘求儘有。財化子亦然。

鼎升曰：

古今圖書集成本《卜筮全書．黃金策．求財》原條文作：「福變財生，滾滾財源不竭。」闡易齋本與談易齋本《卜筮全書．黃金策．求財》原條文作：「福變財生，滾滾利源不竭。」

註釋：

①「穰穰」，眾多。「穰」，音ráng【禳】。同「穰」。繁盛，眾多。

兄連鬼剋，紛紛口舌難逃。

舊註言「兄弟變官鬼來剋世，是有口舌紛紛」，予以爲謬。大凡卦中兄弟動剋世爻，化官鬼回頭剋制，則不能口舌損耗矣。予之屢驗者，卦中官鬼兄弟皆發動，固有口舌是非，「兄連鬼剋」者，此謂兄弟與官鬼也，非謂兄弟化官鬼也。

鼎升曰：

古今圖書集成本《卜筮全書．黃金策．求財》原解作：「兄弟變出官鬼，刑衝尅世，不惟無財，且有口舌；父爻更動，必訟於官。若有救制，庶幾無害。鬼化兄，或兄鬼皆動，亦然。朱雀臨兄鬼動變，有口舌。」

父化財，必辛勤而有得。

父化財，不能自然而得，必勤勞可有。兄化財，先散後聚，或利于後不利于前。官化財爻，生合世身，最利公門①謁貴②及九流③藝術④之人，求財十分有望；如官來剋世，謂之助鬼傷身，公私皆不吉也。

註釋：

①「公門」，舊稱政府官署；古稱國君之外門。

②「謁貴」，拜見貴人。

③「九流」，先秦至漢初的九大學術流派。包括儒家、道家、陰陽家、法家、名家、

墨家、縱橫家、雜家、農家。泛指各學術流派。也泛指各種才藝。

④「藝術」，泛指禮、樂、射、御、書、數六藝以及術數方技等各種技術技能。

財化鬼，防耗折而驚憂。

財化官，或化兄，最凶，主損折駁①耗；更見世爻有傷，恐因財致禍。

鼎升曰：

古今圖書集成本《卜筮全書．黄金策．求財》原解作：「財化官最凶，主損折虛耗，又有驚險；更傷世爻，切恐因財致禍。財化兄，主與人分利；或先聚後散；或利于前，不利于後。財化父，主得後艱辛；或只許一度。財化死墓空絕，是有虛名，無實利之象；若得生合世爻，則上前有功，稍遲則無也。」

註釋：

①「駁」，混雜；紛雜。

財局合福神，萬倍利源可許。

卦有三合，會成財局，而在卦中動來生世，主財利綿綿不竭；更得財旺，可許萬倍財利。會成福局，動來生合世爻者，亦然。

鼎升曰：

古今圖書集成本《卜筮全書．黃金策．求財》原條文作：「財局合福神，萬倍利源可取。」原解作：「卦有三合，會成財局，而子孫亦在合中動者，上吉之卦，主財利綿綿不竭；更得財旺，可許萬倍財利。會成福局，而財爻又在合中，動來生合世爻者，亦然。若會鬼局，則多阻隔。會成兄局，則主分散。會成父局，艱辛難得。」

歲君逢劫煞，一年生意無聊①。

凡占久遠買賣，最怕太歲臨持兄弟，主一年無利；持官鬼，一年驚憂；持父，一年艱辛；持財福，一年順利也。

註釋：

①「無聊」，窮困而無所依靠。

世應二爻空合，虛約難憑。

世空有財難得，應空難靠他人。世應俱空，謀無準實。空動帶合，謂之「虛約」。化空亦然。

主人一位刑傷，往求不遇。

主人，如求貴人財，鬼爲主；求婦人財，財爲主類。若主爻遇日辰動爻刑剋，或自空，或化空，皆主不遇；遇亦不利。

鼎升曰：

古今圖書集成本《卜筮全書·黃金策·求財》原解作：「主人，如求貴人財，鬼爲主；求婦人財，財爲主類。若主人遇動爻日辰刑尅，或自空化空，皆主不遇；遇亦不利。須得生合世爻，財爲契愛，求必易得。主人化出財爻，生合世爻，最吉。不知主人，以應爻論之。」

世持空鬼，多因自己遲疑。

鬼爻持世，財必相生，凡求必易；若遇空亡，乃自不上前，遲疑退怯，故無成也。世持空財亦然。

日合動財，却被他人把住。

財爻動來生合，固是易得之兆，若被動爻日辰合住，其財必有人把持，不能與我。要知何人把持，以合爻定之，如父母合住，爲尊長把持類；要知何日到手，必待逢冲之日，方可有也。

鼎升曰：

古今圖書集成本《卜筮全書．黃金策．求財》原條文作：「辰合動財，却被他人把住。」

要知何日得財，不離旺衰生合。

財動入墓，或被合，皆待冲日得。或動財遇絶，必待生日得。逢冲，合日得。動逢月破，填實逢合日得。或安靜，逢冲日得。旬空，出旬得。伏藏，出現日得。

鼎升曰：

古今圖書集成本《卜筮全書．黃金策．求財》原解作：「財爻有氣，合日得財，或本日得財。太旺，墓庫日得；休囚，生旺日得；太過，收藏日得。合住、入墓，破合、破墓日得。旺空，過旬日得。伏藏，提起日得。財爻死絶，而得子孫動來扶起，即以子孫爻斷；卦無財爻，而得兄弟生扶子孫財源者，即以兄弟爻斷。更宜通變。」

欲決何時有利，但詳春夏秋冬。

凡占貨物何時得價，不可槩以財臨五行斷之，如木財斷春冬得價。又宜以沖待合、合待沖、絶逢生、墓待開等法斷。又宜以子孫爻斷。又如財坐長生之地，一日得價一日；若坐帝旺，目下正及時，遲則賤而無利。

鼎升曰：

古今圖書集成本《卜筮全書．黃金策．求財》原解作：「占貨物何時得價，以財臨五行斷：如木財，春月得價，一陽後亦好；土財，夏月有利，六月更美。餘倣此。又如財臨辰土，二月不如三月；財臨酉金，七月不如八月。餘亦倣此。又如財主日下長生之地，此貨一日得價一日；若坐帝旺，眼下正及時，稍遲則賤而無利。」

合夥不嫌兄弟。

凡占合夥買賣，若世應俱財爻，必然稱意。兄臨卦身，必至分財故也，静者無嫌，動則不宜。

公門何慮官爻？

占財皆忌官動，主有阻隔。惟求公門之財，必然倚托官府，必得旺相生合世身則吉，刑剋世爻，禍害立至。

九流術士①，偏宜鬼動生身。

九流求財，以鬼爻爲主顧。出現發動生合世爻，必然稱意。忌刑剋世爻。

註釋：

①「術士」，法術之士；儒生；儒生中講陰陽災異的一派人；以占卜、星相等爲職業的人；策士；謀士。

六畜①血財②，尤喜福興持世。

凡卜販賣生口③、蓄養六畜，皆要子孫旺相，持世臨身則吉。父母發動，則有傷損；化出土鬼，須防瘟死。福旺財空，六畜雖好而無利。

註釋：

①「六畜」，馬、牛、羊、雞、犬、豬六種牲畜；泛指各種牲畜。

②「血財」，飼養、繁殖、運輸、販賣、宰殺牲畜以營利。

③「生口」，牲畜。

世應同人，放債必然連本失。

凡放私債，最忌世應值兄弟，必無討處；財爻更絶，連本俱無。世應值空亦然。

日月相合，開行①定主有人投。

開行人占財，世應要不空，財福要全備，官鬼要有氣，父兄要衰靜，斯爲上吉；更得月建日辰動爻生合世爻，則近悅遠來，財利必順。動出官兄，常有是非口舌。應空主開不成。

鼎升曰：

古今圖書集成本《卜筮全書．黃金策．求財》原解作：「開行牙人占財，世應要不空，財福要全備，官鬼要有氣，父兄要衰靜，斯爲上吉卦。更得月建日辰動爻生合世爻，則近悅遠來，人皆投我，財利必順。卦若無財，而世得月日動爻生合者，不過門頭鬧熱，無實利；鬼旺財空，亦然。動出兄官，常有是非口舌，恐有惡人攪擾。世應空，開不成。」

註釋：

①「行」，營業交易的機構；商業組織的名號；店鋪，市集；爲買賣雙方說合交易而從中收取佣金的商行。

應落空亡，索借者失望。

求索①假借②，不宜應空，空則不實。必得物爻不空，緩圖③庶④可有望。如衣服經史看父母，六畜酒噐⑤看福爻，其餘財物食物，皆看財爻。

鼎升曰：

古今圖書集成本《卜筮全書．黃金策．求財》原解作：「求索假借，不宜應空應動，動則更變，空則不遇。生合世爻，慨然不吝。必得物爻不空爲妙：如衣服經史看父爻，六畜酒器看福爻，其餘財物看財爻。又如花果看木爻，甎瓦看土爻類，亦是。」

註釋：

①「求索」，索取；乞求。
②「假借」，借用。
③「圖」，謀取，謀求。
④「庶」，也許，或許。
⑤「噐」，同「器」。

世遭刑剋，賭博者必輸。

凡占賭博，要世旺應衰。世剋應我勝，應剋世他勝。兄鬼動來刑剋世爻，或臨兄弟，或世爻空，皆主不勝。世應靜空，賭博不成。世坐官爻，防他合謀騙我。間爻動出官鬼兄弟，多致爭鬪。

鼎升曰：

《卜筮全書．黃金策．求財》原解作：「凡占賭博，要世旺應衰，世動應靜。世尅應我勝，應尅世他勝。兄鬼動來刑尅世爻，或臨兄弟，或臨自空，皆主不勝。世應靜空，賭博不成。世坐官爻，防他合謀騙我。間爻動出兄弟官鬼，多主爭鬭。內外俱無財，亦不能勝。更遇世應空動，必是賭賖。兄鬼化財，先敗後勝；財化兄鬼，先勝後敗。坐方宜財福之地。世變財福，更宜易換賭色；大怕卦身臨兄弟，任換賭色，終是輸兆。」

鬼剋身爻，商販者必遭盜賊。

買賣經商，若遇官臨玄武，動來剋世，必遭盜賊之禍。

鼎升曰：

古今圖書集成本《卜筮全書．黃金策．求財》原解作：「販賣經商，要世應生合，鬼爻空伏，動爻日辰不傷乎我，則安然無事；更得財旺福興，大吉之兆。遇兄鬼發動，元武交重，必遇刼竊之人；更尅世爻，決有大禍。世若空亡，庶可迴避。鬼動五爻，途中仔細。」

間興害世，置貨者當慮牙人①。

買貨要應爻生合世位，必然易成；刑尅世，必難置。物爻太過貨多，物爻不及貨少，空伏貨無。物爻者，六畜看子，五穀②看財爻類。最怕兄鬼交重，須防光棍③誆騙；在間爻傷尅世爻，當慮牙人謀刼財物。出路④買貨，應空多不順利。

註釋：

①「牙人」，居於買賣雙方之間，從中撮合，以獲取佣金的人。

②「五穀」，泛指各種主要穀物。通常指稻、黍、稷、麥、菽。

③「光棍」，地痞、流氓等無賴之徒。

④「出路」，出門。

停塌①者，喜財安而鬼靜。

積貨不宜財動，動恐有變；亦不宜空，空恐有更。官鬼若動，興灾作禍莫測：即如父母化官鬼刑尅世爻，貨被雨水滲腐②。故塌貨者，宜六爻安靜。惟子孫喜動。

鼎升曰：

《卜筮全書．黃金策．求財》原條文作：「停榻者，喜財安而鬼靜。」「榻」，吳語指囤積（貨物）想高價賣出。古今圖書集成本《卜筮全書．黃金策．求財》原解作：「積貨不宜財動，亦不宜空亡，又不宜動爻日辰剋刼；更得坐于胎養長生爻上，後必得利。若遇兄官交變，或俱發動，須防竊盜。兄弟獨發，則多耗折。水爻父母刑剋世爻，主被雨水渰腐。財化死墓空絕，後必價賤。」

註釋：

①「停塌」，屯積。

②「渰腐」，因水淹浸而腐爛。「渰」，音yǎn【掩】。通「淹」。淹没。

脫貨者，宜財動而身興。

財動則主易脫，世動亦主易賣也。如財在外動生世，宜往他處賣；如在內動生世，就本地脫之可也。倘財爻持世，有子孫爻在外動，亦宜往他處脫。學者宜通變。

鼎升曰：

古今圖書集成本《卜筮全書．黃金策．求財》原解作：「脫貨，財動則主易脫。應空，無人置買；世空，自賣不成。動變日辰俱來生合，有人爭買；若遇刑衝，則主多破阻難成。財在內動，宜在本處賣；在外動，宜向他處脫之。動而遇合，將成不成；動而逢空，欲賣不賣。卦無官鬼，亦是難成之象。」

路上有官休出外。

五爻爲道路，臨官發動，途中必多驚險，不宜出外。要知有何災咎，以所臨六神斷：如白虎爲風波①，玄武爲盜賊類。

註釋：

①「風波」，動蕩不定或艱辛勞苦；糾紛或亂子。

宅中有鬼勿居家。

二爻爲住宅，在家求財，鬼動此爻，必然不利。以所臨五行斷，火鬼忌火燭①類。得子孫持世發動，庶幾②無害；如無子孫發動，宜遷移店鋪可解。

註釋：

①「火燭」，泛指容易引起火災的東西；失火焚燒。

②「庶幾」，希望，但願；或許，也許；有幸。

內外無財伏又空，必然乏本。

動變無財，又伏空地，其人雖欲經營，必無貲本①。

註釋：

①「貲本」，做買賣的本錢。「貲」，通「資」。

父兄有氣財還絕，莫若安貧①。

父兄二爻有氣，恐防折本②，故不若安貧守分③爲高也。

註釋：

①「安貧」，在貧困環境中仍安逸自得。

②「折本」，本錢虧損。

③「守分」，安守本分。

生計①多端，占法不一。但能誠敬以祈求，自可預知其得失。

鼎升曰：

古今圖書集成本《卜筮全書．黃金策．求財》原條文作：「生計多端，占法不一。但宜誠敬以祈求，自可預知其得失。」

註釋：

①「生計」，謀生的方法；維生的產業。

家宅

創基立業，雖本人之經緯①；關風斂氣，每由宅以肇端②。故要知人宅之興衰，當察卦爻之內外。內爲宅，外爲人，詳審爻中之眞假。

內者，內卦也，內卦第二爻爲宅舍；外者，外卦也，外卦第五爻爲人口。凡占家宅，最重者宅舍人口、財官父兄子、世應、日辰月建歲君。凡內卦二爻尅五爻，謂宅去尅人，凶；或外卦五爻尅二爻，謂人來尅宅，吉；或內卦二爻生五爻，謂宅去生人，吉。

註釋：

①「經緯」，謀劃；計謀。

②「肇端」，起始；开端。

合爲門，冲爲路，不論卦內之有無。

合二爻爲門，冲二爻爲路，卦爻內不必明現冲合。且如天風姤卦，二爻辛亥水爲宅：寅與亥合，以寅爲門；巳亥相冲，以巳爲路。卦內本無寅巳二爻，姤屬金，以寅木爲財，巳火爲鬼：寅爲財，卽是門利；巳爲鬼，卽是路不吉也。餘倣此。

龍德貴人乘旺，嶽嶽①之侯門②；官星父母長生，潭潭③之相府④。

龍者，青龍也；德者，年月日建謂之德；官星，卽官鬼也；貴人，卽天乙貴人也。如青龍文書官鬼貴人，臨年月日建，臨宅臨身臨命，主有官職之家也。

註釋：

①「嶽嶽」，挺立的樣子；聳立的樣子。

②「侯門」，諸侯之門；顯貴人家。

③「潭潭」，深廣的樣子。

④「相府」，宰相的官邸。

門庭新氣象①，重交得合青龍。

交重青龍不空，在日辰旬內得生旺，主鼎新創造②；倘值休囚，主修舊合新門之象。臨財新修舊廚，臨父新修舊堂，臨兄新修門戶，臨子新修房舍，臨官新修廳堂屋宇。

鼎升曰：

古今圖書集成本《卜筮全書·黃金策·家宅》原解作：「交重青龍，在日辰旬內得長生帝旺，主鼎新創造；生旺在休囚之中，主修舊合新門之象。臨財新修舊廚庭，臨父新修舊堂，臨兄新修門戶，臨子新修房舍，臨官新修廳堂屋宇。」

註釋：

①「新氣象」，不同於以往的景況。

②「鼎新創造」，更新建造。

堂宇舊規模①，宅舍重侵白虎。

白虎交重，休囚空絕，主遠年遷造，破舊不整。

註釋：

①「規模」，模樣；樣子。

土金發動，開闢之基；父母空亡，租賃之宅。

土化金、金化土，爲開闢之基。父母爲房屋，逢空無氣，更逢應爻日辰動爻化文書，與宅相生相合，主是租賃之地。

門庭熱鬧，財官臨帝旺之鄉。

財鬼龍德貴人，乘旺長生之位，臨宅身命世爻，主家庭熱鬧。

鼎升曰：

原解中「身命」，原本作「生命」，顯誤，以其音近而誤。據《卜筮全書．黃金策．家宅》改。《卜筮全書．黃金策．家宅》原解作：「財鬼龍德貴人，乘旺長生之位，臨宅身命世爻，主家門熱鬧。」

家道興隆，福祿在長生之地。爻重生剋，重新更換廳堂。

福卽子孫，祿卽妻財，在生旺之位，臨宅臨人，生身生世，主家道興隆。第二爻發動，或生或剋，主改造廳堂。

鼎升曰：

此條文在《卜筮全書．黃金策．家宅》中分爲兩段條文。古今圖書集成本《卜筮全書．黃金策．家宅》後條文「爻重生尅，重新更換廳堂」原解作：「生爲父，父爲堂；尅爲官，官爲廳。且如乾金，土爲父爲堂，火鬼爲廳，帶日辰交重，主更改再換。」

世應比和，一合①兩般②門扇。

比和者，兄弟也。或臨兄弟，或世應化兄弟，或臨宅爻，或合宅爻，主「一合兩般門扇」。

註釋：

①「一合」，整個。

②「兩般」，兩樣；不同。

門路與日辰隔斷，偏曲①往來；宅基與世應交臨，互相換易。

且如巽卦，辛亥水爲宅，以寅合爲門。日辰與動爻如臨子，子與寅虛②，有丑字隔之；如臨辰，辰與寅虛，有卯字隔之：謂之隔門。又如巳沖亥爲路。日辰與動爻臨卯，卯與巳虛，有辰字隔之；如臨未，未與巳虛，有午字隔之：謂之隔路。如遇隔斷者，門路曲折也。

鼎升曰：

古今圖書集成本《卜筮全書·黃金策·家宅》原解作：「且如巽卦，辛亥水爲宅，以寅合爲門，以巳衝爲路。日辰與動爻臨卯辰二位，隔斷寅巳二位，主偏門戶，曲折還魂路也。宅臨之爻在世，世臨之爻在日，宅并日辰動爻，主換易宗族之家基地；應臨之爻在宅，宅臨之爻在應，并日辰動爻，易換外人基地。」

註釋：

①「偏曲」，彎曲迴轉。

②「虛」，同「虛」。

世與日辰剋宅，破祖①不寧②。

世爻與日辰同去剋宅爻，主破祖不寧。

註釋：

①「破祖」，祖業破敗，無法繼承。

②「不寧」，不安、混亂。

宅臨月破剋身，生災不已。

月破之爻，動剋世爻及身命爻，主生災不已。

鼎升曰：

古今圖書集成本《卜筮全書．黃金策．家宅》原解作：「月建相衝爲月破，若動尅世爻，及係占人身命爻，主生災未已。若臨宅臨用破，卽當破家。」

應飛入宅，合招異姓同居。

應臨之爻，與宅爻相同，謂之「應飛入宅」，主有異姓同居。

宅動生身，決主近年遷住。

宅爻動來生世生身，必主近年遷住。

鼎升曰：

古今圖書集成本《卜筮全書．黃金策．家宅》原解作：「宅爻動，日辰之位在旬中生世身，必主近年遷住。」

門逢三破，朽敗①崩頹②。

三破，爲年月日沖破也。如臨兄弟，主門戶破、墻垣③毀；臨子財，主房舍、廂④廊⑤、烟厨破壞類也。

鼎升曰：

原條文中「朽敗」，原本作「休敗」，當誤，以其音近而誤。據《卜筮全書．黃金策．家宅》改。

古今圖書集成本《卜筮全書．黃金策．家宅》原解作：「三破，爲年月日辰衝破也。併動爻臨宅，或尅宅，主破舊崩頽：臨官主廳破；臨父主堂屋破，或蓋覆傾頹；臨兄主門戶破、牆壁毀；臨子財，主房舍、廂廊、煙廚破壞也。」

註釋：

①「朽敗」，腐爛，朽壞。

②「崩頽」，倒塌毀壞。「頽」，同「頹」。

③「墻垣」，墻壁。「垣」，音yuán【元】。矮墻；墻、城墻；城池；官署的代稱。

④「廂」，正屋前面兩邊的房屋。古代亦指正堂兩側夾室之前的小堂。

⑤「廊」，廳堂周圍的屋；正屋兩旁屋檐下面的過道，或有頂的獨立通道，如走廊、遊廊等。

宅遇兩空，荒閑虛廢。

如宅爻在日辰旬之空，又在當家①本命旬之空亡，主荒閑虛廢，或是逃亡死絶之屋。

註釋：

①「當家」，此處指主持家業的人。

世臨外宅，離祖分居。

宅爻與正卦世臨之爻相同，或與變卦世臨之爻相同，如明夷卦二爻，己丑爲宅，世臨四爻爲世臨外宅。餘倣此。動則離祖分居，不動則主偏宅。

應入中庭①，外人同住。

應臨之爻，與宅臨之爻相同者是。又如剝卦井卦，應臨宅爻，亦爲應入中庭，主外人同居。日辰同臨，爲寄居②也。

註釋：

①「中庭」，住宅等建築物中央的露天庭院。此處指宅爻。

②「寄居」，居住在他鄉或別人家裡。

宅合有情之玄武，門庭柳陌花街①；木臨無氣之螣蛇，宅舍茅簷篷戶②。

宅爻合玄武，又逢沐浴爻動，主女人淫慾③，如花街柳陌人也；螣蛇木爻死氣臨宅，主甕牖繩樞④之地也。

註釋：

①「柳陌花街」，妓院或妓院聚集之處。

②「茅簷篷戶」，茅草蓋的屋頂，蓬草编的门户。比喻貧窮人家。

③「淫慾」，情慾；淫蕩的慾望；不正當的性行爲。

④「甕牖繩樞」，破甕做窗，繩作門軸。比喻貧窮人家。「牖」，音yǒu【友】。窗子。「樞」，門的轉軸。

鬼有助而無制，鬼旺人衰。

如納音木命人，占乾兌卦，以火爲官，木能生火，謂之「本命助鬼」。若卦體無水生命，又謂「鬼無制」，主人衰鬼旺。若金命人助離宮水鬼，水命人助坤宮木鬼，火命人助坎宮土鬼類。

宅無破而逢生，宅興財旺。

歲月日三破不臨宅爻，更逢三件動爻生宅爻，與財爻旺相有氣，爲「宅興財旺」。

有財無鬼，耗散多端。

若無鬼爻，則兄弟無制，恐兄弟當權之時，財物破散，妻宮亦有駁雜①也。

鼎升曰：

《卜筮全書·黃金策·家宅》原解作：「有財則生鬼，無鬼不聚財。若無鬼爻，爲宅無氣，必主家中財物耗散。」

註釋：

①「駁雜」，吉中有凶，凶爲吉兆；紊亂不順；困頓坎坷。

有鬼無財，災生不已①。

鬼不宜動，財不可無。若官鬼動，剋世爻剋宅爻，主連生災咎②。

註釋：

①「已」，休止，停息。

②「災咎」，禍殃。

有人制鬼，鬼動無妨。

且如木命人占得坎卦，以土爲鬼，木命人剋土鬼；金命人則制坤宮木鬼。但以本命剋鬼爲制，乃無害也。

助鬼傷身，財多何益？

如金命人占得乾卦，以火爲鬼，以木爲財，木能生火，火能剋金，有財爲「助鬼傷身」，總然財多無益。

忌鬼爻交重臨白虎，須防人眷刑傷。

忌鬼爻併白虎發動，冲剋何納音命，卽指其人有灾殃。

鼎升曰：

古今圖書集成本《卜筮全書·黄金策·家宅》原解作：「忌鬼爻變，乃尅身之鬼，併白虎交重發動，值喪門弔客，主人眷災殃。」

催屍煞身命入黄泉①，大忌墓門開合。

鬼動剋人命爲「催屍煞」，人命逢死絕爲「黄泉路②」。忌人命爻冲合墓爻，日辰動爻冲合墓爻爲「墓門開合」，凡卦中必見鬼墓爻便是。

鼎升曰：

《卜筮全書．黃金策．家宅》原解作：「鬼動尅身命爲『催屍殺』，動逢死氣爲『黃泉路』。鬼尅身命逢死氣，忌身命爻衝開墓門，一衝一合，日辰動爻合墓爲『墓門開合』：凡卦中必見墓爻，若暗墓一衝一合，便是。如甲子生人，甲子日卜是也。」

註釋：

①「黃泉」，在漢字文化圈中是指人死後所居住的地方。打井至深時地下水呈黃色，又人死後埋於地下，故古人以地極深處黃泉地帶爲人死後居住的地下世界，也就是陰曹地府。

②「黃泉路」，指人死時通往黃泉地府的路。

木金年命，最嫌乾兌卦之火爻。

木金年命人，占得乾兌卦之火鬼，木命生火謂之助鬼，火鬼剋金爲傷身。金爻木命皆然。

水火命人，不怕震巽宮之金鬼。

凡本命納音是水火，占得震巽卦金鬼，金能生水，火能剋金，故水火命人，不怕震巽二宮之鬼也。

官星佩印居玉堂①，乃食祿②之人。

鼎升曰：

若有官有貴，有祿有印，并太歲生身命，登金門③而步玉堂之人。

古今圖書集成本《卜筮全書．黃金策．家宅》原解作：「玉堂乃天乙貴人，官星乃甲用辛為官，印乃三傳之印綬。應爻之數，若有官有貴人，有祿有印綬，并太歲生身命，登金門而步玉堂之人；身命受制，主先寵後辱。親月建，外郡官；親日辰，縣宰官。有印無祿，有官無俸；有官無印，有祿無任人。日辰并子孫動，主官有剝削之失；日辰并財爻動，主遷擢升職之變也。」

註釋：

①「玉堂」，玉飾的殿堂。亦為宮殿的美稱。宋以後亦稱翰林院。

②「食祿」，享受俸祿。

③「金門」，飾以黃金的門。指天子之門。

貴刃加刑控寶馬，必提兵[1]之將。

貴，貴人；刃，羊刃；刑，三刑。貴人同吉星相輔，刃加三刑，臨貴人之位，受太歲之生，旁爻有馬，乃提兵將帥也。

註釋：

①「提兵」，率領軍隊。

財化福爻，入公門多致淹留[1]。

官爻持世，財來生，吉也；化福，則財倍有力，更吉也。倘財爻持世化子孫，反生他爻之鬼，凡仕宦[2]公門之人，反不利也。

註釋：

①「淹留」，隱退；屈居下位。

②「仕宦」，出仕；爲官；引申爲仕途，官場；官員。

貴印加官，在仕途[1]必然遷轉[2]。

官父帶貴人臨世，併日辰旬中發動，在仕途必有遷轉之喜兆。

註釋：

①「仕途」，官場；做官的歷程；升官的路徑。

②「遷轉」，官員升級。

子承父業，子有跨竈①之風。

子命爻臨五爻之位，相生相合，主子有跨灶之風；相剋相沖，主悖逆②不肖③，不克紹箕裘④之業。

鼎升曰：

古今圖書集成本《卜筮全書．黃金策．家宅》原解作：「子命爻臨五爻之位，臨父母之身，相生相合，主有跨竈之風；相剋相刑，主有悖逆不孝，或不肖，不能克紹箕裘之業。父母之命爻臨子孫爻之身，主子承父廕。生合刑尅，依此斷之，萬無一失。」

註釋：

①「跨竈」，比喻兒子超越父親。說法有三：竈上有釜，釜與父音相近，故有子勝父之意；馬前蹄之上有二空處，名竈門，良馬奔走時，後蹄印痕反在前蹄之前；馬櫪曰皁，竈爲皁之借字，馬生而越過皁，非凡馬。

②「悖逆」，違反正道，犯上作亂。「悖」，音bèi【被】。違背，違反；衝突。

③「不肖」，子不似父；不賢，無才能；品性不良。

④「克紹箕裘」，比喻能繼承父祖的事業。「克」，能夠；「紹」，繼承；「箕」，

簸箕的別稱；「裘」，皮襖。「箕裘」，指父業。

妻奪夫權，妻有能①家之兆。

妻命臨夫五爻之上，與夫相生相合，得內助②能家之兆；若妻剋夫爻，主妻淩③夫，或破夫家也。

鼎升曰：

《卜筮全書．黃金策．家宅》原解作：「妻命臨夫身五爻之上，與夫相生相合，得內助能家之兆；若妻剋夫爻，主妻淩夫，或破夫家也。」

註釋：

①「能」，能力，才幹。

②「內助」，稱謂。稱妻子。

③「淩」，欺犯；欺壓。

弟紾①乃兄之臂，身命相傷。

弟爻起臨兄之命爻，或兄爻起臨弟之命爻：若刑剋，主不友②不恭③；若生合，主兄弟怡怡④如也。

鼎升曰：

古今圖書集成本《卜筮全書．黃金策．家宅》原解作：「弟身爻起臨兄之命爻，或兄身爻起臨弟之命爻：若相刑相尅，主不友不恭；若相生相合，主兄弟怡怡如也。」

註釋：

①「紾」，音zhěn【枕】。扭；擰。「弟紾乃兄之臂」，語出《孟子．告子章句下》：「紾兄之臂而奪之食，則得食；不紾，則不得食。則將紾之乎？」

②「不友」，兄弟不相敬愛。

③「不恭」，不尊敬；不嚴肅；不奉行，不重視。

④「怡怡」，特指兄弟和睦的樣子。語出《論語．子路》：「切切偲偲，怡怡如也，可謂士矣。朋友切切偲偲，兄弟怡怡。」

婦偕①姑婞②之爻，家聲③可見。

二爲媳婦之爻，與姑④之命爻相刑相冲，主凌上，悖逆不孝；相生相合，主能敬順⑤，盡婦道⑥也。

鼎升曰：

《卜筮全書．黃金策．家宅》原解作：「二爲媳婦之命爻，臨姑之身爻：相刑相衝，主凌尊上，悖逆不孝；相生相合，主順婦道也。」

註釋：

①「僭」，音jiàn【見】。同「僭」。超越；冒用。

②「姑嫜」，稱謂。丈夫的父母。

③「家聲」，家庭聲譽。

④「姑」，婦女對丈夫母親的稱呼。

⑤「敬順」，敬重順從。

⑥「婦道」，爲婦之道。舊多指貞節、孝敬、卑順、勤謹而言。

妻犯夫家之煞，妻破夫家。

妻命臨月破兄弟，加白虎發動，主破夫家。

鼎升曰：

《卜筮全書·黃金策·家宅》原解作：「夫家破耗二殺所臨之位，妻身命爻犯之，尅夫身命爻，主破夫家也。」

夫臨妻祿之爻，夫食妻祿。

如妻年甲子，生祿在寅，夫命臨之：生旺有氣者，主夫食妻祿；

若逢羊刃空鬼耗破，雖食妻祿，亦無用矣。

鼎升曰：

古今圖書集成本《卜筮全書．黃金策．家宅》原解作：「祿乃甲祿在寅，食乃甲食丙之類。如甲子生妻，祿在寅，夫身命爻臨之；遇食神，乃食祿順；食不逢空鬼破耗等殺，更值生旺有氣者，主夫食妻祿；若逢梟神羊刃空鬼耗破殺，雖食妻祿，亦無用矣。」

爻重兄弟剋妻身，再理絲絃①。

兄弟之爻發動，剋傷妻命，或夫命臨兄弟動，主琴瑟再續②也。

鼎升曰：

《卜筮全書．黃金策．家宅》原解作：「妻身爻起臨兄弟之爻，發動傷身命；或夫臨兄弟爻，尅妻之身命：主琴絃再續也。」

註釋：

①「絲絃」，弦樂器上用以發音的絲線。亦借指弦樂器。

②「琴瑟再續」，古以琴瑟比喻夫婦，琴瑟斷弦後須續新弦始能再彈，因以稱男子亡妻再娶。

內外子孫生世位，多招財物。

內外子孫發動，生命世之財爻，必多招財物也。

世爲日辰飛入宅，鳩踞鵲巢①。

世併日辰與鬼飛入宅爻，主他人之屋，或租賃之宅。如大過卦，內巽辛亥爲宅，外兌丁亥持世發動是也。

鼎升曰：

《卜筮全書．黄金策．家宅》原條文作：「世爲日辰飛入宅，鵲據鳩巢。」

註釋：

①「鳩踞鵲巢」，鳩不自築巢而強居鵲巢。本喻女子出嫁，住在夫家。後比喻強占別人的房屋、土地、妻室等。

應臨父母動生身，龍生蛇腹①。

應臨父母之爻：占者命爻臨之，得應爻生之，或動生子命。主婢②生庶出③，或前後父母所生。身命俱臨父母，必主重④拜雙親。

註釋：

①「龍生蛇腹」，蛇生下龍。妾或婢所生的子女；再嫁之夫或續娶之妻所生的子女；非婚生的子女；繼子繼女；義子義女。

②「婢」，女奴；使女。後通稱受役使的女子。

③「庶出」，妾所生的子女。庶，音shù【樹】。同「庻」。

④「重」，再。

世應隔異，兄弟多因兩姓。

如晉卦，己酉兄弟持世，乙未臨應，隔申字；又如遯卦，應臨壬申金，世持丙午火，有未隔斷：但申爻是本宮兄弟，是真兄弟。或日月建動爻隔斷，亦依此斷。餘皆倣此。

鼎升曰：

《卜筮全書·黃金策·家宅》原解作：「如晉卦，己酉金是世，假；如乙未應，隔申字，之遯卦壬申金應，眞兄弟。假如晉卦之遯卦，外離爲假子，何也？離己酉金，假弟，遯卦外有乾卦壬申金持世，是眞兄弟。假又如姤之明夷卦，壬申金是眞兄弟，明夷外卦有癸亥水，是假，不合；中旬酉字亦爲隔異之間。幷日辰應有親兄弟，或日月建動爻隔斷，亦依此斷。姤卦應隔兄弟，明夷卦應隔兄弟，是。餘皆倣此。」

「假如晉卦之遯卦，外離爲假子，何也？離己酉金，假弟，遯卦外有乾卦壬申金持世，是眞兄弟」句，疑爲「假如晉卦之履卦，外離爲假子，何也？離己酉金，假弟，履卦外有乾卦壬申金持世，是眞兄弟」之誤。

應爻就妻相合，外人入舍爲夫。

應爻飛入宅，與妻命生合，主招外人入舍爲夫。

假宮①有子飛來，異姓過房②作嗣。

假如子孫在假宮，飛來伏在身命爻下，主有異姓過房之子。本宮飛動應爻，過房與人也。

註釋：

①「假宮」，他宮。

②「過房」，自己無子而以兄弟、親戚或他人之子爲後嗣。

妻帶子臨夫位，引子嫁人。

妻命帶子孫，動臨夫位，并日辰，主妻引子嫁來是也。

夫身起合妻爻，將身就婦。

世爻動臨妻命爻，或自命爻動臨合妻命爻，定然將身就婦也。

本命就中①空子，見子應遲。

子孫在命旬之空，主得子遲。

註釋：

①「就中」，其中。

身爻合處逢妻，娶婚必早。

夫身爻起合妻之命爻，娶妻必早；妻身爻起合夫之命爻，婦嫁無遲。

夫婦合爻見鬼，婚配不明①。

夫合之爻，妻合之爻，見鬼，主婚配不明。但有合爻見鬼，是也。

註釋：

①「不明」，未經媒人說合、父母同意並以傳統儀式迎娶的非正式婚姻。

子孫絶處刑傷，兒多不育。

子孫逢絶，更受刑傷剋害，主子多不育難招①。

註釋：

①「招」，生育；养育。

夫妻反目①，互見刑冲；兄弟無情，互相淩制②。

夫身爻并日辰動刑妻命，主夫不和妻；妻身爻并日辰動刑夫命，主妻不和夫。或妻命冲夫身，或夫命冲妻身，主夫妻反目。兄帶日辰剋弟身命爻，或弟帶日辰剋兄身命爻，主兄弟不和，互相淩虐③。

鼎升曰：

原解中「兄帶日辰剋弟身命爻」句，原本作「兄弟日辰剋弟身命爻」，當誤，據古今圖書集成本《卜筮全書·黃金策·家宅》與文意改。

註釋：

①「反目」，夫妻不和。泛指翻臉；不和。

②「淩制」，淩駕其上並進行控制。

③「淩虐」，欺壓虐待。

日將與世身相生，當主雙胎；身命與世應同爻，多應兩姓。

身世與日辰動爻同位，兩生命者，主雙胎；命臨應上，世亦臨之，主有兩姓。

鼎升曰：

《卜筮全書・黄金策・家宅》原解作：「身世起合與日辰動爻同位，兩生命者，主雙胎、仝年之子、或雙頂是也。身臨世、命臨應，或命臨世、身臨應，是身命兩臨世應，主有兩姓。」

妻財發動，不堪父值休囚；父母交重，最忌子臨死絶。

上有父母，不堪財爻發動，主有剋害之患；父動則剋子也。

鼎升曰：

古今圖書集成本《卜筮全書・黄金策・家宅》原條文作：「妻財發動，不堪父值喪門；父母交重，最忌子臨死絶。」

妻剋世身重合應，妻必重婚。

財爻動剋夫命，或妻命動剋夫爻，并日辰又與應相合，主妻再嫁。若帶咸池①與應爻相合，剋夫身命爻，主妻與外人謀殺夫主。

若臨交爻，主未來之事。

註釋：

①「咸池」，又稱「桃花」。凶神。古今圖書集成本《卜筮全書．神殺歌例．咸池殺》：「占婚大忌，主婦人淫亂。寅午戌兔從茆裏出，巳酉丑躍馬南方走，申子辰鷄叫亂人倫，亥卯未鼠子當頭忌。」

夫刑妻命兩逢財，夫當再娶。

夫刑剋妻命，或刑剋財爻，更逢剋處兩財，主夫剋兩妻；併日辰合旁爻之財，主再娶；併日辰動爻帶刃刑等煞，傷妻命爻，主遭夫毒手①也。

註釋：

①「毒手」，殺人或傷害人的狠毒手段。

妻與應爻相合，外有私通①。

妻命財爻，與應相合咸池玄武，主妻有外情②；夫併日辰剋妻與應爻，主獲妻奸。

鼎升曰：

古今圖書集成本《卜筮全書．黃金策．家宅》原解作：「妻身命爻，與應相合咸池元武桃花，主妻有外情；夫併日辰尅妻與應爻，主獲妻奸。夫併世應在三合之爻，主從良爲娼。日辰臨交爻，主心意未絕：妻帶財生應爻，妻以財誘外人；應帶財生妻爻，外人以財誘妻。應自外宮來，主遠方人；應自內來，近親之人。世爻動帶鬼隔斷，爲家人間阻；應爻動帶鬼隔斷，爲外人間阻其情。」

註釋：

①「私通」，通姦。

②「外情」，指與外人不正當的男女關係。

男臨女子互爻，內多淫慾。

男命爻起，合女命爻；女身爻起，臨男命爻：爲互合，尊卑失序，主有淫亂之事。若夫妻互相合，主先姦後娶。

鼎升曰：

古今圖書集成本《卜筮全書．黃金策．家宅》原解作：「男身爻起，臨女命爻；女身爻起，臨男命爻：謂「互」，尊卑失序，主有淫亂事。若夫妻互相合，主先姦後娶。據理而詳可也。」

青龍水木臨妻位，多獲奩財①。

如財臨水木有氣，夫命臨之，主得妻財。

註釋：

①「奩財」，陪嫁的財物。「奩」，音lián【連】。女子陪嫁的衣物。

玄武桃花犯命中，荒淫酒色①。

身命帶玄武咸池，主貪酒色。男女同論。

鼎升曰：

古今圖書集成本《卜筮全書·黃金策·家宅》原解作：「身命帶元武桃花，主貪酒色。男則粘紅綴綠，女則叶人牽惹。」

註釋：

①「酒色」，酒和女色。亦泛指放縱不檢點的生活。

世應妻爻相合，當招偏正之夫。

爲世應財爻三合，逢兩鬼合妻命，主有偏正之夫。

鼎升曰：

《卜筮全書·黃金策·家宅》原條文作：「世應妻爻三合，當招偏正之夫。」

財爻世應六沖，必是生離①之婦。

妻命值鬼爻，與世應併日辰破合，重重相沖，與財兩合；或妻命爻與世應動爻相沖，或日辰相沖：主是生離之婦。

鼎升曰：

《卜筮全書·黃金策·家宅》原條文作：「財交世應六衝，必是生離之婦。」

註釋：

①「生離」，離婚。

世應爲妻爻相隔逢沖，必招外郡①之人。

世應在日辰旬中隔斷妻爻；與夫爻相隔，在日辰旬外逢沖：主夫是外郡之人。

註釋：

①「外郡」，京都以外的州郡。此處泛指外鄉、外地。

夫妻與福德相逢帶合，必近親隣①之女。

夫妻二命爻俱在本宮，就中合見子孫，主因親致親。

鼎升曰：

《卜筮全書．黃金策．家宅》原解作：「男與財爻相近，俱在本宮或卦中，主婚姻近處；就中合見子孫，主因親致親，或故親爲媒。」

註釋：

①「親隣」，親友和鄰里。

命逢死炁，最嫌煞忌當頭。

主象逢死絶，若日辰動爻臨忌煞來剋，或剋本命，主有死亡之禍。

鬼入墓鄉，尤忌身爻濺血。

命爻帶鬼入墓，怕身爻再帶煞受制，最不吉之兆。

惡莫惡於三刑迭刄。

刑無刄，不能傷人；刄無刑，禍亦不大。若刑刄兩全，剋身臨官，主犯官刑；臨玄武劫煞，盜賊圖財動命。世併日辰動爻剋應，主我殺他人；應併日辰動爻帶煞剋世，主他人傷我。若遇子孫發動，凶中有吉。

凶莫凶於四虎交加。

四虎者，年月日時建也。若帶鬼煞重重，舉家遭禍死亡；若卦中福德動，主悲喜相半之象。

四鬼貼身，防生災咎。

四鬼者，亦謂年月日時。值官鬼持世，臨身臨命，主有災咎。

三傳剋世，易惹災危。

三傳，年月日也。若帶煞剋世身命，主宅丁人眷災危。太歲主一年之禍，月建主數月之災也。

鼎升曰：

古今圖書集成本《卜筮全書．黃金策．家宅》原解作：「三傳，太歲月建日辰。帶殺帶鬼，尅世身命，主宅丁人眷災危。太歲連年之禍，月建主累月之災殃也。」

劫亡兩賊傷身，青草墳頭之鬼；身命兩空遇煞，黃泉路上之人。

身命逢絕，在旬中空亡，遇鬼傷身剋命，主有死亡之患。

鼎升曰：

《卜筮全書．黃金策．家宅》原解作：「身命逢絕，在旬中空亡；亡神刼殺，帶鬼傷身尅命：主有死亡之患。」

勾陳傷玄武之妻財，女多凶禍；白虎損青龍之官鬼，夫忌死亡。

鼎升曰：

古今圖書集成本《卜筮全書．黃金策．家宅》原條文作：「勾陳傷元武之身財，女多凶禍；白虎損青龍之官鬼，男忌死亡。」

新增家宅搜精分別六爻斷法

初爻非水休言井，酉金干涉道雞鵞。

初爻如臨亥子水爻，方可以井斷：值財福以吉論，值官鬼忌神以凶推。若初爻與酉爻刑冲剋害生合，卽是干涉也：如有干涉，方可言畜養雞鵞鴨之吉凶，不可混而言也。

鼎升曰：

明萬曆刊本《易林補遺．亨集．人宅六事章》有「初爻爲基址、爲井、爲溝、爲小口，又爲鷄鵝鴨之類」與「初爲兒女與鷄鵝、井連基地」之論。

臨土逢冲基地①破。

初爻臨辰戌丑未土爻，被月日冲破者，其宅基必有挖開破缺之象。

註釋：

①「基地」，此處指建築物地基所占用的土地。

無官無鬼小兒和。

初爻臨官鬼白虎父母發動，其家主傷小口[1]；若非官鬼忌煞臨持，小口必平和無恙也。

註釋：

①「小口」，未成年的孩子。

宅邊若有墳和墓，須知鬼墓值爻初。

鬼墓者，指卦中官鬼之墓庫爻也：如得震巽宮卦，金爲官鬼，金庫在丑。如丑爻臨于初爻，則宅邊必有古墓也。

水臨白虎將橋斷。

如初爻臨子亥水，附臨白虎，主有橋梁：臨財福則吉；逢冲，橋必壞也。

寅木猫良鼠耗無。

如初爻臨寅木吉神，主其家有好猫能捕鼠。

玄武水乘溝利瀹①，木爻官鬼樹爲戈。

如初爻臨亥子水，附玄武，不可論橋論井，當以溝渠之通塞②斷；如木爻官鬼值此，主其家左近③有樹根穿破宅基。

註釋：

①「瀹」，音yuè【月】。疏通水道，使水流通暢。

②「通塞」，通暢與阻塞。

③「左近」，附近，鄰近。

二爻木鬼梁橫竈。

言二爻如臨木爻官鬼，主竈上有橫梁。

鼎升曰：

明萬曆刊本《易林補遺·亨集·人宅六事章》有「二爻爲房屋、爲華堂、爲灶、爲宅母、爲妻妾，又爲猫犬之類」與「二推妻妾兼猫犬、灶及華堂」之論。

父母持之主堂奧①。

如二爻臨父母爻，不論金木水火土，皆以房屋之堂奧推斷：如臨旺相安靜則吉；如逢休囚破剋，主房屋破漏不堪。

註釋：

①「堂奧」，廳堂和內室。一說指屋子的角落深處。「奧」，室的西南角。

雀火官持慮火灾，土金變化宜興造。

如朱雀並火官在二爻，主有火灾；如二爻土化金或金化土，主有興造。

木被金冲鍋盖摧，金局摧殘鍋破壞。

如二爻臨木爻，被金日金爻冲之，知其鍋蓋破碎。摧者，壞也。倘二爻會金局被冲，其竈上必有破鍋。

玄武土乘竈不潔，土逢冲剋竈崩敗。

如二爻玄武同土持之，主竈前不潔；如二爻值土，被日月動爻冲剋，則竈必坍頹①。

註釋：

①「坍頹」，倒塌毀壞。

世鬼並臨非祖屋，福財遭剋苦相逐①。

世臨官鬼在二爻，此屋決非祖產。如福德財爻在二爻旺相有氣，主其家安享豐足；倘遭休囚破剋，主其家窮苦相逐也。

註釋：

①「相逐」，伴隨；跟隨。

戌土干連①以犬言。

如二爻與戌爻生剋沖合，當以防家犬斷：臨財福吉，臨忌煞凶。

註釋：

①「干連」，關涉；牽連。

應飛此地人同宿。

如應臨之爻飛入二爻，主有外人同住。同宿者，言同住也。

此爻不獨斷宅母，各分名分安危卜。

古以二爻爲宅母之位，斷其吉凶，予以爲謬。凡人家祖母、母、嫂、弟婦、姊妹、妻、女，同居一室，各有名分，宜以用神觀其生剋、卜其吉凶也。

三爻亥水斷猪牲，兄弟臨爻方論門。

第三爻非臨亥爻，不可便斷猪牲吉凶。如兄弟爻臨于三爻上，方可以門戶斷。如臨財官父子，不可槩推。

鼎升曰：

明萬曆刊本《易林補遺．亨集．人宅六事章》有「三爻爲正門、爲香火、爲閨房、爲臥床、爲兄弟，又爲猪畜」與「三曰弟兄、香火、猪并眠床」之論。

兄弟卯爻床榻論。

如兄弟是卯爻，不可言門戶，當以床榻論之。大凡卯爻兄弟臨第三爻，必神堂①前有床榻，或樓上做房，閡碍②神堂。

註釋：

①「神堂」，供神的處所。

②「閡碍」，妨礙。

無官莫妄斷家神①。

第三爻若臨官爻，方可寔②指神堂。若非官爻臨持，不可便斷神堂也。

註釋：

①「家神」，家庭之神及家宅之神。前者爲一家之守護神，如祖先之靈；後者爲保護家宅安泰之神，如竈神。

②「寔」，同「實」。

金官臨主香爐破，木鬼青龍牌位①新。

如三爻臨金官，主香爐破損；或值木鬼青龍旺相，神牌自然新彩畫②也。

註釋：

①「牌位」，指神主、靈位或其他題著名字作爲祭祀對象的木牌。

②「彩畫」，以彩色繪飾。

四爻若動來冲剋，門門相對似穿心①。

若第四爻動來冲剋三爻，主家中門門相對，或穿心走破②，不利。

註釋：

①「穿心」，貫穿心臟或正中核心，形容非常痛苦。此處指建築、通道、氣流或物品穿宅而過。

②「走破」，吳語指有人走的痕跡。此處指房間內部的相鄰部分不能分隔開來，還要兼作他人的通道。

三四互臨兄弟位，門多屋少耗傷金。

如三四爻俱臨兄弟爻，主其家屋少門多，耗散金銀之象。

若被動爻沖本位，出入不在正門行。

如本爻被日月動爻沖剋，主其家旁門出入，不走正門。

爻臨卯木主床帳，木臨蛇鬼婦虛驚。

如第三爻臨卯木，是床帳也：臨財福則床帳新鮮；若臨螣蛇官鬼，其婦女在床，有意外虛驚。

三爻不是弟兄位，官搖父陷始難寧。

古以第三爻爲兄弟之位，謬也。如官爻發動，剋害兄弟爻，又遇父母空陷，不來救護，方可論弟兄之有患難，不安寧也。

四爻兄弟方言戶，四二相合主大門。

三門四戶，是古法也，然無兄弟臨之，不可便言門戶，如臨兄弟，方以戶斷。第四爻或動或靜，與第二爻相合者，當以大門決斷。

鼎升曰：

明萬曆刊本《易林補遺．亨集．人宅六事章》有「四爻爲門戶、爲母、爲外親，又爲羊畜」與「四云門戶、萱堂、羊同外族」之論。「萱堂」，本指母親的居室，後借指母親。語出《詩經．國風．衛．伯兮》：「焉得諼草？言树之背。」

未變鬼臨第四位，畜羊不利見災迍①。

未爻臨于第四爻上，當以羊斷；如變鬼爻，畜羊有損。

註釋：

①「災迍」，禍害、災難。「迍」，音zhūn【諄】。路難行不進的樣子；困頓失意。

玄武官鬼門破漏，青龍財福喜更新。

四爻上如臨玄武官鬼，門主破陋；如臨青龍財福，與二爻生合者，可知其門樓①有更新之象。

註釋：

①「門樓」，門上似樓牌的頂。

朱雀臨官主獄訟。

朱雀臨官爻在四爻上，主有官非訟事。

玄武乘兄有水侵。

如玄武臨兄弟，不可以兄弟爲戶論，必有池潭水侵住宅；如冲剋二爻，有碍住居也。

兄弟螣蛇臨爻位，隣人坑厠碍家庭。

四爻弟兄臨螣蛇，不可以兄弟爲戶論，當主隣家有破坑相碍。

旬空月破當爻見，不是無門是破門。

若第四爻值旬空月破，當以無大門或破門斷之。

冲剋相乘①旁出入，外族②不應將此論。

如遇冲遇剋，必主旁門出入。至于外族之論，係《易林》③之謬，不可爲憑也。

註釋：

①「相乘」，相加；相繼。

②「外族」，母親或妻子的父母家的同族；本民族以外的民族。

③「《易林》」，此處指《易林補遺》。六爻經典。明張星元著。

財剋子臨傷父母，陰陽兩斷內中分。

財動剋父，若再得子孫爻動，而助財來剋，主父母有傷。如父母爻臨陽象，則剋父；陰象則剋母：卦中六爻內見之皆如此。古以四爻爲母位，而論其剋母，此說大謬。

五爻剋二人口寧。

五爻爲人口之爻，剋二爻則人口安寧。如動來剋宅，亦不宜也。

又宜以六親生剋論之。如二爻動來剋五爻，此屋居之不安穩也。

鼎升曰：

明萬曆刊本《易林補遺．亨集．人宅六事章》有「五爻爲路、爲父、爲宅長、爲眾人口，又爲牛畜」與「五是椿庭與宅長、眾人、道路兼牛」之論。

官連蛇鬼長房①迍。

五爻爲長房長子，如官鬼同蛇虎持之，主長房長子多悔②也。

註釋：

①「長房」，家族中長子的一支。

②「悔」，過失；災禍；倒霉；悔恨；後悔；悔過；改過；歸罪；追究。

若遭白虎刑冲剋，主有驚癎①不得生。

倘五爻被白虎爻動來刑冲剋害，又不可以長子長房斷。主其家有驚癎之疾者，不能醫治而難生也。

註釋：

①「驚癎」，因受驚嚇而突然暈倒的病症。

世臨陰位女爲政①，財爻持世贅②爲姻。

如世居五爻，爻是陰位，主其家內閫③爲政，主持家事。財爻持世居此位，其人贅去爲婚，又非女人主事也。

註釋：

①「爲政」，做主。

②「贅」，男子結婚後，住進女家，成爲女家的成員，子女亦從母姓。「贅」，音zhuì【墜】。

③「閫」，音kǔn【捆】。古代婦女居住的內室；借指妻室。

若是二爻冲剋破，當家夫婦少恩情。

二爻如逢冲破，主夫婦乖張①，又非贅婚之論也。

註釋：

①「乖張」，性情執拗，不講情理；背離；分離。

水臨世合水遶屋，兄弟臨時墻有坑。

五爻臨水，與二爻生合，或與世爻生合，主宅邊有水環繞。如臨兄弟，主墻內有坑碍。

丑土剋冲牛不利，椿庭[①]休咎[②]父爻尋。

如丑爻發動剋五爻，或與五爻刑冲，畜牛不利。若以五爻爲父，謬矣。欲問父之吉凶休咎，應向父爻論其生剋可也。

註釋：

①「椿庭」，父親。《莊子・逍遙遊》謂上古有大椿長壽，《論語・季氏》記孔鯉趨庭接受父訓，後因以「椿庭」爲父親的代稱。

②「休咎」，吉凶，福禍；美惡。

六爻財位論奴丁[①]，父母相臨祖輩人。陽木棟梁陰是柱，官庫侵之乃是墳。

第六爻若臨財位，方言奴僕：如遇旬空月破，則奴僕無力；倘遇日冲爻冲，主有逃亡之事。若臨父母，當論祖輩的休咎。倘陽爻臨木父，不可以祖輩言，當以棟梁[②]斷；如臨陰木父母爻，當以庭柱[③]論。如官爻之庫，臨于六爻上，當以墳墓論。其生剋合冲，分別吉凶。

鼎升曰：

明萬曆刊本《易林補遺・亨集・人宅六事章》有「六爻爲棟梁、爲彭眷、爲墻壁、爲墳墓、爲祖父母、爲奴婢，又爲騾馬」與「六成祖輩與奴丁、墳墓、棟梁加馬」之論。

註釋：

①「奴丁」，成年的男奴僕。

②「棟梁」，房屋的大梁；建造房屋的大材。

③「庭柱」，屋中支持大梁的柱子。

父臨屬土主墻壁。

如父母属土，當以墻壁斷。

卯木藩籬①定吉凶。

如臨卯木，不論陰陽，當以藩籬斷之。以生剋合沖，定其吉凶。如卯爻旬空，向有藩籬。如動來剋世，當以凶推；如逢生合，當以吉斷。

註釋：

①「藩籬」，用柴竹編成屏蔽的圍牆。

身世相臨第六爻，離祖成家①斷可必。

如卦身臨于第六爻，或世爻臨之，主來卜之人必離祖業，方可成家。

註釋：

①「離祖成家」，遠離家鄉自創基業。

位臨於酉動爻沖，鍋破懸知①在此中。

如第六爻臨有酉金，被月日動爻沖之，主家中有破鍋不安。

註釋：

①「懸知」，料想；預知。

雀鬼臨爻顛女斷，爻爻分別不相蒙。

如朱雀官鬼臨爻，主有女人染風癲①之疾。蒙者，蒙昧不明也。

註釋：

①「風癲」，瘋癲。指精神錯亂失常。

卜筮正宗卷之九終

卜筮正宗卷之十

古吴洞庭西山王維德洪緒註
壬午舉人弟　需遵時
吴　庠　鍾　英子燦　叅訂
　　　　蔡　鑑升明
門　人　謝朝柱巨材
　　　　任用淵潛菴　同較
　　　　男其龍雲章　琢客軒
後　學　李凡丁鼎升校註

墳墓

葬埋之理，乃先王①之所定，雖爲送死②而然；風水③之因，特④後世之所興，禍福吉凶攸⑤係。故墳占三代⑥，穴⑦有定爻。一世二世，子孫出王侯將相之英；世四世三，後嗣主富貴繁華之茂⑧。絕嗣⑨無人，端爲世居五六；爲商出外，衹⑩因世在游魂。八純凶兆，歸魂亦作凶推。吉兆相生相合，凶兆相剋相沖。

內卦爲山頭⑪，外卦爲朝向⑫，世爻爲穴場⑬。世臨初二爻，穴場乃得山頭之生氣⑭，後代當產王侯將相之英；世臨三四爻，穴場乃得山頭之餘氣，故後嗣不過富貴繁華；世臨五六兩位，乃山頭生氣已脫⑮，是不合山形地勢，故至絕嗣。游魂好動爲商，歸魂氣滯不吉。世得相生相合，自然環繞多情；若遇相剋相沖，自然沙飛水背⑯。

鼎升曰：

《卜筮全書·黃金策·墳墓》原條文作：「葬埋之禮，乃先王之所設，雖爲送死而然；風水之因，特後世之所興，禍福吉凶攸係。故墳占三代，穴有定爻。一世二世，子孫出王侯將相之英；世四世三，後嗣主富貴繁華之茂。絕嗣無人，端爲世居五六；爲商出外，秖因世在游魂。八純凶兆，歸魂亦作凶推；吉兆相生，相合亦將吉斷。」

註釋：

①「先王」，古代聖王，一般特指歷史上堯舜禹湯文武幾個有名的帝王；也指已故的君王。此處當指周文王第四子周公姬旦。周公制禮作樂，天下大治。《周禮·地官

司徒·族師》：「以役國事，以相葬埋。」

②「送死」，在父母或親長臨終前服侍於旁。亦指營辦父母或親長喪事。

③「風水」，堪輿家對宅地或墓地的地脈、山形、水流及坐向的統稱。就生者之屋宅而言，謂之陽宅；就死者之墳地而言，謂之陰宅。風水的好壞能決定宅主或葬者一家的禍福。清吳元音《葬經箋註》：「《經》曰：氣乘風則散，界水則止。古人聚之使不散，行之使有止，故謂之『風水』。風水之法，得水爲上，藏風次之。」

④「特」，只，但。

⑤「攸」，所。

⑥「三代」，自祖至孫；曾祖、祖父、父。

⑦「穴」，龍穴。堪輿家稱土中氣脈結聚處，或成窪狀，或成突狀，其原理猶如人體的經絡穴位，是氣血的凝聚點。穴是尋氣的最終目標，以山環水抱、藏風得水爲主要特徵。

⑧「茂」，繁盛、旺盛。

⑨「絕嗣」，沒有子孫以傳宗接代。

⑩「祇」，音zhī【之】。只；僅。

⑪「山頭」，龍氣結穴之山。通常認爲，結穴之山形分圓、扁、直、曲、方、凹六體，此外還有許多變體。各體均須端凝止靜，順應龍脈來勢，方能融結吉穴。同時，與

地勢、祖山、少祖山、主山、案山、朝山、水口等的關係也必須仔細考察。

⑫「朝向」，此處指穴所對的方向。「朝向」常與「坐山」連用，簡稱「山向」。背後所靠爲山，面前所對爲向。陰宅以頭枕爲山，以足蹬爲向，通常在穴心、棺槨前近處或墓碑處下羅盤以定山向。堪輿家認爲，山向大要以背山面水，坐北朝南，避凶迎吉爲佳。定山向既要視察地形，也要羅盤占測，而以地形山向爲先決條件。南唐何溥《靈城精義．理氣章正訣》：「龍以脈爲主，穴以向爲尊，水以向而定，向以局而分。」

⑬「穴場」，穴所在之處，包括穴與穴的外圍。

⑭「生氣」，簡稱「氣」，別稱「五氣（五行之氣）」、「陰陽之氣」、「內氣」。堪輿家認爲，氣分而爲陰陽，析而爲五行，生氣即陰陽五行之氣所聚而生。它善能調和陰陽，生發萬物：陽宅得之，生人則平安多福；墓穴接之，墓主子孫則興旺發達。相地的目的，歸根結底就在於教人識別、利用生氣，因而被視爲富貴貧賤之綱，看風水的第一法門。清吳元音《葬經箋註》：「葬者，乘生氣也（其下小註：生氣，聚氣也。氣聚而後能生，不聚則不生也。此一句，解所以葬之之理……）。五氣行乎地中，發而生乎萬物，人受體於父母，骨骸得氣，遺體受廕。《經》曰：氣感而應，鬼福及人。」

⑮「脫」，失去；遠離。

⑯「沙飛水背」，砂飛水背。「砂」是穴山四周的山巒土丘的總稱，其所指極爲廣泛，舉凡朝迎護衛之山，都包含在內。穴與砂之間，構成君臣關係：砂要清秀圓潤，如後宮之妃嬪佳麗；要朝迎揖遜，如殿下之群臣拜伏；要簇擁相從，如君主的龍貴虎衛；要一呼百應，如名將將兵。砂的作用，一是護龍，龍無砂隨則勢孤；二是衛穴，穴無砂合則局露；三是關水，水無砂關則局散，有砂則藏風聚氣。「水」，別稱「外氣」。堪輿家認爲，水是龍的血脈，穴的外氣。水與氣如影隨形，水表氣裏，表裏同運，氣行則水隨，氣蓄則水止。察水主要看水與山的交合勢狀，水必須或逆或轉，才能與山勢交合，依山繞抱，以收勒山脈中運行的生氣融結成穴場。穴山水勢，大體以衆流匯聚、彎環悠揚爲吉象，激湍衝割、反弓外抱爲凶象。此外，水質、水色、水域大小與深淺等也是鑒別吉凶的重要參考。「沙飛水背」則砂與水不是有情向穴，而是生氣蕩散不聚。

穴騎龍，龍入穴，穴嫡①龍真。

以亡人本命納音爲穴。或世臨穴爻，或世穴相生相合，或動爻月日生合世爻穴爻，謂之「穴騎龍，龍入穴，穴嫡龍真」。

鼎升曰：

《卜筮全書·黃金策·墳墓》原條文作：「穴騎龍，龍入穴，穴正龍眞。」原解作：「穴帶龍來入穴，更遇世臨穴爻，相生相合，龍虎抱衛有情，爲龍眞穴旺。又例，若龍起穴，在五黃中宮，亦是；若逢衝動，則又非。若得龍起于穴爻，則爲吉地是也。」

據清趙廷楝《地理五訣．五常》記載：「一曰龍，龍要真。二曰穴，穴要的。三曰砂，砂要秀。四曰水，水要抱。五曰向，向要吉。」

註釋：

①「嫡」，正宗的；真實的。亦作「的」。

山帶水，水連山，山環水抱①。

山者，內宮也；水者，亥子水也。如亥子水臨財福吉神在內宮，與世爻相合相生，或與穴爻相合相生，謂之「山環水抱」。

鼎升曰：

古今圖書集成本《卜筮全書．黃金策．墳墓》原解作：「山帶水爲朝帶，來山與穴相合是。山環水抱，重合生氣，帶財福貴，乃爲吉地。」

註釋：

①「山環水抱」，一般是指穴山後方有綿延不絕的群山峻嶺，前方有遠近呼應的低山

小丘，左右兩側則護山環抱，重重護衛，中向部分堂局分明，地勢寬敞，且有屈曲流水環抱，如此方能融結吉穴。

爻重逢旺氣，聞雞鳴犬吠之聲。

旺相之爻發動，臨水火，穴近民居，故曰「聞雞鳴犬吠之聲」。

鼎升曰：

古今圖書集成本《卜筮全書・黃金策・墳墓》原解作：「動逢生氣旺相，水火爻見廚碓，聞雞鳴犬吠之聲。」

世應拱穴爻，有虎踞龍蟠①之勢。

世應生扶拱合于穴爻，或龍虎生合于穴爻，或穴居于世應之間，或穴叨②世應龍虎扶拱，皆是「虎踞龍蟠之勢」。

註釋：

①「虎踞龍蟠」，原指石頭城（南京）像猛虎蹲在西面，鍾山像蛟龍盤繞在東面，因用以形容地勢雄偉險要。此處指穴場左側「青龍山」與右側「白虎山」低緩俯伏，共成拱抱之勢，使穴埸不受外風吹襲，則能融結吉穴。明田希玉《雪心賦直解》「虎踞龍蟠，不拘遠近大小」條文下原解：「……左右之山，白虎馴伏，青龍蟠泊，

則內頭有情，而遠近大小不必拘矣……不知踞亦伏也，非高昂之謂也。凡虎欲作勢捕撲，則身必伏地，而前兩脚踞地，是虎之身腰低軟，莫如踞時，故以此形之。」

②「叨」，承受。

三合更兼六合，聚氣①藏風②。

世爲主山，應爲賓山。世應與穴爻三合成局，或得六合卦，或龍虎二爻與穴爻三合成局者，皆聚氣藏風之地也。

註釋：

①「聚氣」，聚生氣，乘生氣。所謂葬事，即以父母之體葬於山川靈秀、生氣凝聚之所，以期己身及子嗣感應其生氣而受福。風水之事，舉凡尋龍脈、察形勢、覓星峰、辨水源、測方位、定穴場、倒杖放棺究深淺，諸如此類，其最終目的，即是求乘生氣。

②「藏風」，指穴場必須垣城完整，拱護周密，不使外風蕩颭穴場而生氣飄散。堪輿家認爲，生氣因水而聚，因風而散，故風水之法，得水固然重要，但若穴不避風，生氣隨之散逸，得猶如不得。

來山①番作朝山②，回頭顧祖③。

來山者，內卦之世爻也；朝山者，外卦之應爻也。如世臨之爻與應爻同，謂之「回頭顧祖」也。

鼎升曰：

古今圖書集成本《卜筮全書·黃金策·墳墓》原解作：「應在朝山帶來山，有回頭顧祖之勢。」

註釋：

①「來山」，堪輿家謂向穴山伸展的山脈。又稱「來龍」。吳語指有運氣的地脈。

②「朝山」，指龍穴前方與龍穴遙相對應的山，爲尋龍點穴的佐證。堪輿家謂朝山秀挺相向，穴氣則吉貴。又稱「朝砂」。明徐善繼《重刊人子須知資考地理心學統宗·砂法·統論朝案二山》：「夫曰朝曰案，皆穴前之山，本自有辨，不可紊而爲一也。蓋其近而小者稱案，遠而高者稱朝。謂之案者，如貴人據案處分政令之義；謂之朝者，卽賓主相對抗禮之義。故案山近小而朝山高遠也。」

③「回頭顧祖」，回龍顧祖。龍脈回頭朝著祖山（龍穴起首的高山大嶽，以高聳卓立、群峰簇擁、雄震一方爲特徵。祖山越高大，氣脈就越充沛，分枝劈脈也特別多）來脈的方向，或者是小龍離開祖龍之後再回頭望祖之意。也指地勢回轉。此風水格局出忠臣孝子，貴人多助，大富大貴。

死絶之鬼，邊有荒墳；長生之爻，中有壽穴①。

卦中官爻休囚死絶，知穴旁有荒坟古塚②；如鬼爻遇長生于日，或化長生者，知有壽穴也。

鼎升曰：

原解中「塚」，原本作「塜」，顯誤，以其形近而誤。據文意改。「塜」，音péng【朋】。同「塳」，塵土。後條文「勾陳土鬼，塚墓纍纍」中「塚」亦同。

註釋：

①「壽穴」，人還活著的時侯，預先爲自己造好的墓穴。

②「塚」，音zhǒng【腫】。墳墓。

合處與應爻隔斷，內外之向不同。

亡人本命納音爲穴，納音之墓爲墓，合納音之爻爲向。假如己未納音屬土，卽以土爲穴；土庫于辰，卽以辰爲墓；午與未合，卽以午爲向；辰與酉合，酉亦爲向。如辰申二日，或應臨辰申，謂之隔斷午；或未亥二日，或應臨未亥，謂之隔斷酉：當知金井①墓門②之向不同也。

鼎升曰：

古今圖書集成本《卜筮全書・黃金策・墳墓》原解作：「內爲穴，外爲墓，合爲向。假如己未土爲穴，合午爲向；庚辰土爲墓，合酉爲向。若午酉之間應爻併日辰爻隔斷，主金井陽門向背不同。」闡易齋本與談易齋本《卜筮全書・黃金策・墳墓》原解中「主金井陽門向背不同」作「主金井陽門向皆不同」。

原解中「己未納音屬土」，當誤。己未納音爲天上火。如意堂本《卜筮正宗・墳墓》作「辛未納音屬土」，辛未納音爲路旁土。

註釋：

①「金井」，墓穴或骨瓮。

②「墓門」，墓道之門。

穴中爲世日沖開，左右之穴相反。

穴臨巳未二爻，世併日辰臨午爻，午居巳未之中，謂之「分開巳未二穴」，知左右之穴相反也。餘例倣此。

穴道①得山形之正，重逢本象之生。

穴卽亡人本命納音，臨內宮世爻，皆得山形之正。如穴爻臨水，遇內屬金，或水爻在于金宮內，皆謂之「本象之生」也。

鼎升曰：

《卜筮全書・黃金策・墳墓》原解作：「龍山龍形，虎山虎穴，重逢本宮卦象之生，及動爻之生，爲穴得山形之正。」

註釋：

①「穴道」，墓穴。

世應把山水之關，宜見有情之合。

第六爻爲水口①之爻，應爻臨之，若帶合，則有關鎖②；或第六爻與世相合，亦是。

鼎升曰：

《卜筮全書・黃金策・墳墓》原解作：「世應臨水口之關爻，若帶合，主有關鎖，有情之勢。如寅爲龍，見亥則生頭角，坐見火爲泄氣，爲擺尾。」

註釋：

①「水口」，穴山前方江河或溪流的總出口處。堪輿家認爲，水口要止留穴氣使不擴

散，其形局的優劣直接關係到穴場的成敗，因而是「生旺死絕之綱」。水口按水流來去方向又可分爲「天門」和「地戶」。「天門」是水來一方，宜開闊通暢；「地戶」爲水去一方，宜迂回收束，有重山關攔，否則旺氣外泄，於穴場不利。觀水口的大小，可知堂局（水與砂、穴配合的格局）地氣的大小。明繆希雍《葬經翼・水口篇》：「蓋局之大小，山之貴賤，咸於是乎別也。必祖龍開幛展作羅城，羅城餘氣去作關闌，重重關鎖，纏護周密……不見水去方佳。」清萬樹華《入地眼全書・水法・水口》：「凡水來處謂之天門，若來不見源流，謂之天門開；水去處謂之地戶，不見水去謂之地戶閉。夫水本主財，門開則財來，戶閉則用不竭。」水口至陽基或陰穴的距離，自一二里至六七十里不等。清萬樹華《入地眼全書・水法・水口》：「自一二里至六七十餘里，或二三十餘里，而山和水有情，朝拱在內，必結大地；若收十餘里、二十餘里者，亦爲大地；收五六里、七八餘里者，爲中地；若收一二里者，不過一山一水人財地耳。」

②「關鎖」，水相會交流，玄屈如織，又有橫闌緊密遶截，而多重水勢聚集處則瑩淨澄身，宛如結狀。吳語指封鎖。

坐山有氣，怕穴逢空廢之爻。

且如坎山屬水，坎山者，坎居內宮也；得穴逢申爻，而水長生于申。最怕申爻逢旬空月破耳。

鼎升曰：

《卜筮全書・黃金策・墳墓》原解作：「且如坎山，所得申爻臨穴，爲坎居水，生申有氣。最怕爻臨廢神空亡之位：若然逢此，主棄毀不用也。」

本命逢生，忌運入刑傷之地。

凡占生墓①，要看本人年命，亦將本人年命納音爲穴。運卽穴爻也。忌穴爻與內宮及卦爻刑剋，如穴爻得生有氣爲吉。若遇旬空，而亡人且忌，生人②却不畏空，反吉。

鼎升曰：

《卜筮全書・黃金策・墳墓》原解作：「凡占生墓，要本生年得穴之生旺氣山所有生旺之氣。忌山運與卦爻相尅相刑，尤忌傷刑本命爻。若山運與本命爻相生有氣爲吉，若遇空亡，却不怕空，反爲吉地。」

註釋：

①「生墓」，人還活著的時侯，預先爲自己造好的墓穴。

②「生人」，活著的人。

青龍擺尾①，就中②逢泄氣子孫；白虎昂頭③，落處逢生身父母。

若青龍子孫有氣生穴，謂之「擺尾多情」；如白虎臨父母爻生穴者，謂之「昂頭有勢」。

鼎升曰：

《卜筮全書．黃金策．墳墓》原解作：「若青龍臨子孫，重重有氣，有擺尾之勢，與白虎同；若白虎爻遇父母爻，重重生身者，必有昂頭之勢，與青龍同。」

註釋：

①「青龍擺尾」，此處指穴前左側青龍山反矯崛强、突兀僵硬，非蜿蜒柔順之勢。青龍山宜與右側的白虎山對稱拱抱，忌高踞背向。清吳元音《葬經箋註》：「青龍蜿蜒（其下小註：蜿蜒，蟲盤曲貌，言委宛回環也）……形勢反此，法當破死……龍踞謂之忌主（其下小註：獸坐直，前兩足撐地，曰『踞』，與人坐之箕踞不同）。」

②「就中」，其中。

③「白虎昂頭」，此處指穴前右側白虎山有抬頭之勢，或高過左側的青龍山。白虎山宜低緩俯伏，與左側的青龍山共成拱抱之勢，使穴場不受外風吹襲。清吳元音《葬經箋註》：「白虎馴頫（其下小註：頫音俯，低頭也。馴頫，低頭而馴善也）……

形勢反此，法當破死……故虎蹲謂之『銜屍』（其下小註：蹲猶踞也。昂頭踞足，反馴頫以言之）。」

後來龍餘氣①未盡，有玄武吐舌②之形；前朝案動爻逢沖，爲朱雀開口③之象。

日辰入穴臨玄武，謂「餘氣未盡」，有吐舌之形。後者，玄武也。世前一位爲案，被日辰月建沖破，朱雀臨之，有開口之象。前者，朱雀也。

鼎升曰：

古今圖書集成本《卜筮全書．黃金策．墳墓》原解作：「來龍幷日辰入穴，明堂兼脫氣，爲元武吐舌之形，或來龍不住；朝山主爻發動，倂日辰逢衝刑害，主有朱雀開口之象。」

註釋：

①「餘氣」，此處指龍脈的末段。

②「玄武吐舌」，明田希玉《雪心賦直解》：「玄武，主山也。穴前餘氣拖長，謂之『吐舌』……玄武則不宜拖出如吐舌，有此則主官非。」

③「朱雀開口」，此處指穴山正對前方朱雀山上的豁口或洞口，犯其沖煞屬凶象，主

家敗人散、口舌血光。

世坐勾陳之土局，破敗田園；應臨玄武之水爻，溝坑池井。

世坐穴爻，并臨勾陳，值辰戌丑未之土局，或被冲剋，乃破敗田園之所也；應臨亥子水爻，加臨玄武或會水局，乃溝坑池井之所也。

鼎升曰：

原條文與原解中「破敗」，原本俱作「破坎」，闡易齋本與談易齋本《卜筮全書·黃金策·墳墓》亦俱作「破坎」，當誤。以其形近而誤。據古今圖書集成本《卜筮全書·黃金策·墳墓》與文意改。

白虎在破耗之位，古墓墳塋；螣蛇臨父母之爻，交加①產業。

若白虎再加月破，持世持穴持身者，知是古墓坟塋也；在歸魂卦，或鬼飛入穴，謂「還魂之地」。螣蛇爲勾絞②之神，父母爲文書契字③，非重埋疊賣，即衆分④交加之產也。

鼎升曰：

此條文在《卜筮全書·黃金策·墳墓》中分爲兩段條文。古今圖書集成本《卜筮全書．黃金策．墳墓》前條文作：「白虎在破耗之位，古舊墳塋。」「塋」當爲「塋」之誤。

註釋：

①「交加」，相加；加於其上。

②「勾絞」，牽連羈絆。

③「契字」，契約、字據。

④「衆分」，衆人分割；衆人所有。

勾陳土鬼，塚墓纍纍①。

勾陳臨戊己辰戌丑未土鬼，逢死絶之爻，爲古墓；游魂鬼動逢沖空，旁有改墓之地；日辰去剋白虎穴爻，有崩頽②之墓；青龍臨土鬼，主有新坟；若帰魂卦或土鬼飛入穴爻，主有改墓之地。

註釋：

①「纍纍」，繁多、重積的樣子。

②「崩頽」，倒塌毀壞。「頽」，同「頹」。

玄武金神，巖泉滴滴。

金爲石，玄武爲水，主淋漓①自出之泉。臨穴爻，或伏穴爻之下，或白虎臨金，皆主有石有水。

鼎升曰：

古今圖書集成本《卜筮全書·黃金策·墳墓》原解作：「金爲石，元武爲水，主有滴瀝自出之泉。乘旺，主穴中有水，宜有他井。白虎臨亥子水爻，亦主有水，或近泉巖。」談易齋本《卜筮全書·黃金策·墳墓》原解作：「金爲石，玄武爲水，主有滴瀝自出之泉。乘旺，主穴中有水，官有他井。白虎臨亥子水爻，亦主有水，或近泉巖。」闡易齋本《卜筮全書·黃金策·墳墓》原解作：「金爲石，玄武爲水，主有滴瀝自出之泉。乘旺，主穴中有水，宜有他井。白虎臨亥子水爻，亦主有水，或近泉巖。」

註釋：

①「淋漓」，沾濕或流滴。

青龍發動臨子孫，決主新遷；朱雀飛來帶官鬼，必然爭訟。

若青龍發動，或值子孫，必主遷移；朱雀官鬼，并動爻日辰飛入穴，主奪地爭訟。

應爻加木臨玄武，前有溪橋；日辰冲土鎮螣蛇，邊通道路。

若應爻併木爻臨玄武，主墓前定有溪橋。螣蛇爲路，臨辰戌丑未之爻，與日辰動爻冲剋，主近道路。螣蛇土爻飛入穴爻，或與穴爻相冲，主有道路穿坟。

朱雀火爻發動，厨庭炊爨①之旁；青龍財庫相生，店肆庫倉之畔。

朱雀火爻發動臨財，必近厨庭煙竈之所。青龍臨四墓，逢財相生有氣，必近店舖酒肆；若遇庚申癸酉丁酉金，爲倉庫之畔。

鼎升曰：

古今圖書集成本《卜筮全書．黃金策．墳墓》原條文作：「朱雀火爻發動，厨庭炊爨之傍；青龍財庫相生，店肆倉庫之畔。」

註釋：

①「爨」，音cuàn【篡】。爐灶。

玄武世飛入穴，暗地偷埋；勾陳土動落空，依山淺葬。

玄武世爻，併日辰動飛入穴，主偷埋盜葬①，或者暗地瞞人出殯②；

勾陳土動，或空或發動，必是依山淺葬也。

註釋：

①「盜葬」，竊用他人土地或墓穴埋葬死者。

②「出殯」，辦喪事時，把靈柩運到埋葬或寄放的地點。

日合鬼爻有氣，近神廟①社壇②之旁。

鬼旺有氣，或臨青龍貴人，與日辰相合，主近神廟或古跡靈壇③之所。

註釋：

①「神廟」，佛寺；帝王的宗廟。

②「社壇」，祭祀土神之壇。

③「靈壇」，祭壇。

動臨華蓋①逢空，傍佛塔琳宮②之所。

華蓋穴爻，併鬼動逢空，乘旺有氣，主近寺觀；不然爲匠藝人家，有響應之聲。

鼎升曰：

古今圖書集成本《卜筮全書．黃金策．墳墓》原解作：「華蓋穴爻，鬼動逢空，乘旺有氣，主近寺觀；若華蓋帶劫殺刃，爲匠藝人家，有響應之聲。」

註釋：

①「華蓋」，神煞名。《淵海子平．論華蓋》：「寅午戌見戌，巳酉丑見丑，申子辰見辰，亥卯未見未。」明萬民英《三命通會．論將星華蓋》：「華蓋者，喻如寶蓋，天有此星，其形如蓋，常覆乎大帝之座，故以三合底處得庫謂之華蓋。」「凡人命得華蓋，多主孤寡，總貴亦不免孤獨，作僧道藝術論。」

②「琳宮」，道院。

世應逼左右之山欺[1]穴，龍虎磕頭[2]。

世應逢青龍辰爻、白虎寅爻，爲「龍虎磕頭」。剋穴則凶。

鼎升曰：

《卜筮全書．黃金策．墳墓》原解作：「世應在重龍重虎之位，逢白虎寅爻，爲『龍虎磕頭』。」

註釋：

①「欺」，壓制；遮蔽。

②「龍虎磕頭」，此處指穴前左側青龍山與右側白虎山兩相鬬競的凶惡之狀。明徐善繼《重刊人子須知資考地理心學統宗・砂法・論青龍白虎》：「《葬書》云『青龍欲其蜿蜒，白虎欲其馴頫』是也。又須左右揖讓，高低相稱方吉。切忌兩相鬬競，及尖射、破碎、反逆、走竄、斜飛、直長、高壓、低陷、瘦弱、露筋、斷腰、折臂、昂頭、擺面、粗惡、短縮、迫狹、强硬、插落、順水、飛走、如刀、如鎗、如退田筆，或生巉巖之石而成凶惡之狀，或東西竄射，或虎啣屍而嫉主，或龍虎齊到而雄昂相鬬，或左右凹空而風射穴場，皆爲不吉，不可不察。」

交重併旬內之水傷身，溝河插脚①。

水爻動在日辰旬中，居穴之前，主有溝河插脚之水。

鼎升曰：

古今圖書集成本《卜筮全書・黄金策・墳墓》原解作：「水爻動在日辰旬中，居穴之前；或日辰旬中之水，併動爻居穴之前：主有溝河插脚之水。」

註釋：

①「插脚」，割脚。明田希玉《雪心賦直解》：「割者，穴前無餘氣，水遇山下割脚也。」明徐善繼《重刊人子須知資考地理心學統宗・水法・論水形勢》：「若水扣

脚洗割，便非真穴，主貧寒孤苦，久而絕滅。」「揷」，同「插」。

生生[1]福合三傳上，百子千孫；重重墓在一爻中，三墳四穴。

三傳，即年月日三建也。或福德逢穴爻，更在三傳之位，相生相合，主百子千孫[2]。六親、世應、日辰、動爻，重重墓在一爻之內，主有三坟四穴；應爻、鬼爻墓歸一爻之內，主有外人同葬。

註釋：

①「生生」，孳息不絕。

②「百子千孫」，後世子孫很多。比喻人福壽雙全，家世興旺。

神不入墓，游魂之鬼逢空；鬼已歸山[1]，本命之爻逢合。

亡命并鬼爻逢空，穴爻化鬼逢空，及臨游魂卦，皆主鬼不入墓。游魂世居外卦，空穴空墓，主無埋葬之地，或葬他鄉；若帶凶煞剋卦身者，必主惡死。亡命、穴爻相生相合，或鬼爻逢墓，謂鬼已歸山；若在外卦應爻，亦主附葬[2]也。

鼎升曰：

此條文在《卜筮全書・黃金策・墳墓》中分爲兩段條文。古今圖書集成本《卜筮全書·黃金策·墳墓》中後條文「鬼已歸山，本命之爻逢合」原解作：「亡命穴爻，相生相合，併鬼爻逢墓，爲鬼已歸山，主魂安埋葬畢也。外卦遊魂鬼動，穴爻逢空，墓在外卦世爻，主招魂安葬；若在內卦應爻，亦主附葬也。」

註釋：

①「歸山」，人死後大都埋葬在山上，因以比喻去世。此處指埋葬。

②「附葬」，合葬；陪葬。

日帶應爻劫煞入穴，劫塚①開棺；用併世象動爻剋應，侵人作穴。

日辰併玄武應爻，帶煞飛入穴，或動爻破穴破墓，主劫塚開棺；冲剋亡命，主暴棄②尸骸③。世應并日辰之煞，動破穴爻，主自家起④墓開棺，盜財移葬⑤；若剋亡命，必主暴露不葬。用爲世爻，併日辰動爻剋應，主侵人坟地作穴；動與應爻併日辰剋世剋穴，主他人侵自己坟地而埋葬。

註釋：

①「劫塚」，侵佔或劫奪墳地；挖掘墳墓，竊取殉葬的物品。

②「暴棄」，拋露；暴露。
③「尸骸」，尸體。
④「起」，吳語指發掘，弄出來。
⑤「移葬」，遷葬。

客土動而墓爻合，擔土爲壙；朝山尊而穴法空，貪峯失穴①。

客土者，外卦土、應土是也，與穴爻墓爻發動相合相生，主是擔土爲坟，或旁土爲左右臂。朝山在長生貴人位，主前有貴峯聳秀②：若穴空，主有貪峯失穴之象；苟或不空，却朝山聳秀之。

註釋：

①「貪峯失穴」，貪山失穴；貪朝失穴。明徐善繼《重刊人子須知資考地理心學統宗・穴法・以張山食水定穴》：「故點穴之法，但看眼前有好山好水，須用意消詳，立穴去收拾消受之，使好山好水迎接得入穴場，不可挫過，使消受不得。若雖有奇山秀水，而穴場受用不着，便非真穴，必不發福。其能張山食水，迎接得山水者，必易發福。此爲迎清挹秀之法，即迎官就祿之意，以定穴也。然此特一說耳。正穴真龍，自然默合，不待勉强。若本無穴，而勉强貪着奇山秀水，以立空虛無氣之穴，則雖有好山好水，亦不應福。所謂『坐下無龍，朝對成空』。又謂之『貪朝失穴，

遂使文筆變爲畫筆，牙刀化作殺刀』，亦何益哉！訣云：『坐下若無真氣脉，面前空有萬重山。』其審之哉！」

②「貴峯聳秀」，此處指穴前遠方朝山高聳秀麗，與穴山如賓主相對，成天然朝拱的形狀，主大富貴。

子孫空在日辰之後，穴在平洋①；兄弟爻落世應之間，墳遷兩界。

子孫在日辰之後，逢空，或勾陳親戊己辰戌丑未土爻，或爻在明堂②寬大之地，多主平地作穴。世應同臨穴爻，更臨兄弟之爻，或在世應之間，皆主墳遷兩界；或在日辰前後，兩間之爻亦然。

鼎升曰：

原解中「兩間之爻」，《卜筮全書·黃金策·墳墓》作「兩旬之爻」。

註釋：

①「平洋」，指地勢平坦而多河流穿行的地帶。堪輿家認爲，平洋之地，雖無山脈可言，但平洋爲龍勢跌落之處，水脈即龍之血脈。只要四面水繞，歸流一處，即是龍脈結穴之地。

②「明堂」，堪輿家稱穴山前平坦開闊、水聚交流的地段。該位諸山朝拱，眾水聚繞，形局仿佛文武百官羅拜於天子殿堂，故名。在相地術中，明堂有「砂水美惡之綱」之稱，意爲決定穴場優劣的關鍵。明堂由外至內，可分爲大明堂（外明堂）、中明堂（內明堂）和小明堂。

日辰與動爻破穴破墓，定合重埋①；世應併穴道沖屍沖棺，當行改葬②。

鼎升曰：

《卜筮全書·黃金策·墳墓》原解作：「日辰發動衝破墓爻，世應相尅衝屍衝棺，或父化父、兄化兄、鬼化鬼、財化財，皆主重埋改葬。又云『金爲屍首木爲棺，土爲墓兮仔細看』。」

日辰發動沖破墓爻，世應沖屍沖棺，或父化父、兄化兄、鬼化鬼、財化財，皆主重埋改葬。又云「金爲屍首木爲棺，土爲墓兮仔細看」。

註釋：

①「重埋」，重新埋葬。

②「改葬」，放棄原先已安葬的墓地，而遷葬於別處。

重交生穴，經營[1]非一日之功；龍德臨財，遷造爲萬年之計。

交重二爻發動，併日辰，皆生穴爻，主加工用事[2]非一日之可成。青龍臨財爻子孫，生旺有氣，與穴相合相生，主所造之坟美麗悠久。

註釋：

①「經營」，規劃、建築。

②「用事」，行事、辦事；行祭祀之事。

應飛入穴，必葬他人；煞動臨爻，凶逢小鬼。

如應爻飛入穴爻，主外人同葬，或是他人舊墓之旁。凶煞犯亡人本命，或亡人本命臨死絕之地，主亡人不得善終[1]，或不得善疾而死。

鼎升曰：

此條文在《卜筮全書·黃金策·墳墓》中分爲兩段條文。《卜筮全書·黃金策·墳墓》中前條文「應飛入穴，必葬他人」原解作：「如應爻飛入穴爻，主外人同葬，或是他人之地，不然是他人舊墳邊。」古今圖書集成本《卜筮全書·黃金策·墳墓》中後條文「煞動臨爻，凶逢小鬼」原解作：「凶煞犯亡人死絕之位，更帶鬼尅之命，主遲【逢？】小鬼。火土鬼帶日旬，主瘟疫死。金帶刃，主刀兵死。水鬼帶浮沉殺，主水死。木鬼併螣蛇勾絞殺，主縊死。金鬼白虎帶殺，主虎口死；旺金主勞死。土鬼，主咽喉脾胃黃腫死；若衝，主魘鬼死。火鬼燒死，熱症死，或化葬。木鬼衝刑，主被物打死，及跌蹼死。白虎持世鬼，螣蛇鬼，應爻尅身穴，主被人打死。金木鬼帶三刑羊刃年月朱雀鬼符尅身，主刑杖死。金刃併專刃，主自刎死。可以逐類詳斷，如胎生爲稚子，旺爲中年人，衰爲老者。然卯前爲勾，酉後爲絞是殺。」

註釋：

①「善終」，人正常死亡，不死於刑戮或意外災禍；喪禮盡其善，盡其哀。

犯天地六空亡之煞，骸骨[1]不明；穴遇三傳刑刃之空，屍首有損。

六空，卽六甲旬空也；三傳，乃太歲月建日辰也。三刑羊刃，且如己卯日占得坤卦，甲子亡命，穴臨上六，癸酉金乃甲戌旬中空金，乃甲寅旬之空，甲子三傳帶刑刃凶煞，傷剋本命穴爻，或又在日辰旬之空亡，主骸骨不明，屍首有損。

鼎升曰：

古今圖書集成本《卜筮全書．黃金策．墳墓》原條文作：「犯天地四大空亡之煞，骸骨不明；穴遇三傳刑刃之空，屍首有損。」古今圖書集成本《卜筮全書．黃金策．墳墓》原解作：「甲午乙丑，甲申乙亥，甲戌乙酉，壬子癸丑【卯？】，壬寅癸未，壬辰癸巳，已上乃天地空亡。子午旬無水，甲【申？】寅不見金，四位如四大空亡。三傳乃太歲月建日辰也。三刑羊刃，且如己卯日占得坤卦，甲子亡命，穴臨上六，癸酉金乃甲戌旬中空金，乃甲寅旬之空。甲子天干日從乾上起，順飛至乾，乾遇得癸；地支子從坎上類起，順飛至坎，遇金住。天干乃遇乾，地支遇坎，乃乾中有壬，坎中有子，壬子乃天地空亡。又類至乾卦有甲，坎卦有申，乃甲申爲空亡。三傳帶刑刃，凶殺傷尅本命六爻，或又在日辰旬之空亡，主骸骨不明，屍首有損。乾宮卦無甲午，只有壬午壬申，甲申甲午爲天地空亡，甲子旬中見水爲四大空亡。命見乙酉，穴見己丑，亦是天地空亡也。」

據明曹九錫《易隱．墳塋．二十九刦塚開棺》記載：「甲午甲申甲戌，壬子壬寅壬辰，乙丑乙亥乙酉，癸未癸巳癸卯，爲天地四大空亡。」

據明萬民英《三命通會．論空亡》記載：「有四大空亡。六甲中，甲辰甲戌二旬，金木水火土全；內甲子甲午旬獨無水，甲寅甲申旬獨無金，此四旬者五行不全。如甲子甲午旬生人見水，甲寅甲申旬生人見金，謂之『正犯』。如當生年中不犯，行運至水金處亦謂之『犯』。若帶得，主一生蹇滯，不問貧賤富貴，皆夭折。三處重遇，瞬息為期。壺中子云『顏回夭折，只因四大空亡』，正謂此也。」

註釋：

①「骸骨」，骨的通稱，一般指屍骨。

逢冲逢剋，怕犯凶神；相合相生，眞爲吉兆。

用爻逢凶神相剋相冲相刑，爲凶惡之兆；青龍福德爲吉神，生合扶拱，爲吉祥之兆。

鼎升曰：

此條文在《卜筮全書·黃金策·墳墓》中分爲兩段條文。前條文「逢衝逢尅，怕犯凶神」原解作：「用爻爲凶神，逢尅逢衝，或逢刑，爲凶惡之兆。」

爻生之子孫，逢官逢貴臨三傳，必作官人。

穴生之爻，臨子孫逢官星貴人，臨三傳生本命，作印綬，主官職之榮。

穴中之象數，合祿合財若兩全，當爲財主。

穴臨旺氣，有子孫財官爻在五爻之下，若子孫相生相合，如財祿兩全，乃富家之子也。

游魂福德空冲，主流蕩逃移；惡鬼凶神變動，見死亡凶横①。

子孫逢空冲，在游魂卦，主逃離之人；空亡主流蕩不歸鄉。白虎滕蛇凶神，併鬼剋身世，主有死亡横禍。

鼎升曰：

此條文在《卜筮全書．黃金策．墳墓》中分爲兩段條文。古今圖書集成本《卜筮全書．黃金策．墳墓》前條文「遊魂福德空衝，主流蕩逃移」原解作：「子孫逢空衝，併日辰一衝，在遊魂卦，主逃離之人；空亡主流蕩不歸鄉。若生旺見財貴吉神，亦主廢離逃亡之人也。」古今圖書集成本《卜筮全書．黃金策．墳墓》後條文「惡鬼凶神變動，見死亡凶横」原解作：「白虎滕蛇凶神，併鬼尅身世，爲鬼神發動臨爻，主凶横死亡之横禍。用爻帶凶神動變，亦不爲吉兆。」

註釋：

①「凶横」，凶害，凶災。

損父母子孫之財鬼，鰥寡孤獨①。

卦內父受損，兼不上卦，主出孤兒；子孫受傷，兼不上卦，主絕嗣；財爻受傷，兼不上卦，出鰥夫；鬼爻受傷，兼不上卦，出寡婦。要指引明白，不可槩論。

註釋：

①「鰥寡孤獨」，孤獨困苦、無依無靠的人。語出《孟子·梁惠王章句下》：「老而無妻曰鰥，老而無夫曰寡，老而無子曰獨，幼而無父曰孤。此四者，天下之窮民而無告者。文王發政施仁，必先斯四者。」「鰥」，音guān【官】。

疊刄刑鬼破之劫亡，疲癃①殘疾。

鬼臨月破，兼三刑六害同剋用爻：或乾宮，主頭面、喘急、咳嗽、小腸之疾；坎宮，主臂、面、兩耳、小便、氣血、腰痛、脅、心之疾；艮宮，主鼻瘡②、手指、腿足之疾；震宮，主骨、足、肝、腿、三焦③、顛狂之疾；巽宮，主額、鬢④、膝、血氣⑤、風邪⑥之疾；離宮，主脾胃、癰疽⑦、眼目、心痛、熱症⑧、湯火⑨之疾；坤宮，主肚腹、嘔吐與血瀉痢⑩、黃腫⑪之疾；兌宮，主口、齒缺、唇掀、皮膚之疾。金鬼癆嗽⑫，木鬼風邪，火鬼熱症，水鬼吐瀉，土鬼黃腫之疾。中間不可盡述，依理推詳。

鼎升曰：

原解中「湯火之疾」，《卜筮全書・黃金策・墳墓》作「陽火、氣疾」。「陽火」，中醫指人體的內熱，常表現爲五心煩熱、咽乾、口燥、口舌生瘡等症。「氣疾」，呼吸系統疾病。

註釋：

①「疲癃」，衰老或身有殘缺、疾病的人。

②「鼻瘡」，中醫病名。指鼻孔內刺疼，色紅，甚則鼻毛脫落，乾燥易結痂，多由肺熱引起。治宜祛風清肺。

③「三焦」，中醫六腑之一，又名「決瀆之官」，爲上焦、中焦、下焦三者的統稱。遍佈人體胸腔及腹腔，是血氣、津液運行至五臟六腑的途徑，與其他腑器不同，並無實體，明確位置亦有不同的說法及見解。李時珍《本草綱目・水部・地水類・生熟湯》：「上焦主納，中焦腐化，下焦主出。三焦通利，陰陽調和，升降周流，則臟腑暢達。」

④「鬒」，同「鬢」。

⑤「血氣」，元氣，精力。

⑥「風邪」，中醫六淫之一。受外邪而感得風寒、風熱、風濕等症。

⑦「癰疽」，音yōngjū【擁居】。常見的毒瘡。多由於血液運行不良，毒質淤積而生。大而淺的爲癰，深的爲疽，多長在脖子、背部或臀部等地方。

⑧「熱症」，熱病。中醫常指發熱、口渴、舌紅、便秘、煩躁不安、脈搏快等綜合症狀。

⑨「湯火」，燙傷和燒傷。

⑩「瀉痢」，中醫指痢疾和腹瀉。

⑪「黃腫」，卽洪腫，腫勢頗盛之意。

⑫「癆嗽」，患癆病（結核病。亦專指肺結核）而咳嗽。亦謂像癆病者那样咳嗽。

玄武遇咸池①之劫煞，既盜且娼；青龍臨華蓋之空亡，非僧則道。

玄武歲破、月破共位，臨世爻在坎，出奸盜②，或因盜至死；玄武咸池帶合，主女墮風塵③，或淫奔④敗化⑤；世爻併胎神受剋，主有墮胎產難⑥之厄；青龍華蓋孤神，值空亡有氣，是爲僧道之類。

註釋：

①「咸池」，又稱「桃花」。凶神。古今圖書集成本《卜筮全書·神殺歌例·咸池殺》：「占婚大忌，主婦人淫亂。寅午戌兔從茆裏出，巳酉丑躍馬南方走，申子辰鷄叫亂人倫，亥卯未鼠子當頭忌。」

②「奸盜」，爲非作歹、劫盜財物；奸人盜賊。

③「風塵」，風月場。指以色相謀生的場所。

④「滛奔」，男女私相奔就，自行結合。多指女方往就男方。「滛」，同「淫」。

⑤「敗化」，敗壞社會風氣，影響善良教化。

⑥「產難」，難產。

月卦勾陳之土鬼，瘟疫相侵；陽宮朱雀之凶神，火灾頻數①。

月卦是月將勾陳土鬼臨世身爻，主時灾②瘟疫相侵；朱雀怕逢火，更在火位，主有火灾。

註釋：

①「頻數」，多次；連續。

②「時灾」，天災。

父母臨子孫之絶氣，嗣後①伶仃②；福德臨兄弟之旺宮，假枝③興旺。

父母以爲孤煞。且如子孫爻屬火，火絶在亥，若父母臨亥爻動，主後嗣伶仃。若子孫爻臨亡命，或在兄弟爻臨旺相，自假宮④來，主假枝興也。

鼎升曰：

此條文在《卜筮全書·黃金策·墳墓》中分爲兩段條文。前條文作：「父母臨子孫之絶氣，後嗣伶仃。」

原解中「亡命」，《卜筮全書·黃金策·墳墓》作「命」。

註釋：

①「嗣後」，從此以後。

②「伶仃」，孤獨無依的樣子。

③「假枝」，此處指非親生的或名義上的子孫。

④「假宮」，他宮。

動併旬中之凶煞，立見灾危；穴臨日下之進神，當臻①吉慶。

劫刄刑害月破等煞，在日辰旬中發動，若被刑沖傷剋身命，主見灾危劫殺之事。穴逢日辰進神值財福，主臻吉慶康寧②。例如戊寅日，占得己卯穴爻逢財福是也。

註釋：

①「臻」，至、及、達到。

②「康寧」，安寧；健康。

看已形之既往，察過去之未來。

觀可往可見之形，察吉凶過去未來之兆，無不驗也。

鼎升曰：

古今圖書集成本《卜筮全書・黃金策・墳墓》原解作：「觀已往可見之形，察吉凶過去未來之兆，無不驗。」

事與世應互同，可見卦中之體用①。

世爲體，應爲用，有體用發動，係于事體②如何也。

註釋：

①「體用」，事物的本質謂之體，事物的功能謂之用；靜態是體，動態是用；能發生作用的事物器官謂之體，因事物器官而產生的作用謂之用。

②「事體」，事情。

動與日辰相應，方知爻內之吉凶。

事與日辰生合者吉，日辰與事剋冲者凶。

鼎升曰：

古今圖書集成本《卜筮全書．黃金策．墳墓》原解作：「動爻與日辰互相副應，則吉凶悔吝之事可見，不可拘執而斷。古聖人之意，未可發明，賢者更宜斟酌，則無差無悞矣。」闡易齋本與談易齋本《卜筮全書．黃金策．墳墓》原解作：「動爻與日辰互相副應，則吉凶悔悋之事可見，不可拘執而斷。古聖人之意，未可發明，此係進君子之賢，更宜斟酌，無差無悞矣。」

求師

捐金饌食①，教養②雖賴③乎嚴君④；明善復初⑤，啓發全資于先覺⑥。凡求師傅，須究文書。

文書卽父母爻，爲書籍，爲學館⑦，爲學分⑧。

鼎升曰：《卜筮全書．黃金策．求師》原解作：「文書卽卦中父母，此爻爲師道，爲書籍，爲學館，而又有尊長之意，故爲主象。」

註釋：

①「捐金饌食」，花費金錢，提供飲食。

②「教養」，教導養育。

③「賴」，依靠；憑藉。

④「嚴君」，對父母的敬稱；父親。

⑤「明善復初」，明白本性的善良而恢復人性最初的本善。語出朱熹《四書章句集注．論語．學而》：「人性皆善，而覺有先後，後覺者必效先覺之所爲，乃可以明善而復其初也。」

⑥「先覺」，較常人先覺悟的人。

⑦「學館」，學校；私塾。

⑧「學分」，此處指學問、學業上的才能。

用居弱地，必不範不模；若在旺鄉，則可矜可式①。

所請之師，無尊卑稱呼者，以應爻爲用神也；如有尊卑名分②，不可看應爻，當以名分論之：如門人③卜投師，不論老幼，皆以父母爻爲師長。如用神休囚，其師必然畏懼局促④，不能爲人之模範；旺相有氣，則魁梧雄偉，堪爲學者矜式。

鼎升曰：

《卜筮全書·黃金策·求師》原條文作：「如居弱地，必範不範而模不模；若在旺鄉，則矜可矜而式可式。」

註釋：

①「可矜可式」，值得尊敬，值得效法。「矜」，音jīn【今】。尊敬、推崇。「式」，效法。

②「名分」，人的名義、身份和地位。

③「門人」，弟子。

④「局促」，拘謹，不自然。

臨刑臨害，好施賈楚①之威。

賈楚，儆②頑之杖。若帶刑害白虎，其師性暴少慈，必好笞撻③，旺動尤甚。

鼎升曰：

《卜筮全書・黃金策・求師》原條文作：「臨刑臨害，好施檟楚之威。」

註釋：

①「賈楚」，古代木製刑具，用以笞打。「賈」，通「檟」。

②「儆」，告誡；警告。

③「笞撻」，拷打。

逢歲逢身，業擅束脩①之養。

用爻卦身，或持太歲，其師專以嚴訓爲業，務得束脩以爲養家者。

註釋：

①「束脩」，古人以肉脯十條紮成一束，作爲拜見老師最起碼的禮物。今用以稱老師的酬金。

兌金震巽，襍學①堪推；離火乾坤，專經②可斷。

凡推師之專經雜學，當以父母在震巽艮坎兌五卦爲襍學，離乾坤三宮爲專經。

鼎升曰：

古今圖書集成本《卜筮全書．黃金策．求師》原解作：「凡推師之專經雜學，不可依《金鏁元關》以本宮他宮言之，當以父母在震巽艮坎兑五卦爲雜學，乾坤離三宮爲專經。蓋巽兑二卦屬陰，而陽爻反多；震艮坎三卦屬陽，而陰爻反多：雜而不純，所以爲雜學之師。離雖不純，而有文書之象；乾坤則不雜，而有資生資始之功：所以爲專經。若父母在乾坤離卦之中，總或雜學，亦是良師；不在乾坤離卦之內，總是專經，亦非才士。」

註釋：

①「襍學」，指科舉文章以外的各種學問。「襍」，同「雜」。

②「專經」，指專習某經。此處「經」指儒家經典。

本象同鄉，在內則離家不遠；他宮異地，在外則隔屬須遥。

用象在本宮而居外卦，是本處人，其住居必遠；在他宮而居內卦，是外郡人，其住居却近。

鼎升曰：

《卜筮全書．黃金策．求師》原條文作：「本象同鄉，在內則離家不遠；本宮異地，在外則隔屬須遥。」

與世相生，非親則友。

與世爻生合，必有親道；若與世爻不同宮者，是相識朋友。

鼎升曰：

古今圖書集成本《卜筮全書・黃金策・求師》原解作：「與世父爻相生相合，其師必與求師之家有親；若係他宮外卦，或與世爻不同宮者，相識朋友。父爻持世，亦是非親則友。」

與官交變，不貴亦榮。

用化官爻，其師異日必貴。加白虎帶刑害，則是有病之人；如持月建，更加青龍，必有前程在身。

鼎升曰：

古今圖書集成本《卜筮全書・黃金策・求師》原解作：「父化官爻，其師異日必貴。卦無父母，而鬼帶貴人化出，多是生員；不帶貴人，或臨衰絕，必是吏人。加白虎或帶刑害，則是有病之人；父持月建，更加青龍，必有前程在身。父臨生旺，又得月建日辰生扶者，今雖未貴，後必榮達；若化空亡，雖貴不顯。」

靜合福爻，喜遇循循之善誘①；動加龍德，怕逢凜凜②之威嚴。

用神與子孫作合最吉，必能博文約禮③，循循善誘，甚得爲師之道，必主師徒契合④。惟怕父動，則剋子孫；更加白虎刑害，必然難爲子弟：主其師嚴毅⑤方正⑥，凜然不可少犯⑦。

鼎升曰：

古今圖書集成本《卜筮全書．黃金策．求師》原解作：「父母與子孫作合最吉，必能博文約禮，循循善誘，甚得爲師之道，必主師徒契合。惟怕發動，則剋子孫；更加白虎刑害，必然難爲子弟。若不旺相，而得青龍輔之，雖動不妨，但主其師嚴毅方正，凜然不可少犯。」

註釋：

①「循循之善誘」，善於有步驟地引導、教育人。亦泛指教導有方。語出《論語．子罕》：「夫子循循然善誘人，博我以文，約我以禮，欲罷不能。」

②「凜凜」，態度嚴肅，令人敬畏的樣子。

③「博文約禮」，通曉古代文獻，用禮約束自己。語出《論語．雍也》：「君子博學於文，約之以禮。」

④「契合」，情志相投。

⑤「嚴毅」，嚴厲剛毅。

⑥「方正」，嚴正不偏。

⑦「凜然不可少犯」，嚴正而令人敬畏，不容稍微侵犯。

父入墓中，邊孝先①愛眠懶讀。

父爻入墓，其師惟愛安逸，懶於教訓，學分欠通。逢空化墓皆然。若日辰沖破墓爻，又主聰察②。

鼎升曰：

據《後漢書．文苑列傳》記載：「邊韶字孝先，陳留浚儀人也。以文章知名，教授數百人。韶口辯，曾晝日假臥，弟子私謿之曰：『邊孝先，腹便便。嬾讀書，但欲眠。』韶潛聞之，應時對曰：『邊爲姓，孝爲字。腹便便，《五經》笥。但欲眠，思經事。寐與周公通夢，靜與孔子同意。師而可謿，出何典記？』謿者大慚。韶之才捷皆此類也。」

註釋：

①「邊孝先」，邊韶。約漢桓帝建和年間（公元147年至公元149年）前後在世。漢桓帝時入拜尚書令，後爲陳國相，死在任上。著有詩、頌、碑、銘、書、策凡十五篇。

②「聰察」，猶明察。

文臨身上，李老聃①博古通今②。

凡求師，以文爲師之才學。六爻無父，必欠學問。若得靜臨卦身，或居生旺之地，其師才學非常。

鼎升曰：

《卜筮全書·黃金策·求師》原條文作：「財臨身上，李老聃博古通今。」古今圖書集成本《卜筮全書·黃金策·求師》原解作：「凡求師，以財爲師之才學。六爻無財，必欠學問。若得財臨卦身，或居生旺之地，其師必多才學；更得父爻有氣，乃非常之師。」

據《史記·老子韓非列傳》記載：「老子者，楚苦縣厲鄉曲仁里人也，姓李氏，名耳，字聃，周守藏室之史也。孔子適周，將問禮於老子。老子曰：『子所言者，其人與骨皆已朽矣，獨其言在耳。且君子得其時則駕，不得其時則蓬累而行。吾聞之，良賈深藏若虛，君子盛德容貌若愚。去子之驕氣與多欲，態色與淫志，是皆無益於子之身。吾所以告子，若是而已。』孔子去，謂弟子曰：『鳥，吾知其能飛；魚，吾知其能游；獸，吾知其能走。走者可以爲罔，游者可以爲綸，飛者可以爲矰。至於龍，吾不能知其乘風雲而上天。吾今日見老子，其猶龍邪！』老子脩道德，其學以自隱無名爲務。居周久之，見周之衰，迺遂去。至關，關令尹喜曰：『子將隱矣，彊爲我著書。』於是老子迺著書上下篇，言道德之意五千餘言而去，莫知其所終。」

註釋：

①「李老聃」，老子。相傳爲春秋時期思想家。道教學派創始人。姓李名耳，字聃，故亦稱老聃。著《道德經》五千言，爲道教經典著作。「聃」，音dān【耽】。

②「博古通今」，對古代的事知道得很多，並且通曉現代的事情。形容知識豐富。

母化子孫，必主能詩能賦。

父化福，其師善作雜文①；帶刑害病敗等爻，雖能作文，必多破綻。子帶月建，又加青龍，必然出口成章②；與父作合，其師或有小兒帶來。

鼎升曰：

《卜筮全書．黃金策．求師》原解作：「父化福爻，其師善作雜文；帶刑害敗病等爻，雖能作文，必多破綻。子帶月建，又加青龍，必然出口成章；子孫休囚，得月建日辰生扶，其文必得改削潤色，而後可觀。若子孫胎養爻上與父作合，其師必有小兒帶來。」

註釋：

①「雜文」，此處指科舉考試除經史之外的應試時文。

②「出口成章」，脫口而出的話都符合文章規範。比喻才思敏捷，談吐風雅。

鬼連兄煞，定然多詐多奸。

凡遇兄動化鬼，鬼動化兄，皆主奸詐；刑剋世爻，必有是非口舌。亦然。

口是心非，臨空亡而發動。

用爻宜静不宜動，宜旺不宜空。動空不誠實，静空懶教訓。化空

鼎升曰：

古今圖書集成本《卜筮全書·黃金策·求師》原條文作：「心是口非，臨空亡而發動。」原解作：「父母一爻，宜靜不宜動，宜旺不宜空。動空不誠實，靜空懶教訓。化空，始嚴終怠；旺空，羊質虎皮，外有餘，內不足。避空則不然。」

彼延此請，持世應而興隆。

世應俱動，主有兩家延請。兩爻俱空，皆不能成。

鼎升曰：

古今圖書集成本《卜筮全書．黃金策．求師》原解作：「世應俱持父母，主有兩家爭延之象：世動應靜，我先請；應動世靜，彼先請；兩爻俱動，重爻先請。一旺一空，旺邊可成；兩爻俱空，皆不成。若止有一爻父母，而世應俱動生合，亦主兩家爭請。或一爻父母，而世應比和同合者，是兩家合延一師也：父母與世同宮，設帳於此；與應同宮，設帳於彼。」

應值母而生世，須知假館①。

父臨應上，而世爻動來生合者，必館於他家而欲附學②也。

註釋：

①「假館」，憑藉、依靠別處的學館。

②「附學」，此處指附入他處學館讀書。

父在外而福合，必是擔囊①。

凡卜求師，若子弟自占，以世爲徒，不看福爻；父兄來占，以子弟爲徒，不看世爻。若父在外卦，又係他宮安静，而子孫動去相合，必遊學②他方，擔囊從師也。

註釋：

①「擔囊」，用肩膀挑著袋子。此處比喻出外求學。

②「遊學」，離開本鄉到外地或外國求學。

鬼化文書剋世，則訟由乎學。

鬼動若化出父母，刑剋世爻，異日必主爭訟。父化鬼爻，或官父皆動，有傷世者，亦然。

月扶福德日生，則青出于藍①。

須得子孫有氣不空，又遇日月動爻生合，則學有進益②。若用爻反衰，則弟子反勝於師，如青出於藍也。

註釋：

①「青出于藍」，青從藍草中提煉出來，但顏色比藍草更深。比喻學生勝過老師，或後人勝過前人。語出《荀子．勸學》：「青，取之於藍而青於藍；冰，水爲之而寒

於水。」

②「進益」，指學識修養的進步。

刑剋同傷，父子必罹①其害；合生爲助，官鬼莫受其扶。

父卜延師訓子，以世爲自，以子孫爲兒，以應爲師。如世與子孫皆受刑剋，日後父子必遭其害。如官爻動來刑剋世爻子孫，不可又加財動生合助之。

鼎升曰：

古今圖書集成本《卜筮全書．黃金策．求師》原解作：「父爲師，子爲徒，受傷皆不利：如鬼爻來傷，因學成病；父爻來傷，因師有禍；福爻來傷，因徒惹災；兄爻來傷，則有是非口舌，或多費財物，不然則學無進益。惟遇生扶則吉。然兄鬼有扶，又爲不利，助桀爲虐故也：異日賓主不投，師徒不合，或有口舌官訟，皆由乎此；總不傷世，亦非吉兆。若世與父爻生合，則賓主自投，乃閒人誣喋間阻而已。」

註釋：

①「罹」，遭受苦難或不幸。音lí【離】。

或擊或沖，父母逢之不久。

父母雖要有氣，然不宜動變，動則傷剋子孫，必不能久。

鼎升曰：

古今圖書集成本《卜筮全書·黃金策·求師》原解作：「父母雖要有氣，然不宜動變，動則必不久。若在本宮內卦，或臨世上，而有此象，乃見師無坐性，非不久也；值遊魂卦，或化入遊魂者，尤甚。遊魂化遊魂，則一年遷一館。」

或空或陷，世身見之不成。

世應身爻空亡沖剋，皆見難成之象。

財化父爻，妻族[①]薦之于不日[②]。

若卦有父母，遇本宮財爻又化出一重者，不日間妻家又薦一師來也；兄弟化出，則朋友薦來。動爻是重，已薦過矣；動爻是交，將薦來也。

註釋：

①「妻族」，妻的娘家親族。

②「不日」，不久、未來幾天內。

母藏福德，僧家設帳①于先年②。

如父爻伏在子孫爻下，其師必前年③設帳于僧房道觀；父伏世下，乃是舊師。

鼎升曰：

「設帳」之典，出於《後漢書．馬融列傳》：「融才高博洽，爲世通儒，教養諸生，常有千數。涿郡盧植，北海鄭玄，皆其徒也。善鼓琴，好吹笛，達生任性，不拘儒者之節。居宇器服，多存侈飾。常坐高堂，施絳紗帳，前授生徒，後列女樂，弟子以次相傳，鮮有入其室者。」

註釋：

①「設帳」，建學館教授學生。

②「先年」，往年；從前。

③「前年」，往時；去年；去年的前一年。

搜索六爻，無過①求理；思量萬事，莫貴讀書。

凡求師，不可專指道學②之師，如欲投學百工③技藝，及拜僧道爲師類，皆是。但師之主象，自占不異父母；而學者主象，自占當以世爻看之。如隔手④來占，須問是何人，如朋友兄弟，則以兄弟爲主類。皆要師弟相生相合則吉，相冲相剋則凶。

註釋：

①「無過」，無非、不外。

②「道學」，儒家的道德學問；宋代儒家周敦頤、張載、程顥、程頤、朱熹等的哲學思想，亦稱理學。

③「百工」，各種工匠；泛指手工業工人。

④「隔手」，經過第三人的手而不直接和對方接觸。

學館

鼎升曰：

古今圖書集成本《卜筮全書．黃金策》中本章名爲「《求館（附束修）》」。

學得明師①，可繼程②風③于滿座④；師非良館，難期賈⑤粟⑥之盈倉。故欲筆耕⑦，先須蓍筮⑧。世爲西席⑨，如逢父母必明經⑩。

凡占書館，以世爻爲西席之位。如臨父母，自必明經；世在離乾坤三宮亦然。臨官帶鬼，或本宮官伏世下，多是秀才⑪。

註釋：

①「明師」，賢明的老師。

②「程」，宋代理學家程顥、程頤兄弟。二人都曾就學於宋明理學奠基人周敦頤，所創「天理」學說受後世尊崇，世稱「二程學派」或「二程儒學」。後其學說由朱熹發揚光大，在明代成爲官學，卽「程朱理學」。

③「風」，教化。

④「滿座」，坐滿座位。謂人多。

⑤「賈」，音gǔ【鼓】。買。

⑥「粟」，穀子。通稱糧食。

⑦「筆耕」，以筆代耕。謂以筆墨工作謀生。

⑧「蓍筮」，用蓍占卜。亦指用蓍占卜者。「蓍」，音shī【師】。草名。古代常用其莖占卜。

⑨「西席」，古人席次尚右，右爲賓師之位，居西而面東。後因以尊稱受業之師或幕友。

⑩「明經」，明白知曉以經書爲主要研究對象的學術；明清對貢生（明清兩朝秀才成績優

異，可入京師的國子監讀書者）的尊稱。

⑪「秀才」，明清兩代稱通過最低一級考試得以在府、縣學讀書的人，有應鄉試的資格。

應乃東家，若遇官爻須作吏。

應爻爲占舘東家主人。若臨官，必是官吏戶役①人家；加白虎，則是病人。應臨父母勾陳，種田人家；加朱雀，讀書人家；加白虎，辛殺人家；加螣蛇，工藝人家。應臨子，屬金，僧道作主。應臨財，在陰宮陰爻，而卦無官鬼者，必是婦人作主。若應爻臨官，又帶貴人，則是富貴人家。財化財、財化子，做買賣人家。

註釋：

①「戶役」，按民戶分派供官府驅使的義務性勞役，包括力役、雜役、軍役等。

臨官兮少壯，休囚則貧乏之家；墓庫兮高年①，旺相則富豪之主。

應爻臨旺爻，主人必然强壯；如臨墓庫，必是老年。臨財福，必然富貴。若論其德性，當以五類六神叅斷。

鼎升曰：

古今圖書集成本《卜筮全書·黃金策·求館》原解作：「應爻在臨官帝旺爻，主人必然強壯；如臨墓庫，必是高年。五行無氣，其家貧乏。五行旺相，其家富厚；重加財福，必然巨富。德性以五類六神參斷。」

註釋：

①「高年」，老年人；年紀很大。

值土火空無父母，逢金水絕少兒孫。

卦得坤艮屬土，如火爻旺空、動空、冲空，主父母不全；衰空必無父母。若卦得乾兌屬金，如無水爻，水又絕于飛爻，或絕于日辰，則主無子孫。餘皆倣此。

不拱不和，決定主賓不協；相生相合，必然情意相投。

世應刑冲剋害，異日賓主不合；若得生合比和，情意相投。生而化剋，始和終不睦；冲而化合，始疎後密。應與子孫生合，師弟則多恩義；若見冲剋，亦多不睦也。

鼎升曰：

古今圖書集成本《卜筮全書．黃金策．求館》原解作：「世應二爻刑衝尅害，異日賓主不合；加以兄官發動，大凶之兆。若得生合比和，情意必然相投。生而化尅，始和終不和；衝而化合，始疎而後密。世與子亦宜生合，則師弟間恩義兼盡；若見衝尅，亦多不睦也。」

財作束脩，不宜化弟。

占館以妻財爲束修，獨怕兄弟發動，或財爻化兄，主束脩有名無實。財爻無氣，而遇日神動爻生扶拱合者，束脩雖則不多，而四季節禮①反周備②也。

註釋：

①「節禮」，一年中按端午、中秋、歲末三時所贈送的禮物。

②「周偹」，全備；齊全。「偹」，同「備」。

父爲書館，豈可逢空。

占館以父母爻爲書館。旺相則有好書館；卦無父或落空，必無書館，事亦難成。

鬼動合身，須得貴人推薦。

官鬼發動，當有間阻①；若來生合世身，必得貴人推薦可成。

註釋：

①「間阻」，阻隔，從中作梗。

兄興臨應，決多同類侵謀①。

凡應持兄動，必有同道之人爭謀其館。兄臨卦身亦然。若在間爻動來冲剋世爻，主有人破說②也。

註釋：

①「侵謀」，奪取、圖謀。

②「破說」，搬弄口舌，把事情搞壞。

官如藏伏，應無督集①之人。

鬼能生扶父母，故占館以此爻爲糾率②子弟之人。若不出現，或出現旬空，主無人聚生徒③以成學館也。

註釋：

①「督集」，統率召集。

②「糾率」，糾集統率。

③「生徒」，學生；門徒。

應若空亡，未有招賢①之主。

應爻空亡，無人延請；更若父不出現或落空，必難成就。應爻動空化空，是假言作主也。

鼎升曰：

古今圖書集成本《卜筮全書·黃金策·求館》原條文作：「應若空亡，未有招延之主。」

註釋：

①「招賢」，招攬賢人。

動象臨財難稱意。

文書爲占館用神，若遇財動，則被剋壞：未成者不能成，已成者不能遂意。

鼎升曰：

古今圖書集成本《卜筮全書·黃金策·求館》原解作：「文書爲占

館用神，若遇財動，則被尅壞：未成者，不能成；已成者，不遂意。世身日月皆忌臨之。若得父持月建，或臨生旺，庶亦可成。」

空爻持世豈如心。

卦中父母出現，應來生合，而世爻空亡者，求館不成。

身位受傷，雖成不利。

世身被日建月建動爻刑剋，雖成而日後有官非疾病。

鼎升曰：

古今圖書集成本《卜筮全書・黃金策・求館》原解作：「世身被月建日辰動爻刑尅，雖有可成之象，日後亦不稱意。如鬼爻刑尅，有官非疾病類。」

間爻有動，總吉難成。

間爻動剋，事多阻隔，故難成也。

鬼或化兄，備禮先酬乎薦館。

凡遇鬼爻動出兄弟，必得禮物先酬薦館之人，則可成就。兄臨世身亦然。

鼎升曰：

《卜筮全書．黄金策．求館》原解作：「凡遇鬼爻動出兄弟，必得禮物先酬薦館之人，則可成。兄臨世身，亦主先費財物。兄臨應上，則是東家好利，必得禮儀魄送，而後可成也。」

世如變鬼，央人轉薦于東家。

鬼爻出現，而世又化出者，再得推薦可成；卦無官而動爻有化出者，初無人薦，亦必央人薦之可成也。

世無生合，謾①看白眼②之紛紛③。

應不剋世，父母不空，兄鬼不動，而月日動爻並不生合世爻者，其事總成，但主人不欽敬，故白眼待之也。

註釋：

①「謾」，侮慢。

②「白眼」，露出眼白。表示鄙薄或厭惡。

③「紛紛」，多而雜亂；接連不斷。

福或興隆，會見青衿①之濟濟②。

占館以福爻爲門生，旺相多，休囚少。

註釋：

①「青衿」，青色交領的長衫。古代學子和明清秀才的常服。借指學子。「衿」，音jīn【今】。古代服裝下連到前襟的衣領。

②「濟濟」，形容人多，陣容盛大。

衰逢扶起，日加負笈①之徒。

子孫衰弱，得日辰動爻生合扶起，學徒始雖不多，開館後，日漸增益②也。

鼎升曰：

《卜筮全書·黃金策·求館》原條文作：「衰逢扶起，日加鼓篋之徒。」

註釋：

①「負笈」，背著書箱。比喻出外求學。「笈」，音jí【及】。此處指書箱。

②「增益」，增加；增添。

動遇沖開，時減執經①之子。

子孫爻動，若被日辰動爻沖散，其徒必有背師而去者；如被世沖，是先生叱②退其徒也。

鼎升曰：

闡易齋本與談易齋本《卜筮全書．黃金策．求館》原解作：「子孫爻動，固是吉兆，若被日辰動爻衝散，其徒必有背師而去者；如被世衝散，是先生叱退其徒，非弟子自背其師也。子孫動變空亡，則弟子中有半途而廢者，是歇學，非叛去。」

註釋：

①「執經」，手持經書。謂從師受業。

②「叱」，音chì【赤】。大聲責罵。

逢龍則俊秀聰明，遇虎則剛强頑劣。

子孫臨青龍，逢月建生合，而又臨金水，必有穎悟①非常之徒；若臨白虎，則多頑劣之徒。

註釋：

①「顓悟」，聰明過人。「顓」，同「穎」。

陽卦陽爻居養位，座前有劉恕①之神童②；陰宮陰象化財爻，帳後列馬融③之女樂④。

子孫在陽宮陽爻，而臨金水，旺相不空，有拱扶者，其徒必有出類拔萃⑤，如劉恕之神童在門；若在陰宮陰爻，主有女徒受學。

鼎升曰：

古今圖書集成本《卜筮全書・黃金策・求館》原條文作：「陽卦陽爻居養位，座前有劉恕之神童；陰宮陰象化財爻，帳前列馬融之女樂。」古今圖書集成本《卜筮全書・黃金策・求館》原解作：「子孫在陽宮陽爻，而臨胎養及金水二爻，旺相不空，有扶者，其徒必有出類拔萃，如劉恕之神童在門。若在陰宮陰爻，而又化財者，必有女兒受學；不化財爻而在兌宮者，亦有女徒。」

據《宋史・文苑列傳》記載：「【劉】恕少穎悟，書過目卽成誦。八歲時，坐客有言孔子無兄弟者，恕應聲曰：『以其兄之子妻之。』一坐驚異。年十三欲應制科，從人假漢、唐書，閱月皆歸之。謁丞相晏殊，問以事，反覆詰難，殊不能對。恕在鉅鹿時，召至府，重禮之，使講《春秋》，殊親帥官屬往聽。未冠，舉進士，時有詔，能講經義者別奏名，應詔者才數十人，恕以《春秋》、《禮記》對，先列注疏，次引先儒異說，末乃斷以己意，凡二十問，所對皆然，主司異之，擢爲第一。他文亦入高等，而廷試不中格，更下國子試講經，復第一，遂賜第。」

另參本卷前「母藏福德，僧家設帳于先年」條文。

註釋：

①「劉恕」，北宋史學家。字道原，筠州（治所在今江西高安）人。舉進士，官至秘書丞。專治史學，尤熟於魏晉以後史事。司馬光修《資治通鑑》，請與共事，凡史實紛雜難治的，多由他處理。另著《通鑒外紀》與《五代十國紀年》，後者今已不傳。

②「神童」，特別聰明、才能非凡的兒童。

③「馬融」，東漢經學家、文學家。字季長。右扶風茂陵（今陝西興平東北）人。東漢名將馬援從孫。從學者常千數，盧植、鄭玄皆出其門下。愛好音樂，生活豪奢，不拘儒者之節。常坐高堂，設紅色帳幕，前授生徒，後列女樂。註有《周易》、《尚書》、《三禮》、《論語》、《孝經》、《老子》、《淮南子》、《列女傳》、《離騷》等，並著有賦、頌、碑、誄等21篇。

④「女樂」，歌舞伎。

⑤「出類拔萃」，才能特出，超越眾人。

兩福自沖，鬼谷①値②孫臏③龐涓④之弟子；子孫皆合，伊川⑤遇楊時⑥游酢⑦之門生⑧。

卦有兩爻子孫俱動相沖，弟子中必多不合；若來傷世，必然責及先生。如遇二爻俱來生合世爻，則門生自盡弟子之禮。

鼎升曰：

「鬼谷値孫臏龐涓之弟子」，正史未見，據長篇歷史演義《東周列國志》前身、刊於明崇禎年間的馮夢龍《新列國志》記載：「却說周之陽城【其下小註：今登封縣】，有一處地面，名曰鬼谷。以其山深樹密，幽不可測，似非人之所居，故云鬼谷。內中有一隱者，但自號曰鬼谷子，相傳姓王名栩，晉平公時人……其人通天徹地，有幾家學問，人不能及。那幾家學問？一曰數學，日星象緯，在其掌中，占往察來，言無不驗；二曰兵學，六韜三略，變化無窮，布陣行兵，鬼神不測；三曰游學，廣記多聞，明理審勢，出詞吐辨，萬口莫當；四曰出世學，修眞養性，服食導引，却病延年，沖舉可俟。那先生既知仙家沖舉之術，爲何屈身世間？只爲要度幾箇聰明弟子，同歸仙境，所以借這箇鬼谷棲身。初時偶然入市，爲人占卜，所言吉凶休咎，應驗如神。漸漸有人慕學其術。先生只看來學者資性，近於那一家學問，便以其術授之：一來成就些人才，爲七國之用；二來就訪求仙骨，共理出世之事。他住鬼谷，也不計年數，弟子就學者，不知多少。先生來者不拒，去者不追。就中單說同時幾箇有名的弟子：齊人孫賓【其下小註：孫武之孫】，魏人龐涓、張儀，洛陽人蘇秦。賓與涓結爲兄弟，同學兵法；秦與儀結爲兄弟，同學游說。各爲一家之學。」

至於孫臏與龐涓「二福自冲」，講述的是龐涓因嫉妒孫臏之才能而斬其足、黥其顏，後魏國與齊國交戰，孫臏爲齊將，困魏將龐涓於馬陵，龐涓智窮自刭而死的歷史。據《史記．孫子吳起列傳》記載：「孫武既死，後百餘歲有孫臏。臏生阿鄄【今山東鄄城北】之閒，臏亦孫武之後世子孫也。孫臏嘗與龐涓俱學兵法。龐涓既事魏，得爲惠王將軍，而自以爲能不及孫臏，乃陰使召孫臏。臏至，龐涓恐其賢於己，疾之，則以法刑斷其兩足而黥之，欲隱勿見……後十三歲【公元前342年，己卯年】，魏與趙攻韓，韓告急於齊。齊使田忌將而往，直走大梁。魏將龐涓聞之，去韓而歸，齊軍既已過而西矣。孫子謂田忌曰：『彼三晉之兵素悍勇而輕齊，齊號爲怯，善戰者因其勢而利導之。兵法，百里而趣利者蹶上將，五十里而趣利者軍半至。使齊軍入魏地爲十萬竈，明日爲五萬竈，又明日爲三萬竈。』龐涓行三日，大喜，曰：『我固知齊軍怯，入吾地三日，士卒亡者過半矣。』乃棄其步軍，與其輕鋭倍日并行逐之。孫子度其行，暮當至馬陵。馬陵道陝，而旁多阻隘，可伏兵，乃斫大樹白而書之曰『龐涓死于此樹之下』。於是令齊軍善射者萬弩，夾道而伏，期曰『暮見火舉而俱發』。龐涓果夜至斫木下，見白書，乃鑽火燭之。讀其書未畢，齊軍萬弩俱發，魏軍大亂相失。龐涓自知智窮兵敗，乃自剄，曰：『遂成豎子之名！』齊因乘勝盡破其軍，虜魏太子申以歸。孫臏以此名顯天下，世傳其兵法。」

原條文中「伊川遇楊時游酢之門生」，原本作「伊川遇楊特游酢之門生」，顯誤，以其形近、不諳史實而誤。據《卜筮全書·黃金策·求館》改。「伊川遇楊時游酢之門生」爲典故「程門立雪」出處，後用以比喻尊師重道。「伊川」爲宋代理學家程頤的別號。據《宋史·道學列傳》記載，程頤「平生誨人不倦，故學者出其門最多，淵源所漸，皆爲名士。涪人祠頤於北巖，世稱爲伊川先生」，楊時與游酢「一日見頤，頤偶瞑坐，時與游酢侍立不去，頤既覺，則門外雪深一尺矣」。

註釋：

①「鬼谷」，鬼谷子。戰國時縱橫家之祖，亦有政治家、陰陽家、預言家、教育家等身份。傳說爲蘇秦、張儀師，另傳說亦爲孫臏、龐涓師。楚人，籍貫姓氏不詳，因其所居號稱鬼谷子或鬼谷先生。傳說原名王詡，又作王禪、王利、王通，世亦稱王禪老祖；一說字詡，道號玄微子。

②「値」，碰上；遇到。

③「孫臏」，戰國時齊人。生卒年不詳，真名失傳。兵聖孫武之後。傳與龐涓同時從鬼谷子學習兵法。龐涓爲魏惠王將軍，因嫉妒孫臏才能，將其騙至魏國，施以臏刑（割去膝蓋骨），故稱孫臏。後得齊威王賞識，任爲將軍。齊、魏交戰，困龐涓於馬陵，萬弩俱發，魏大敗，龐涓自刭而死，於是聲名大噪。

④「龐涓」，戰國時魏將。傳與孫臏同時從鬼谷子學習兵法。因嫉妒孫臏才能，對孫臏施以臏刑（割去膝蓋骨）。齊、魏交戰，孫臏為齊將，困龐涓於馬陵，龐涓智窮自刭而死。

⑤「伊川」，宋代理學家程頤。字正叔，號伊川先生。爲學以誠敬爲本，主窮理，言行以聖人爲模範。與兄程顥合稱「二程」，開創洛派理學。

⑥「楊時」，宋代理學家程顥、程頤弟子，洛學大家。宋熙宁（宋神宗趙頊年號）間進士，官至龍圖閣直學士。以道學聞名，著書講學，時推程氏爲正宗。晚隱龜山，

世稱龜山先生。著有《二程粹言》、《龜山集》。

⑦「游酢」，宋代理學家程顥、程頤弟子，理學家、教育家、書法家。與兄醇以文行知名，宋元豐（宋神宗趙頊年號）間進士，精於吏事，政績顯著。「酢」，音zuò【作】。客人以酒回敬主人。

⑧「門生」，東漢時指再傳弟子；後世亦指親授業的學生。

世動妻爻，決主親操井臼①。

世臨財動，乃自炊爨②，非供膳③也。

鼎升曰：

闡易齋本與談易齋本《卜筮全書·黃金策·求館》原解作：「世臨財動，是自炊爨，非供膳也；若占供膳，又主供得膳成。惟怕兄動，或雖不動而持身世者，皆主供不成。大凡占館，遇財爻持世，又主西席家眷同至。」

註釋：

①「井臼」，汲水、舂米等事。引申爲做家事。「臼」，音jiù【舅】。舂米的器具，用石頭或木頭製成，中部凹下。

②「炊爨」，燒火做飯。「爨」，音cuàn【篡】。以火烧煮食物。

③「供膳」，供給膳食。

應生財値，定然供膳饔餐①。

財爻臨應，生合世身，定主供膳；月建日辰動爻俱帶妻財，乃諸生輪流供膳。旺相欵②待厚，休囚欵待薄。

註釋：

①「饔餐」，飯食。「饔」，音yōng【擁】。熟食；烹飪。

②「欵」，同「款」。

如索束脩，可把妻財推究；若居伏地，還求朋友維持。

凡占取索束脩，以財爻爲主，若不出現，必須浼①求朋友取討可有。

註釋：

①「浼」，音měi【美】。同「浼」。請託，請求。

出現不傷，旺相生身名曰吉；入空無救，休囚死絕號爲凶。

占束脩，得財爻出現旺相，月建日辰動爻不來傷剋，則不欠缺。若財出現被剋，或絕或空或墓，皆不遂意。

變出父爻，書債必然償貨物。

財動化父，或父動化財，主束脩以貨物准折①。

註釋：

①「准折」，折算、抵償。

化成兄弟，硯田①定主欠收成。

財爻化兄，有名無實。

鼎升曰：

《卜筮全書．黃金策．求館》原解作：「兄弟乃刼財之神，若發動，或持世，皆難入手。財化兄，有名無實，或得一半。卦若無財，遇兄化出，則主有人抽分。」

註釋：

①「硯田」，以硯喻田。謂靠筆墨維持生計。

身空應空財福空，必然虛度①。

凡占束脩，遇卦身應爻及子孫妻財皆空，或不上卦者，主束脩無得。

鼎升曰：

《卜筮全書．黃金策．求館》原條文作：「身空應空財福空，必成虛度。」

註釋：

①「虛度」，白白地度過。

月剋日剋動變剋，恐受刑傷。

月建日辰，動變諸爻，皆來刑剋世爻者，占館有不測之凶。

鼎升曰：

《卜筮全書．黃金策．求館》原條文作：「日尅月尅動變尅，恐受刑傷。」原解作：「月建日辰，動變諸爻，皆來刑尅世爻者，占館必不可成。占束脩，恐被諸生父兄呵責，宜慎之。」

鬼化財生，非訟則學金休矣。

卦中無財，而遇兄鬼文書化出財爻，生合世爻者，必須訟訴公庭①，束脩可有。

鼎升曰：

古今圖書集成本《卜筮全書．黃金策．求館》原解作：「卦中無財，而遇兄鬼文書亂動，有化出財爻，生合世爻者，必須訟訴公庭，然後可得束脩。官爻獨發生世合世，亦然。」

註釋：

①「公庭」，公堂，法庭。

子連父合，因學而才思①加焉。

世若衰絕無氣，而遇子孫動化生合世爻者，主子弟之才日加進益也。

鼎升曰：

《卜筮全書．黃金策．求館》原解作：「凡占學館，世若衰絕無氣，而遇子孫動化父母，生扶合起世爻者，主先生才學本不克贍，因教訓子弟，而其才思日加進益。卦有財動則不然。」

註釋：

①「才思」，才氣與情思。多指文學的創作能力。

詞訟①

註釋：

①「詞訟」，訴訟。

小忿①不懲②，必至爭長競短；大虧既負，寧不訴枉申冤？欲定輸贏，須詳世應。

卦中世應，卽狀中原被，看此則兩邊勝負可知。

註釋：

①「忿」，憤怒；怨恨。

②「懲」，責罰；警戒、教訓。

應乃對頭，要休囚死絕；世爲自己，宜帝旺長生。

不拘原被告占，以世爲自己，應爲對頭。應旺世衰，他强我弱；世旺應衰，他弱我强。

鼎升曰：

古今圖書集成本《卜筮全書・黄金策・詞訟》原條文作：「應乃對

頭，要見休囚死絕；世爲原告，宜臨帝旺長生。」古今圖書集成本《卜筮全書．黃金策．詞訟》原解作：「占訟，以世爲原告，應爲被告。若被告占，以世爲自己，應爲對頭。應旺世衰，他强我弱；世旺應衰，我强他弱。逢兄遇鬼，雖强理短；臨財持福，雖弱理長。」

相剋相冲，乃是欺凌之象。

世爻刑剋應爻，未爲我勝，乃是欺他之象。必得鬼剋應爻，方爲我勝；動爻與月建日辰剋之亦然。

鼎升曰：

《卜筮全書．黃金策．詞訟》原解作：「世爻刑剋應爻，未必我勝，乃是欺他之象；必得鬼剋應爻，方爲我勝。應爻刑剋世爻，未必他勝，乃是欺我之象；必須鬼剋世爻，方爲他勝。世應遇三刑六害六衝，兩爻俱動者，是鷸蚌相持之勢，兩不相讓之象。」「乃是欺他之象」句，《卜筮全書．黃金策．詞訟》作「乃是欺我之象」，顯誤。據文意改。

相生相合，終成和好之情。

世應生合，原被有和釋之意：世生應，我欲求和；應生世，他欲求和。世應動空化空者，俱是假意言和也。

鼎升曰：

《卜筮全書・黃金策・詞訟》原解作：「世應生合，原被有和釋之意：世生應，我欲求和；應生世，他欲求和。世應雖生合，而變爻刑衝者，口和心不和也；世應雖衝尅，而變爻相合者，始不和，而終和也。生中帶刑，合中帶尅，而動空化空者，俱是假意言和，未嘗信任之也。」

世應比和，官鬼動，恐公家①捉打官司。

世應比和，是和釋之象，倘官鬼動剋，主官府捉打官司，不依和議。子孫亦動，終成和議也。

鼎升曰：

古今圖書集成本《卜筮全書・黃金策・詞訟》原解作：「世應比和，亦是和解之象。卦無財，或落空，是財用不給，而欲和也，但得子動，月建日辰不相刑尅，必成和好。若世應生合比和，而官鬼却動者，主官府捉打官司，不依和議；鬼爻休囚，是主詞人刁蹬，若有制，終成和議。」

註釋：

①「公家」，朝廷、國家或官府。

卦爻安靜，子孫興，喜親友勸和公事。

六爻安靜，世應雖不生合，而子孫發動者，必有親隣勸和也。

世空則我欲息爭①。

世空，我欲息爭；應空，他欲息爭。世應俱空，兩願銷息②。

註釋：

①「息爭」，平息紛爭。

②「銷息」，消除平息。

應動則他多機變①。

世動，則我必使心②用謀；若化官兄回頭剋制，反爲失計③。應動，則他必有謀，若加月建，必有貴人倚靠；剋世則爲不吉。

註釋：

①「機變」，機謀僞詐。

②「使心」，用心機、使手段。

③「失計」，謀劃錯誤；錯誤的計謀。

間傷世位，須防硬証①同謀；鬼剋間爻，且喜有司②明見③。

間爻爲中証④之人。生世合世，必然向我；生應合應，必然向他。與世沖剋，與我有仇；與應沖剋，與彼有隙。若旺爻生應，衰爻合世，是助彼者有力，助我者無功。或静生應、動剋世，是向彼者雖不上前，怪我者偏來出面。若沖剋我之爻反去生應合應，須防中証人同謀陷害；若得鬼爻剋制，或被日辰沖剋，是官府不聽其言，我得無事。間爻若受刑剋，中証必遭杖責⑤。近世必是我之干証⑥，近應爲彼之干証。

註釋：

①「硬証」，捏造證詞，一口咬定，誣陷別人；提供偽證的人。

②「有司」，官吏。古代設官分職，各有專司，故稱。清代，有司即指京內外司道以下有一定職權的官員，例如郎中、員外郎、主事、同知、知州等。

③「明見」，觀察入微，不受蒙蔽；嚴明苛察；明白清楚。

④「中証」，證人。

⑤「杖責」，以杖刑責罰。

⑥「干証」，與訴訟案有關係的證人。

身乃根因①事體，空則情虛。

卦身係詞訟根由。旺則事大，衰則事小；動則事急，靜則事緩。如空伏，皆是虛②捏③事故；飛伏俱無，毫釐④不實。

鼎升曰：

古今圖書集成本《卜筮全書．黃金策．詞訟》原解作：「卦身一爻，乃詞訟根由。旺則事大，衰則事小；動則事急，靜則事緩。空亡不出現，皆是虛捏事故；飛伏俱無，毫釐不實；旺相空亡，一半眞假。要知爲何起訟，以所臨六親斷之。如臨父母，是田房樹木，或爲尊長起訟。臨兄，爭財鬬毆，門戶役事，或爲兄弟朋友起訟。臨子，是漁獵六畜，僧道醫藥，卑幼起訟。臨財，是婚姻財物，妻妾奴僕起訟。臨官，是撇青放火，人命賊盜官災，或功名徭役起訟；婦人占，必爲夫事。若臨螣蛇，則是被人牽連之事。持世切己事，臨應他人事。」

註釋：

①「根因」，根源，緣故。

②「虗」，同「虛」。

③「揑」，僞造，虛構。

④「毫釐」，比喻極微細。毫、釐均是微小的量度單位。

父爲案卷①文書，伏須未就②。

卦無父母，文書未成；帶刑臨敗病，必多破綻。化財亦然。化兄有駁③。月建作合，上司④必吊卷⑤；有冲，皆不依允。

鼎升曰：

《卜筮全書．黃金策．詞訟》原解作：「卦無父，案卷未成；父母旺空，文書未就；休囚空亡，其事不成。如帶刑爻，或臨敗病，必多破綻。化財亦然。化兄還欠筆削。死墓衰絕，皆不濟事。若被月建太歲衝尅，上司必要駁；太歲月建作合，上司必弔卷；有衝散，或尅破，皆不依允。」

註釋：

①「案卷」，古代官署分類存檔的一案一卷的文件。

②「就」，完成。

③「駁」，此處指刪改修訂。

④「上司」，對上級長官的通稱。

⑤「吊卷」，提取案卷文書。

鬼作問官①，剋應則他遭杖責。

鬼爲聽訟官。動去剋應，訟必我勝；剋世我敗。

鼎升曰：

《卜筮全書．黃金策．詞訟》原解作：「官爲聽訟官。尅世我遭責，訟必他勝；尅應他遭責，訟必我勝；世應俱被傷，原被皆受責。若鬼爻雖刑尅，而文書却有情，杖責須有，罪名則無。」

註釋：

①「問官」，審訊罪人、推問案情的官吏。

日爲書吏①，傷身則我受刑名。

日辰能救事、能壞事。如鬼動剋世，自必有刑，得日辰制鬼冲鬼，必得旁人一言解②釋，問官必寬宥③于我也。

鼎升曰：

古今圖書集成本《卜筮全書．黃金策．詞訟》原解作：「日辰能救事，能壞事，原被皆要此爻有情，則必有人看顧。若臨庭爭訟，則當以此爻爲書吏。吏合世爻，於我有益；生合應爻，於彼有益。衝尅應，衝壞彼事；衝尅世，衝壞我事。又如鬼動尅世，而得日辰尅制衝散合住者，是官府有怒於我，却得傍人一言解之，而得寬宥也。」

註釋：

①「書吏」，清內外各官署吏員總稱，在朝廷各機構者稱部辦。秉承主官意旨，承辦公事。屬雇員性質，往往父子師徒相傳爲業。也指承辦文書的吏員。

②「觧」，同「解」。

③「寬宥」，寬恕、原諒。「宥」，音yòu【又】。寬恕；赦免。

逢財則理直氣壯。

以財爲理。臨世我有理，臨應他有理。鬼來刑害，雖有理而官府不聽。兄動不容分辨。如下狀①，則財爲忌爻。

註釋：

①「下狀」，投遞狀紙。

遇兄則財散人離。

兄弟若在世身爻上，事必干①衆；動則廣費資財；或加白虎，必主傾家蕩產。臨應爻，則以彼斷之。

鼎升曰：

原解中「則以彼斷之」，原本作「則以被斷之」，當誤，以其形近而誤。據《卜筮全書·黃金策·詞訟》改。

註釋：

①「干」，牽涉。

世入墓爻，難免獄囚之繫。

世爻入墓化墓，或臨鬼墓：卦象凶者，必有牢獄之禍；臨白虎，在獄有病。

鼎升曰：

古今圖書集成本《卜筮全書·黃金策·詞訟》原解作：「世爻入墓化墓，或臨鬼墓：卦象凶者，必有牢獄之禍；墓爻衰弱，是箍禁籠中。臨白虎，在獄有病；自空化空，死於獄中。」

官逢太歲，必非州縣①之詞。

官居第五爻，若值太歲，此事必干朝廷；逢月建，必涉臺憲②。

鼎升曰：

古今圖書集成本《卜筮全書·黃金策·詞訟》原解作：「鬼在本宮內卦，本州本縣詞；本宮外卦，事在本府。第五爻，撫按三司；六爻，事干省部。外宮外卦，必發於外縣他州官問。官逢太歲，必干朝廷；逢月建，必涉臺憲。」

註釋：

①「州縣」，舊時行政區域州與縣的合稱。州與縣都是古代行政區劃，所轄地區大小歷代不同，源於東漢末形成的州、郡、縣三級地方政治制度。明制，兩京十三布政使司下設府、州、縣三級地方行政機構和區劃。

②「臺憲」，指御史臺或御史臺官員。「御史臺」，官署名，專司彈劾之職。西漢時稱御史府，東漢初改稱御史臺，又名蘭臺寺。梁及後魏、北齊或謂之南臺，後周則稱司憲。隋及唐皆稱御史臺。惟唐一度改稱憲臺或肅政臺，不久又恢復舊稱。明太祖洪武十五年（公元1382年，壬戌年）改爲都察院，清沿用，御史臺之名遂廢。「臺」，音tái【檯】。「臺」的俗體字。

內外有官，事涉一司[①]終不了。

官不上卦，無官主張。內外有官，權不歸一：主事體反覆，必經兩司，然後了事。

鼎升曰：

古今圖書集成本《卜筮全書·黃金策·詞訟》原解作：「官不上

卦，無官主張。內外有官，權不歸一：主事體反復，必經兩司，然後了事；不然，則有舊事再發，或被他人又告。官化官亦然。空則勿斷。」

註釋：

①「司」，官署；政府機構。

上下有父，詞興兩度始能成。

官父二爻，不宜重見，主有轉變不定之象，其事必主纏綿，卒難了結。如占告狀，遇此象，必再告方成也。

鼎升曰：

《卜筮全書．黃金策．詞訟》原解作：「官父二爻不宜重見，主有轉變不定之象，其事必主纏綿，率難了結。如占告狀，遇有此象，再告方成。若月日動變諸爻俱帶文書，重疊太過者，雖告數次，亦不能成。」

官父兩强，詞狀①表章②皆准理③；妻財一動，申呈訴告總徒勞。

凡欲上表④、申奏⑤、申呈⑥、告訴⑦等事，皆要官父兩全，有氣不空，則能准理。最怕財動傷父，必不可成。

註釋：

①「詞狀」，訴訟的文書。

②「表章」，奏章。

③「理」，申訴；辯白。

④「上表」，向天子進呈奏章。

⑤「申奏」，臣下上書天子。

⑥「申呈」，用公文報告上級。

⑦「告訴」，被害者向高級長官或機關告發。

父旺官衰，雀角鼠牙①之訟。

父母旺相，官鬼休囚，情詞②若大③，事實細故④，乃雀角鼠牙之訟。

註釋：

①「雀角鼠牙」，因小事而爭訟。原指強逼女子成婚而引起的爭訟，因以指強權暴力欺凌，引起爭訟。泛指獄訟，爭吵。語出《詩經・召南・行露》：「誰謂雀無角，何以穿我屋？……誰謂鼠無牙，何以穿我墉？」雀與鼠比喻強暴者。

②「情詞」，猶口供。

③「若大」，如此大、那麼大。

④「細故」，細小而不值得計較的事。

變衰動旺，虎頭蛇尾①之人。

凡世應旺動，是有併吞六國之勢②；若變入墓絕空亡，乃先强後弱，虎頭蛇尾之象。世以己言，應以彼言也。

註釋：

①「虎頭蛇尾」，頭大如虎，尾細如蛇。比喻開始時聲勢很大，到後來勁頭很小，有始無終。

②「併吞六國之勢」，比喻氣勢雄壯。戰國後期，燕、秦、楚、齊、韓、趙、魏七個實力較強的周天子分封或自立的諸侯國合稱「戰國七雄」，公元前230年至公元前221年，秦各個擊破其餘六國，統一天下。

世若逢生，當有貴人倚靠；應衰無助，必無奸惡刁唆①。

世爻衰弱，遇月建日辰動爻生合，必有貴人扶持，彼亦無可奈何。應爻遇之反是。

註釋：

①「刁唆」，教唆。

無合無生，總旺何如獨脚虎①？有刑有剋，逢空當效縮頭龜②。

應爻旺動無生合者，彼雖剛强，是獨脚虎，不足畏；世無生合，又遇日月動爻刑剋，當效縮頭龜，勿與對理③。

鼎升曰：

古今圖書集成本《卜筮全書·黃金策·詞訟》原條文作：「無合無生，總旺何殊獨脚虎？有刑有剋，逢空當效縮頭龜。」

註釋：

①「獨脚虎」，一隻腳的老虎。吳語比喻外來的、孤獨無助的人。

②「縮頭龜」，縮頭烏龜。比喻懦弱不敢面對現實的人。

③「對理」，對證、對質。

兄在間中，事必干眾。

兄弟在間爻，詞內干犯①眾多。動則中証人貪索賄賂：剋應索彼之財，剋世須用財託爲妥。

鼎升曰：

《卜筮全書．黃金策．詞訟》原解作：「兄弟在間爻，詞內干犯[1]牽連眾多。動則中證人貪索賄賂。衝尅應爻，索彼之財物也。兄弟逢空，事雖干眾，到官者少。化官傷世，若不用財買囑他人，必被其害。」

註釋：

①「干犯」，舊時刑律用語。指與罪案有牽連的人。

父臨應上，彼欲興詞。

父母爲文書。臨世我欲告理①，臨應他欲申訴。動則欲行，靜則未舉。

註釋：

①「告理」，告狀、報告。

父動而官化福爻，事將成而偶逢挽勸①；父空而身臨刑煞，詞未准而先被笞刑②。

凡占告訴，遇官父兩動，訟事可成。若父有氣或官化子孫，則主身到公門將投詞③，而有人挽勸。若父化空亡墓絕，官鬼刑尅世爻，或被日辰刑冲剋害，告狀且不准，先遭杖責也。

註釋：

①「挠勸」，阻攔並加以勸解。「挠」，同「兜」。

②「笞刑」，古代刑罰的一種。用荊條或竹板敲打臀、腿或背。

③「投詞」，向上級投遞狀詞。

妻動生官，須用貲財①囑託②。

若訟已成，卦有財動，必須用財囑託官吏。如遇子孫沖官，雖費貲財，亦無所益。

註釋：

①「貲財」，錢財，財物。「貲」，通「資」。

②「囑託」，由人代爲請託遊說。

世興變鬼，必因官訟亡身。

世持鬼，我失理；應持鬼，他失理。世變鬼，恐因官事而喪身；應變鬼，以彼斷之。

子在身邊，到底不能結証①；官伏世下，訟根猶未芟除②。

卦身臨福德，出現發動，隨卽消散。惟怕官鬼伏世下，則訟根常在，日下雖不成訟，至官旺出透時舉發③也。

註釋：

①「結証」，了結；結案。

②「芟除」，斬伐；消滅。「芟」，音shān【刪】。除去、消除。

③「舉發」，檢舉告發。

墓逢日德刑冲，目下①卽當出獄；歲挈②福神生合，獄中必遇天恩③。

世墓鬼墓爻動，皆是入獄之象；若得日辰刑冲剋破，目下卽當出獄。在獄占卜，最喜太歲生合世爻，主有天恩赦宥④；月建生合，上司審出；日辰生合，有司饒恕；父母生合，必須申訴，可得免也。

註釋：

①「目下」，目前；眼下。

②「挈」，提、舉。音qiè【竊】。

③「天恩」，指帝王的恩惠。

④「赦宥」，赦免、寬恕。「宥」，音yòu【幼】。

若問罪名，須詳官鬼。

凡卜罪名輕重，以官爻定之，旺則罪重，衰則罪輕。加刑白虎旺動剋世：火受極刑①，金主充軍②，木主笞杖③，水土徒罪④。須以衰旺、有制無制斷之，不可執滯⑤。

鼎升曰：

古今圖書集成本《卜筮全書·黃金策·詞訟》原解作：「凡卜罪名輕重，以鬼爻定之，旺則罪重，衰則罪輕。帶刑加白虎旺動剋世：金受極刑，火主充軍，木主笞杖，水土徒罪。須以衰旺、有制無制斷之，不可執滯。」闡易齋本與談易齋本《卜筮全書·黃金策·詞訟》原解作：「凡卜罪名輕重，以鬼爻定之，旺則罪重，衰則罪輕。帶刑加白虎旺動剋世：火受極刑，火主充軍，木主笞杖，水土徒罪。須以衰旺、有制無制斷之，不可執滯。」顯誤。

註釋：

①「極刑」，最嚴酷的刑罰，指死刑。

②「充軍」，古代刑罰之一。一般是把重犯押解到邊遠地區當兵，或在軍中服勞役。

③「笞杖」，用杖抽打。

④「徒罪」，古代刑罰之一。拘禁犯人使服勞役之刑。

⑤「執滯」，猶執著。固執，拘泥。

要知消散，當看子孫。

若福動鬼靜，以生旺月日斷；鬼動福靜，以官墓月日斷。

鼎升曰：

闡易齋本與古今圖書集成本《卜筮全書·黃金策·詞訟》原解作：「要知消散日期，若福動鬼靜，以子孫生旺月日斷；鬼動福靜，以官墓月日斷。二爻俱靜，若鬼旺福衰，以鬼爻墓絕日斷；福旺鬼衰，以衝動福爻日斷。二爻俱動，若福有制伏，則看鬼爻；鬼有制伏，則看制伏之爻。見官日期專看鬼爻；出獄日期則看破墓月日，或生合世爻月日。」

卦象既成，勝負了然明白；訟庭①一剖，是非判若昭彰②。

註釋：

①「訟庭」，審理訟案的法庭。

②「昭彰」，彰顯、明示。

卜筮正宗卷之十終

卜筮正宗卷之十一

古吳洞庭西山王維德洪緒註
壬午舉人弟 需遵時 叅訂
吳 庠 鍾 英子燦
男其龍雲客
任用淵潛菴
門 人 謝朝柱巨材同較
蔡 鑑升明
男其章琢軒
後 學 李凡丁鼎升校註

避亂

鼎升曰：

闡易齋本與談易齋本《卜筮全書·黃金策》中本章名爲「《避亂（附避役）》」。

人有窮通①，世有否泰②。自嗟③薄命④，適當⑤離亂⑥之秋⑦；每嘆窮途⑧，聊⑨演⑩變通之易。因錄已驗之卦爻，爲決當今之倭寇⑪。

官鬼之方，并官鬼所剋之處，休往；子孫之方，并生我之處，宜去。如占守舊處，得子孫獨發生我，終無驚恐；占往他方亦然。

此註是一篇之大旨⑫也。

鼎升曰：

闡易齋本與談易齋本《卜筮全書．黃金策．避亂》原解作：「承平日久，莫識亂離之苦。不幸海倭竊發，横行吳越之間，剽掠村落，縱肆淫殺，不忍見聞。數年以來，人情洶湧，避亂不暇。有在家而遭其燒刼者，有在途而被其擄掠者，或死非命，或致傷殘，或夫妻之不顧，或父子而相離，割恩捨愛，惟命是逃。然則伯道之棄兒，豈虛語乎？予賴卜筮，未嘗遭遇，此固不幸中之萬幸也。因以平日所驗者，錄述此篇，以爲卜倭張本。而凡以患難之欲避者，亦倣其占云。須憑五類，勿論六神。世之占者，皆以玄武爲倭賊，予則以官論。玄武倘臨福德，亦作倭斷耶？故憑五類，勿論六神。」

註釋：

①「窮通」，窮困與顯達。

②「否泰」，《周易》的兩個卦名。天地交，萬物通謂之「泰」；不交閉塞謂之「否」。後常以指世事的盛衰，命運的順逆。「否」，音pǐ【痞】。

③「嗟」，表示感傷、哀痛的語氣。音jiē【街】。

④「薄命」，命運不好；福分差。

⑤「適當」，適逢，恰遇。

⑥「離亂」，時局紛亂。常指戰亂。

⑦「秋」，時候。有急迫緊張的意味。

⑧「窮途」，比喻處於極爲困苦的境地；指處於困境的人。

⑨「聊」，依靠，倚賴；姑且。

⑩「演」，推算演繹。

⑪「倭寇」，古代日本海寇。日本古稱倭奴國，故中國古代史籍將這些日本海寇以及後來與之勾結的內陸奸民，通稱爲倭寇。自元末至明萬曆年間（公元1573年至公元1620年），一部分日本武人、浪人（流亡海上的敗將殘兵）、海盜商人和破產農民，不斷侵擾中國和朝鮮沿海地區，前後歷時達三百年之久。

⑫「大旨」，主要的意思。「旨」，同「旨」。

鬼位興隆，賊勢必然猖獗[1]；官爻墓絶，人心始得安康。

官鬼旺相發動，賊必猖獗；若得休囚安靜，日辰動爻制他，則安臥無驚。

註釋：

①「猖獗」，鬧得很兇，很難遏止；狂妄放肆。

路上若逢休出外，宅中如遇勿歸家。

內卦爲宅，外卦爲路。鬼在外動，出外必遇，宜守家中；若在內動，宜避于外。

鼎升曰：

闡易齋本與談易齋本《卜筮全書・黄金策・避亂》原解作：「凡占，以卦中二爻爲宅，五爻爲路。鬼在路上動，出外必遇，不如避于家中；在宅上動，必然在家撞見，不如出外避之。」

動來刑害，總教智慧也難逃；變入空亡，若被拘留猶可脱。

若鬼動不傷世，任彼猖獗，不遭其禍；如被刑冲剋害，必難逃避。若官爻變入死墓空絶，則是虎頭蛇尾[1]，雖凶無咎之兆。

鼎升曰：

古今圖書集成本《卜筮全書．黃金策．避亂》原條文作：「動來刑害，從教智慧也難逃；變入空亡，總被拘留猶可脫。」

註釋：

①「虎頭蛇尾」，頭大如虎，尾細如蛇。比喻開始時聲勢很大，到後來勁頭很小，有始無終。

日辰制伏，何妨卦裏刑傷；月建臨持，勿謂爻中隱伏。

官鬼動來刑剋世爻，固是凶兆，若得日辰動爻剋制冲散之，皆謂「有救」，必不爲害。惟怕月建日辰帶鬼刑剋世爻，雖卦中無鬼，不免遭害。

所惡者，提起之神；所賴者，死亡之地。

鬼爻伏藏，固吉，若被動爻日辰冲開飛神，提起伏神，仍被其害；如鬼爻真空真破，方許無災。

自持鬼墓，壙中不可潛藏；或值水神，舟內猶當仔細。

官鬼墓庫之爻，動來刑剋，或持世身是也，凡遇此象，不可避于墳墓內。木鬼不可避于草木叢中，水鬼不可避于舟船，金鬼不可避于寺觀，火鬼不可避于窑①冶②。

註釋：

①「窑」，製造磚瓦陶瓷等物的場所。

②「冶」，熔煉金屬或鑄造器物的場所。

子爻福德北宜行，午象官爻南勿往。

官鬼所臨之方，乃寇出入之處，宜避之；子孫所臨之方，乃賊不到之地，宜往之。

鬼逢冲散，何須剋制之鄉？福遇空亡，莫若生扶之地。

子孫之方固吉，以其制鬼故也，若發動則取之。若福静官動，而卦內有冲散官爻者，卽以冲散之方爲吉，以其爲得用之神故也。若子孫空伏，衰静受制，而鬼爻又無冲散者，宜取生世合世之方爲吉。

旺興內卦，終來本境橫行。

凡占倭寇到我境否，若官在本宮內卦發動，必來；在他宮外卦，則不侵境也。若持世臨內宮，直到我家；臨外卦持應，雖來不入我室。卦身亦忌臨之。

鼎升曰：

《卜筮全書．黃金策．避亂》原解作：「凡占倭夷到此地否，若官在本宮內卦發動，必到此地；在他宮外卦，則不入我境。內卦持世値，到宅邊；內卦應臨，雖來不入我室。卦身臨之，彼此俱遭其禍。」

動化退神，必往他鄉摽掠①。

官爻發動，若化退神，將往他處刼掠也；如化進神，倭必速到，宜早避之。

註釋：

①「摽掠」，搶劫、擄掠。摽，音biāo【標】。通「剽」。

官連旺福合生身，反凶爲吉。

官爻發動剋世，必遭毒手①；若得化出子孫制鬼，或動子財，反來生合世身者，必然因禍致福。

註釋：

①「毒手」，殺人或傷害人的狠毒手段。

陽化陰財刑剋世，弄假成真。

官爻發動不傷世爻，而被動財反傷世爻者，必因貪得財物而惹禍也。

鼎升曰：

古今圖書集成本《卜筮全書．黃金策．避亂》原解作：「官爻發動不傷世爻，而化妻財反傷世爻者，必因貪得財物而惹禍也。若陽鬼化陰財，陰鬼化陽財，須防倭賊假粧婦人哄誘鄉民，因而遇之，不能避也；得世在空避之，庶幾可脫。」

賊興三合爻中，必投陷穽①。

最怕動會鬼局，必主倭寇四邉②合來，雖欲避之，前遭後遇，不能脫離；卦有兩鬼，俱動剋世，亦然。三合兄局，身雖無事，財物失散。三合父局，小兒仔細。三合財局，生合世爻，反主得財；

刑剋世爻，則主父母失散。三合子局，剋制鬼爻，爲最吉也。

註釋：

①「穽」，同「阱」。

②「邉」，同「邊」。

身在六旬空處，終脫樊籠[①]。

身世空亡，避之爲吉。

註釋：

①「樊籠」，關鳥獸的籠子。比喻受束縛不自由的境地。

官鬼臨身，任爾潛踪[①]猶撞見。

官爻持世，乃是倭賊臨身，如何可避？如被捉去而占，亦不能脫彼而回。

註釋：

①「潛踪」，隱蔽蹤跡，使不爲人知。

子孫持世，總然對面不相逢。

子孫持世，不動亦吉，發動尤妙。若臨月建，或帶日辰，或在旁爻旺動，皆吉。卦中雖有鬼動，不足畏也。

兄變官爻，竊恐鄉人劫掠。

卦中無鬼，而遇兄動變出者，須防隣人乗[①]機劫盜財物，非真賊寇也。兄在內卦，是近隣；在外卦，遠方人也。

鼎升曰：

古今圖書集成本《卜筮全書·黃金策·避亂》原條文作：「兄變官爻，切恐鄉人刼掠。」

註釋：

①「乗」，同「乘」。

財連鬼煞，須防臧獲[①]私藏。

卦中無鬼，財變官爻者，是奴婢假粧賊寇刼物，或在亂中被其藏匿也。若在外卦，乃隣里婦人。

註釋：

①「臧獲」，古代對奴婢的賤稱。「臧」，音zāng【髒】。男奴隸。「獲」，女奴隸。

日辰冲剋財爻，妻孥①失散；動象刑傷福德，兒女抛離②。

官動必有驚險，不拘日辰動爻，被其傷處，即不太平：如冲剋財爻，主妻孥失散；冲剋子孫，主兒女抛離。

鼎升曰：

《卜筮全書·黃金策·避亂》原條文作：「日辰衝尅財爻，妻奴失散；動象刑傷福德，兒女抛離。」

註釋：

①「妻孥」，妻子和兒女。「孥」，音nú【奴】。兒女；妻與子女的統稱。

②「抛離」，分離、遺棄。

火動剋身，恐有燎毛之苦；水興傷世，必成滅首①之凶。

卦中火鬼動來剋世，主有火燒之禍；若水鬼剋世，主有水患。

註釋：

①「滅首」，水淹沒頭頂；淹死。

父若空亡，包裹須防失脫；妻如落陷，財物當慮遺亡①。

父爻空亡，非包裹失脫，須防父母有不測之禍②；財空防失財物，否則妻妾有殃；子孫空則憂小口。類推之。

註釋：

①「遺亡」，遺落；散失。

②「不測之禍」，無法揣測的禍患。多指牢獄或殺身之禍。

五位交重，兩處身家無下落。

凡遇五爻發動，東奔西走，避亂不暇，身宅兩處。更遇日辰動爻沖散世爻，必無安身下落之所。

鼎升曰：

古今圖書集成本《卜筮全書·黃金策·避亂》原條文作：「五位重交，兩處身家無下落。」闡易齋本與談易齋本《卜筮全書·黃金策·避亂》原解作：「凡遇五世及遊魂卦，世爻發動：脫身在外，東奔西走，避亂不暇；身宅兩處，不顧財業。更遇日辰動爻衝散世爻，必無安身下落之處。空動尤甚。」

六爻亂動，一家骨肉①各東西。

六冲卦及六爻亂動者，主父母、兄弟、夫妻骨肉，各自逃命，不能聚于一處。

鼎升曰：

《卜筮全書·黃金策·避亂》原條文作：「六衝亂動，一家骨肉各東西。」古今圖書集成本《卜筮全書·黃金策·避亂》原解作：「八純六衝卦，六爻亂動者，主父子、夫妻、兄弟骨肉，各自逃命，不能聚於一處。六合卦，雖離，一家骨肉必不分散。已上五條，必須卦有官動，方有此象，不動不可亂言。」

註釋：

①「骨肉」，比喻至親，指父母兄弟子女等親人。

福臨鬼位刑沖，帶煞則官兵不道①。

子動固是吉兆，若帶刑害虎蛇，而又變出官鬼者，乃是官兵乘亂劫掠。

鼎升曰：

古今圖書集成本《卜筮全書·黃金策·避亂》原解作：「子動固吉兆，若帶刑害虎蛇等殺，衝尅世爻，而又變出官鬼者，乃是官兵乘亂擄掠，非關倭賊事也。子孫雖不傷世，化鬼卻來刑尅者，亦然。且如五月戊寅日，有卜倭。得明夷之謙卦。二鬼俱靜，子孫獨發，皆欣喜。予獨戒其愼之。蓋子孫雖動，被日辰扶起，尅世，則非吉兆。況變官爻，係是世墓，世臨病爻，謂之『帶病入墓』，其凶可知。但官從子化出，必非倭夷之禍，乃官兵之禍也。已而果然。」

註釋：

①「不道」，無道；胡作非爲。

官變兄爻剋合，傷財則妻妾遭淫。

官動刑剋世爻、合住財爻，則身被擒、妻遭淫汚①。如不傷世，而但合財爻者，自身雖無事，妻必被辱也；更化兄爻，被姦而難望放回。

鼎升曰：

古今圖書集成本《卜筮全書．黃金策．避亂》原解作：「官爻發動，刑尅世爻、合住財爻，則身被擒獲、妻遭淫汙。如不傷世，而但合住財爻者，身雖無事，妻必被辱也。更化兄爻，既姦而又不放回也；若鬼雖不合妻財，而化兄帶合尅制者，亦然。子化官合財，恐受官兵之辱也。財化子，必不順從。」

註釋：

①「汚」，同「污」。

妻去生扶，只爲貪財翻作禍。

鬼動最喜衰絕，若有財動生扶，必因貪財惹禍。世以己言，應以人言。

鼎升曰：

古今圖書集成本《卜筮全書．黃金策．避亂》原解作：「鬼爻發動，最喜休囚死絕，決無深傷。若有財動生扶，必爲貪彼財物，而惹成禍患也。世以己言，應以人言。若在旁爻，及日辰帶財者，又是婦人引惹禍來，非爲財物也：在內卦，自家妻妾；在外卦，是他家婦人。」

子來冲動，皆因兒哭惹成災。

鬼靜最吉，若被子孫冲動，必有小兒啼哭，因而知覺，乃被其害。福旺官衰不妨。

得值六親生旺，雖險何妨？如臨四絕刑傷，逢屯①卽死。

用爻遭剋，必有灾咎。若受傷之爻，如値生旺，不致傷命；惟怕臨于絶地，若遇衰弱，一剋卽倒，必致喪命也。

註釋：

①「屯」，困難、危難。音zhūn【諄】。

世遇亂離，既已逐爻而決矣；時遭患難，亦當隨象以推之。

平居無事①，何暇占卜？或刑罰所加，戶役②所累，或官府捉拿，仇家報復，或禍起于無辜，殃生于不測，苟不避之，終爲所害，是以不能無避害之占也。然大槩與避亂相似，故併附列于此。

註釋：

①「平居無事」，平時沒有事的時候。「平居」，平日；時常；平時，向來；安居無事。

②「戶役」，按民戶分派供官府驅使的義務性勞役，包括力役、雜役、軍役等。

最怕官爻剋世，則必難迴避。

凡脫役①避禍，遇鬼動傷世，皆不能避。持世亦然。若鬼空絶靜，如伏于世下者，目下②無事，後當令恐復發覺③。

註釋：

①「脫役」，此處指解脫、免除戶役。

②「目下」，現今、現在。

③「發覺」，被發現覺察；暴露；告發。

大宜福德臨身，則終可逃生①。

子孫能制鬼，爲解神，若臨身世，或在旁爻發動，或值月建日辰，雖遇官鬼，亦不妨事。大怕空亡墓絕受制。

註釋：

①「逃生」，逃離危險環境以求生存。

官化父冲，必有文書挨捕①。

旺父發動，名已入册，或有官批②在外。鬼爻亦動，事體③緊急。父化官，官化父，刑剋世爻者，必着公差④挨捕。

註釋：

①「挨捕」，挨家查問，搜捕犯人；嚴密搜捕。

②「官批」，上級簽發下來捉拿人犯的官文。

③「事體」，事情。

④「公差」，官署執行公務的差役。

日沖官散，必多親友維持。

官動固難逃避，若得日辰動爻沖散剋制之，必有心腹親友與我周旋①解釋。

註釋：

①「周旋」，本爲古代行禮時進退揖讓的動作，後引申爲應酬、交際。此處形容盡量拖延時間，和對方相持下去，以等待有利時機。

鬼伏而兄弟沖提，禍由骨肉。

官伏而被兄弟沖飛提拔①者，或兄弟沖動鬼來刑剋者，是自家骨肉搜踪捕跡，恐難逃避也。

鼎升曰：

古今圖書集成本《卜筮全書·黃金策·避亂》原解作：「鬼爻動，要見衝合；鬼爻靜，怕見衝合。如兄弟衝動鬼來刑尅世爻，是自家骨肉搜蹤捕跡，恐難逃避。若鬼伏藏，而遇動爻日辰衝開提起者，亦以六親定其害我之人。世爻自去提起者，必是自不小心，撞見之也。」

註釋：

①「拔」，同「拔」。

官靜而旁爻刑剋，事出吏書①。

鬼靜，而卦中動爻刑剋世爻者，乃是下役②及仇家陷害也。若化兄爻，彼欲索詐財物。

註釋：

①「吏書」，此處指秘書之類人員。

②「下役」，僕役；差役。

應若遭傷當累衆。

官鬼傷剋應爻，必然累及①他人。月建日辰亦然。

鼎升曰：

《卜筮全書·黃金策·避亂》原解作：「官鬼傷尅應爻，必然累及親友。日辰刑尅應爻，亦然。」

註釋：

①「累及」，波及，連累到別人。

妻如受剋定傷財。

如遇兄動，必主破費財物。

鼎升曰：

闡易齋本與談易齋本《卜筮全書·黃金策·避亂》原解作：「妻財如遇兄弟動，必主破費財物。財爻合住官爻，或衝散官鬼，或化子剋制官鬼，皆宜用財買求，方得無事。」

偏喜六爻安靜。

六爻不動，官爻無冲併者，患難可避，戶役可脫。

又宜一卦無官。

無鬼則無官主張①，事必平安。空亡亦吉。

註釋：

①「主張」，把持；主宰。

或身世之逢空。

世身空亡，百事消散，總有鬼動，亦不妨事。

或用神之得地。

用神旺相，而無刑冲剋害，不化死墓空絶，皆爲吉兆。

鼎升曰：

闡易齋本與談易齋本《卜筮全書·黄金策·避亂》原解作：「卦中得用之神旺相有氣，不逢刑尅衝害，不化死墓空絶，皆爲得地，必得此人之力；如占避居何處，亦以此方爲吉。如鬼爻發動，得父爻合住，則父爻爲用神也。餘倣此。」

天來大[1]事也無妨，海樣深[2]仇何足慮？

此二句，總結上文四節而言，卦中有一吉神，決然無事也。

註釋：

①「天來大」，如天一般大小。

②「海樣深」，如大海一般深邃。

事有百端①，理無二致②。潛心③玩索④，若能融會貫通⑤；據理推占，自得圓神⑥不滯⑦。

註釋：

①「百端」，多種多樣；百般。

②「二致」，不一致；兩樣。

③「潛心」，心靜而專注。

④「玩索」，反覆玩味探索。

⑤「融會貫通」，把各方面的知識或道理參合在一起，從而得到全面透徹的理解。

⑥「圓神」，順暢通達，不固執己見。

⑦「滯」，滯澀，阻礙，不流暢。

逃亡

寬以禦①衆，侮慢斯②加；嚴以治人，逃亡遂起。故雖大聖③之有容④，尚謂「小人之難養⑤」。須察用爻，方知實跡。

用爻者，如占奴婢妻妾逃亡，看財爻類是也。

註釋：

①「御」，當爲「御」之誤。統治；治理。

②「斯」，則；乃。

③「大聖」，道德最完善、智能最超絕、通曉萬物之道的人。此處指至聖先師孔子。

④「有容」，寬宏大量。

⑤「小人之難養」，小人是難得同他們共處的。語出《論語．陽貨》：「唯女子與小人爲難養也，近之則不孫，遠之則怨。」

若臨午地，必往南方；或化寅爻，轉移東北。

用爻安靜，以所臨之地爲逃去之向，故云「臨午是南方」。如用爻發動，以變爻定方向。轉移者，轉往一方也，卽如午變寅爻，定然先往正南，後往東北也。

鼎升曰：

古今圖書集成本《卜筮全書．黄金策．逃亡》原解作：「凡占逃亡，用爻安靜，以所臨之地爲逃亡去向，如坎北方、午南方類。用爻發動，以變爻定其方向，如臨午動變出寅，可言初去在南方，今移於東北方也。獨發之爻，亦可定方。六爻安靜，卦無主象，則以應爻定之。」

木屬震宮，都邑①京城之內；金居兌象，菴院②寺觀之中。

用神如臨震宮木爻，必在郡邑③；如臨九五，必往京城。若用臨兌宮金象，必避在菴院寺觀之中。

鼎升曰：

古今圖書集成本《卜筮全書．黃金策．逃亡》原解作：「用爻在乾宮，尊長家，或在父族，或隱於樓閣上。坎宮，兄弟家，或在船上，或水亭中。艮宮，少男家，或在山間，或在高岡煙去處，或石匠人家。震宮，竹木林中，或有鬚人處，或城市間。離宮，姊妹妯娌家，或窑冶所在；金爻，銅鐵匠家。巽宮，花園蔬圃之內；死絕，柴草之中，或在賣屨織薦之家。坤宮，老陰人家，或在母族，或在曠野墳墓去處。兌宮，在女人家；旺相寺觀中，休囚庵院內。更宜變通，不可執滯。」

註釋：

①「都邑」，城市。

②「菴院」，僧眾供佛之所的總稱。通常亦兼稱僧徒常居之處。

③「郡邑」，郡與邑。秦分天下爲三十六郡，郡下置邑，相當於現今的省與縣。

鬼墓交重，廟宇中間隱匿；休囚死絕，墳陵左右潛藏。

用持鬼墓，其人必隱廟宇之中；用臨死絶，必藏身于墳墓左右也。

鼎升曰：

《卜筮全書·黃金策·逃亡》原解作：「用持鬼墓，其人必在聖堂神廟中；死絶無氣，則在墳墓左右。用爻入墓化墓，乃在人家牆圈内住；不然，亦主深居不出而難尋。」

如逢四庫，當究五行。

四庫，卽辰戌丑未四支。如用爻屬木，卦有未動類。如辰爲水土庫，必在水邊；戌爲火庫，在寺廟側；丑爲金庫，在銀鐵匠家；未爲木庫，在園林柴草間，或木工篾匠[1]之家。凡占逃亡盜賊，若遇墓爻，決難尋見；直待冲破墓爻日月，方可得見也。

註釋：

①「篾匠」，以竹篾編織器物的工匠。「篾」，音miè【滅】。劈成條的竹片，亦泛指劈成條的蘆葦、高粱稈皮等。

倘伏五鄉，豈宜一類？

卦無用神，須看伏在何爻下，便知其人在於何處。如伏鬼下，在官倉官庫之中：旺加月建，在官戶①家；休囚無氣，在公吏②家。伏父母下，在叔伯父母家，不然在手藝家。伏兄下，在兄弟姊妹及相識朋友家。伏財下，在奴婢妻妾陰人③處。伏子下，在寺觀及卑幼④處也。又如伏於鬼墓下，不在廟宇中，則在寺菴內。又如伏於財庫爻下，不在倉庫中，則在富豪家也。

註釋：

①「官戶」，此處指官員的家屬及後裔。

②「公吏」，從事國家事務或自治行政事務的人員。

③「陰人」，婦女。

④「卑幼」，晚輩年齡幼小者。「幼」，同「幼」。

木興水象，定乘舟楫①而逃。

用爻屬木，在坎宮動者，必乘舟逃去。木化水，水化木，或木在水宮動，或水動木宮者，皆然。

鼎升曰：

古今圖書集成本《卜筮全書·黃金策·逃亡》原解作：「用爻屬木，在坎宮動者，必乘舟逃去。木化水，水化木，或木在水宮動，或水動木宮者，皆然。用爻若臨火土，乃是陸地潛行。用爻衝動水爻，涉水逃去；衝動火爻，踰牆越籬而去。水爻刑尅用爻，必曾溺水。」

註釋：

①「舟楫」，船和船槳。泛指船隻。「楫」，音ji【卽】。短的船槳。泛指船槳。

動合伏財，必拐婦人而去。

用爻動來與本宮財爻作合，其人必拐婦人逃去。財若伏於世下，必是妻妾；在應爻下，乃是鄰家婦女。

內近外遠，生世則終有歸期。

用爻在本宮內卦，人在本地；在本宮外卦，在本府別縣。他宮內卦，外縣交界處；他宮外卦，外府州縣。如在六爻，遠方去矣。最喜生世合世持世，其人雖去，日後當自歸來；尋亦易見也。

鼎升曰：

古今圖書集成本《卜筮全書．黃金策．逃亡》原解作：「用爻在本宮內卦，人在本地，或在宗族之中：初爻在鄰里，二爻在鄉黨；本宮外卦，本府別縣去。他宮內卦，外縣交界處；他宮外卦，別府州縣。更在六爻，遠方逃去；若臨世上，其人未曾出窟。最喜生世合世，其人雖去，常思故里，日後當自歸；尋亦易見也。」

靜易動難，坐空則必無尋路。

用爻不動，其人易尋；動則遷移無常，指東言西①，或更名改姓，必難尋獲。若落空亡，杳無踪跡②。

鼎升曰：

古今圖書集成本《卜筮全書．黃金策．逃亡》原解作：「用爻不動，其人易尋；動則遷徙無常，指東言西，或更名改姓，必難尋獲。若落空亡，杳無蹤跡；動入空亡，逃後必死，亦有大難。有故空亡，恐人察識，遂深避之；無故空亡，必有歸日。」

註釋：

①「指東言西」，說話東拉西扯，不能一言道破。常用來形容說話不著邊際，不落實處。

②「杳無踪跡」，一點蹤跡都沒有。謂不知去向。「杳」，音yǎo【咬】。無影無聲。

合起合住，若非容隱①即相留。

用靜逢合則合起，用動逢合則合住。若日辰動爻合起用神，必有窩藏②容隱相留。要知相留容隱之人，以合爻定之，如在子孫爲僧道，父母爲尊長類。合爻與世沖剋，決不來報③。

註釋：

①「容隱」，包庇隱瞞。

②「窩藏」，藏匿犯人、贓物。

③「報」，此處指報信。

沖動沖開，不是使令①當敗露。

靜爻逢沖爲沖動，動爻逢沖爲沖開。用爻遇動爻日辰沖動，家中必有人使令逃亡者，如父母是尊長類。

註釋：

①「使令」，差遣，使喚。

動爻刑剋，有人阻彼登程①；日建生扶，有伴糾②他同去。

用爻逢沖，被人喝破③；遇剋，被人捉住；有扶有併有生，有人糾他同去。已上刑剋等爻，與世有情，必來報我。

註釋：

①「登程」，上路；起程。

②「糾」，集聚、集結。

③「喝破」，用簡短有力的話語來揭穿說破。

間爻作合，原中①必定知情。

間爻為原保人，無保以鄰里斷之。如與用爻相合，必知其情；更與世爻沖剋，必是此人誘去。

註釋：

①「中」，此處指保人，即對於他人行為或財力負責擔保的人。

世應相沖，路上須當撞見。

世應俱動相沖，在途撞見；用爻與世動沖亦然。世爻動剋用爻，或世旺應衰，必然擒拿；應旺世衰，或用爻剋世，雖能遇見，不能捕之。

無沖無破居六位，則一去不回；有剋有生在五爻，則半途仍走。

用爻不受刑沖剋害，又不生合世爻，而世爻不剋用爻者，是逃者不思歸，尋者不得見，乃一去不回之象。若動爻日辰剋制用爻，是可擒之兆。若遇變出之爻反生合用爻者，主捕後仍被逃走。

鼎升曰：

古今圖書集成本《卜筮全書．黃金策．逃亡》原解作：「用爻不受刑衝尅害，又不生合世爻，而世爻不尅應者，是逃者不思歸，尋者不得見，乃一去不囘之象。若動爻日辰尅制用爻，是可擒之象。若遇變出之爻反生合用爻者，主捕後仍被逃走：在五爻，途中斷；在內卦，到家斷；持世爻，則捕歸而復逃也。」

主象化出主象，歸亦難留。

卦有用爻，不宜化退神，謂之化去，必難捕獲；若被世爻動爻日辰剋制，縱捉回之後，亦難久留。

本宮化入本宮，去應不遠。

本宮仍化本宮卦者，譬如乾卦化入姤遁否觀等本宮卦也，主其人逃在本處地方，必不遠出；若用爻在他宮動，而又化入他宮者，遠去又轉方①也。

註釋：

①「轉方」，改變方向。

歸魂卦，用仍生合，不捕而自回；游魂卦，應又交重，能潛而會遁。

鼎升曰：

得歸魂卦，彼意歸切①，若生合世爻者，彼必自歸，尋之易見；遇游魂卦，其人必無歸意，能潛會遁，尋必難見。

古今圖書集成本《卜筮全書．黃金策．逃亡》原解作：「凡遇歸魂卦，人有還鄉意：若世應比和生合，或主象生合世爻者，必自歸，尋之亦易見。惟遇游魂卦，其人必無存心，決不思歸：更若應爻發動，必能東遷西徙，隱諱實跡，能潛會遁，尋之必難見面；若得世爻旺動尅應，日辰動爻制伏主象，庶可尋獲，亦不費力。」

註釋：

①「切」，急切；急促。

世剋應爻，任爾潛身終見獲；應傷世位，總然對面不相逢。

世剋用，是我制他，去不甚遠，尋之易見；用剋世，是他得志①，自由之象，尋之難見。

註釋：

①「得志」，指名利慾望得到滿足。多含貶義。

父空亡，杳無音信。

父母主信。逢空則無信；如動來生世合世，定有報信人來也。

鼎升曰：

古今圖書集成本《卜筮全書．黃金策．逃亡》原解作：「父母必有信。動空化空，皆是虛信；旺相空亡，半眞半假；休囚空亡，杳無音信。父化父，或兩父動，必有兩處人來報信。若遇日辰合住，必被人阻，不能來報。用爻化父，或卦無用爻，而遇父母化出，當出招子倏緝，然後有信。」

子孫發動，當有維持①。

子孫臨身世，自然去必順利；如得日辰生合世爻，必有維持，總有逆事②，不能爲害。此言逃人自卜也。

註釋：

①「維持」，維護；幫助。

②「逆事」，違逆道理或反叛的事；不順心的事。

衆煞傷身，竊恐反遭刑辱。

動變日月，刑冲剋害世爻者，謂衆煞傷身也，反遭刑辱。不逃者吉。

鼎升曰：

《卜筮全書·黃金策·逃亡》原條文作：「衆殺傷身，切恐反遭刑辱。」古今圖書集成本《卜筮全書·黃金策·逃亡》原解作：「動變月日，刑衝尅害世爻者，衆殺傷身也，須防反遭刑辱。得世爻空避，庶可免脫其禍。」

動兄持世，必然廣費貲財①。

兄弟持世，費財可尋，費財可逃。若加玄武旺動剋世，須防有人刼騙。

註釋：

①「貲財」，錢財，財物。「貲」，通「資」。

父動變官，必得公人①捕捉。

父化官，官化父，或官父俱動，必須興詞②告官③，差捕可獲也。

註釋：

①「公人」，古時在官署執行公務的差役。

②「興詞」，挑起訴訟，告狀。

③「告官」，向官府告狀。

世投入墓，須防窩主①拘留。

凡遇世爻入墓者，反被拘留人之辱，或後有灾病。

鼎升曰：

古今圖書集成本《卜筮全書·黃金策·逃亡》原解作：「凡遇凶卦，而世入墓者，必有反被拘留之辱；卦吉而遇此象，則尋覓之後，身有災病。」

註釋：

①「窩主」，窩藏罪犯或贓物的人或人家。

世應比和不空，必潛于此。

凡卜逃人在此處否，須得世應生合比和，用爻出現不空，必潛於此處。

世應空亡獨發，徒費乎心。

世空則去尋不緊，用空尋亦不見，世應俱空，必主無可尋處空回。兄弟獨發，虛詐不實，亦尋不見也。

鼎升曰：

古今圖書集成本《卜筮全書·黃金策·逃亡》原解作：「逃亡：世空，去尋不成；應空，尋亦不見；世應俱空，必主空回，決無尋處。兄弟獨發，虛詐不實，亦不見也。」

但能索隱探幽①，何慮深潛遠遁②？

註釋：

①「索隱探幽」，探索隱微幽深的事理。

②「深潛遠遁」，潛藏深處，逃往遠處。

失脫　附盜賊、捕盜、捉賊

鼎升曰：

古今圖書集成本《卜筮全書・黃金策・失脫》中本章名為「《失脫（附盜賊、捕賊）》」。

民苦飢寒，每有穿窬[①]之輩[②]；物忘檢束[③]，亦多遺失之虞[④]。要識其中之得失，須詳卦上之妻財。

財爻為所失物之主，如得冲中逢合，失必可得；如合處逢冲，既失不能復得矣。

鼎升曰：

原條文中「物忘檢束」，原本作「勿忘檢束」，當誤。以其音近、形近而誤。據《卜筮全書・黃金策・失脫》改。

註釋：

①「穿窬」，挖墻洞和爬墻頭。指偷竊行爲。「窬」，音yú【魚】。從墻上爬過去。

②「輩」，同「輩」。

③「檢束」，檢點約束。

④「虞」，音yú【魚】。憂慮。

自空化空，皆當置①而勿問；日旺月旺，總未散②而可尋。

用爻自空，或動化空，皆難尋見；若財值月令，或在日辰生旺之地，此物未散可尋也。

註釋：

①「置」，放棄；捨棄。

②「散」，丟失。

內卦本宮，搜索家庭可見；他宮外卦，追求①隣里能知。

財在本宮內卦，其物未出家庭可見；財在他宮外卦，物已出外難得。在間爻，隣里人家可尋。

鼎升曰：

古今圖書集成本《卜筮全書．黃金策．失脫》原解作：「財在內卦，又屬本宮，其物未出家庭，尋之必見；財在外卦，又屬他宮，物已出外，尋之便難見矣。在間爻，鄰里人家可尋。若財雖在內，不在本宮，其物在屋之外，不在屋之內；財雖在外，却屬本宮，其物在宅之內，不在宅之外。更宜通變。」

註釋：

①「追求」，盡力尋找；追根究底地問。

五路四門，六乃棟梁閣①上。

此指六爻言其大畧②。用神在五爻，道路可尋；在四爻，門戶可尋；在第六爻，梁閣上可尋。學者不可執泥③，宜當活潑④。

鼎升曰：

古今圖書集成本《卜筮全書．黃金策．失脫》原解作：「財在六爻，係本宮，物在屋上。屬金，在壁頭上；加螣蛇，在瓦楞下。屬木，在梁上；加勾陳，在斗拱上；日辰作合，在閣板上。屬水，在屋漏處；加元武，在坑屋上。屬火，在天牕邊，或在廚竈屋上。屬土，在燕窩中。六爻係外宮，物在遠方。屬土，在牆邊。屬木，在籬邊。財臨五爻，物在路邊，動則去遠；係本宮，在家中衖裏，或人常走動處。財臨四爻，物在門前；係他宮，則在牆門外也。」

註釋：

①「閣」，此處指主屋內以樓板隔出的上層部分。

②「大畧」，大概、大要。

③「執泥」，拘泥；固執。

④「活潑」，自然生動而不呆板。

初井二竈，三爲閨閫①房中。

如用臨初爻子亥水，井中可尋；在二爻，灶前可尋；在三爻，房內可尋。如伏三爻官鬼下，神堂②內可尋。

鼎升曰：

古今圖書集成本《卜筮全書·黃金策·失脫》原解作：「財臨三爻，係本宮，物在房中：屬金，鐵器中；屬木，在牀邊，有合在箱籠廚櫃中；屬水，在馬子下；屬火，在香火堂中，或火爐內，燈架邊；屬土，房中酥泥內。外宮則以屋外事斷，如金爲街砌類。財臨二爻，物在廚竈邊：屬金，碗盞缸甏中；屬木，五穀木器內；屬水，盛汲漿水器中；屬火，烟樓竈肚內；屬土，灰堂泥土中。財臨初爻，物必蓋地：屬金，在磚石堆內；屬水，在井中，父母作合，在陰溝內；屬木，在地臺下；屬火，灰堆中，或竈基下；屬土，埋藏土中，生旺方埋，墓絕埋久，胎養方欲起意埋藏，未曾下手。」

註釋：

①「閨閫」，女子所居住的內室。「閫」，音kǔn【捆】。舊稱婦女居住的內室；對他人妻子的敬稱。

②「神堂」，供神的處所。

水失于池，木乃柴薪①之內；土埋在地，金爲磚石之間。

財臨水爻，物在池沼②。財臨木爻，竹木樹林柴薪內。財臨金爻，旺相，在銅鐵錫器中；休囚，缸甏③罐瓶內；外卦旺相，磚石內；休囚，瓦礫④中類。

鼎升曰：

古今圖書集成本《卜筮全書．黃金策．失脫》原解作：「財臨水爻，生旺，物在池沼中；墓絕，物在溝渠內；逢衝，長流中；合住，是汲盛死水中。財臨木爻，生旺，竹木林中；死絕，柴薪內；又陽木竹篠內，陰木草叢中；係本宮，則竹木器中，五穀囤內。財臨金爻，內卦旺相，在銅鐵錫器中；休囚，缸甏瓶罐內；外卦旺相，磚石內；休囚，瓦礫中。財臨火爻，必近香火，或在竈邊。財臨土爻，丑爲金庫，必銅鐵器中，或蕭牆內，磚壁脚跟；辰爲水庫，在陽溝內，溪畔埋藏，不然亦是窳下所在；未爲木庫，必埋蔬菓園中，或埋田野草中，或米麥囤底；戌爲火庫，必埋竈底，或埋灰內，或埋高泥墩上。此斷義禮不能盡述，當各以類推之。」

註釋：

①「柴薪」，作燃料用的雜木。亦泛指木材。「薪」，柴草。

②「池沼」，蓄水的凹地。

③「甏」，瓮類陶器。音bèng【蹦】。

④「瓦礫」，破碎的磚頭瓦片。

動入墓中，財深藏而不現。

倘用爻入墓化墓，或伏墓下，必在器物中。要知何日見，須待冲墓之日。

靜臨世上，物尚在而何妨。

凡占失脫，用爻不宜動，動有更變。若得安靜，持世生世合世，其物皆主未散，必易尋得；生旺不空尤妙。

鬼墓爻臨，必在壙邊墓側。

用臨鬼墓，其物必在寺廟中，無氣則在壙墓內。如係本宮內卦，則在柩①傍，或在坐席上；更加螣蛇，恐在神圖佛像之前；在三爻，香火堂②中類。

註釋：

①「柩」，裝著屍體的棺材。音jiù【舅】。

②「香火堂」，供神祭祖的祠堂。

日辰合住，定然器掩遮藏。

用爻發動，遇日辰合住，必然有物遮藏。冲中逢合必得，合處逢冲難尋。

鼎升曰：

《卜筮全書．黃金策．失脫》原解作：「財爻發動，遇日辰合住，必然有物遮掩；合而又衝，半露半遮。要知何物掩蓋，以合爻定之，如火爻父母作合，爲衣服掩蓋類；旁爻動來作合者，亦然。」

子爻福變妻財，須探鼠[1]穴；酉地財逢福德，當檢雞栖[2]。

鼎升曰：

財化福，福化財，其物必在禽獸巢窟中。如值子爻，是鼠啣去；更在初爻，在地穴。寅是貓啣，丑在牛欄，午在馬廐，未在羊牢，酉在雞栖，亥在猪圈類也。有合則在內，無合則在旁。

古今圖書集成本《卜筮全書．黃金策．失脫》原條文作：「子爻福變妻財，須探鼠穴；酉地財連福德，當檢雞栖。」

註釋：

①「鼠」，同「鼠」。

②「雞栖」，雞栖息之所；雞窩。

鬼在空中，世動則自家所失。

卦無官，或落空，而世爻動者，乃自遺失，非被人偷去也。

鼎升曰：

古今圖書集成本《卜筮全書．黃金策．失脫》原解作：「卦無官，或落空，而世爻動者，自家遺失，非人偷。要知何故失落，以世臨六神定之。如臨青龍，酒醉失，或因喜事失。臨白虎，因病失，或因喪事，或因跌而失。臨勾陳，因起造失，因耕種失。臨螣蛇，與應衝尅，爭扭失；與應生合，嬉戲失。臨朱雀，口舌爭競失。臨元武，或因竊盜失也。」

財伏應下，世合則假貸①于人。

官鬼或空或伏，或死絕不動，而財臨應上或伏應下，乃自借於人也。要知何人假借②，以應臨六親定之，如臨子爲卑幼類。

鼎升曰：

古今圖書集成本《卜筮全書．黃金策．失脫》原解作：「官鬼或空或伏，或死絕不動，而財臨應上，或伏應下，其物非人偷，乃自借於人也。要知何人假借，以應臨六親定之，如臨子，爲僧道巫醫，或卑幼小兒借去類。世應衝尅，則勿斷。若官空伏，而財化官爻，是自遺失，被人拾去。」

註釋：

①「假貸」，借貸。

②「假借」，借用。

若伏子孫，當在僧房道院；如伏父母，必遺衣笈①書箱。

用不上卦，須尋伏于何處。若伏子孫爻下，物在寺院或卑幼處。如伏父母下，物在正屋中，或在尊長處：無合，衣服書卷中；有合，衣箱書箱內。若伏兄下，本宮，兄弟姊妹處；他宮，相識朋友處。

鼎升曰：

《卜筮全書．黃金策．失脫》原條文作：「若伏子孫，當在僧房道院；如伏父母，必遺書笈衣箱。」古今圖書集成本《卜筮全書．黃金策．失脫》原解作：「財不上卦，須尋伏在何處。若伏子爻下，物在寺院中；休囚在六畜門內；胎養小兒誤失。如伏父下，物在正屋中，或在尊長處：無合，衣服書卷中；有合，書箱衣箱等內。若伏兄下，本宮，姊妹兄弟處；他宮，相識朋友處：如三四爻在門戶邊；外卦則在牆籬下。若伏財下，物在婦人處，或在妻妾家，或在五穀內，或在廚竈內。若伏鬼下，物在職役人家，或在廳堂內，或在病人處。土鬼在墳墓廟堂中。」

註釋：

①「笈」，音jí【及】。盛器，多用竹、藤編織，常用以放置書籍、衣巾、藥物等。

在內則家中失脫，在外則他處遺亡。

用爻在內卦，失于家中；用爻在外卦，失於他處。

鼎升曰：

《卜筮全書·黃金策·失脫》原解作：「財在內卦，失于家中；財在外卦，失在他處。在初爻井邊失，二爻竈邊失，三爻房內失，四爻門前失，五爻途中失，六爻遠方失。又如初爻財動化子，或子動來作合，其物必先失在井邊，後被小兒拾去。餘倣此推。」

財伏逢沖，必是人移物動。

財伏卦中，遇動爻日辰暗沖者，若鬼爻衰靜，其物被人移動，非人偷也。

鬼興出現，定爲賊竊人偷。

鬼不上卦，或落空，或衰絕不動，皆不是人偷。遊魂卦，多是忘記。若鬼爻變動，方是人偷。

陰女陽男，內卦則家人可決；生壯墓老，他宮則外賊無疑。

鬼爻屬陽男子偷，屬陰女人偷。陰化陽，女偷與①男；陽化陰，男偷寄②女。生旺，壯年人；墓絶，老年人；胎養，小兒偷；帶刑害，有病人偷。本宮內卦，家中人偷；他宮內卦，宅上借居③人偷，或家中異姓人④偷。

註釋：

①「與」，拿東西給別人。

②「寄」，寄放；寄存。

③「借居」，借他人的地方暫時居住。

④「異姓人」，不同姓的人。

乾宮鬼帶螣蛇，西北方瘦長男子；巽象官加白虎，東南上肥胖陰人。

此指八卦以定方向，六神以定賊形。如鬼在乾宮，西北方人；在巽宮，東南方人。帶螣蛇，身長而瘦；加白虎，旺相賊必肥大，休囚瘦小。餘皆倣此。

與世刑沖，必是冤仇相聚；與福交變，必然僧道同謀。

鬼爻與世刑沖，其賊向有仇隙者；與世生合，乃是兼親帶故①之人。鬼化子，子化鬼，必有僧道雜在其中。

鼎升曰：

古今圖書集成本《卜筮全書·黃金策·失脫》原條文作：「與世刑衝，乃是寃讎相聚；與福交變，必然僧道同謀。」古今圖書集成本《卜筮全書·黃金策·失脫》原解作：「鬼爻與世刑衝，其賊素與我有讎隙者；與世生合，乃是兼親帶故之人。鬼化子，子化鬼，必有僧道雜在其中；子孫帶合，是還俗僧道。鬼化父，父化鬼，是老年人或手藝人，不然則是祖父相承爲賊者。父臨胎養，乃是書童。鬼化財，財化鬼，是婦人，或人家奴婢。鬼化兄，兄化鬼，在內是兄弟姨妹，在外是鄰里相識。鬼化鬼，公門走動人，或曾被人告發；更加元武，賊名已著，專以竊盜爲計；若被父母三刑六害，必經刺字。」

註釋：

①「兼親帶故」，有親戚朋友的關係。

鬼遇生扶，慣得中間滋味。

鬼爻無氣，又臨死絕，若遇動爻日辰扶起者，此賊慣得其中滋味。帶月建是强盜，加太歲是積賊①。

鼎升曰：

古今圖書集成本《卜筮全書・黃金策・失脫》原解作：「鬼爻無氣，又臨死絕，而生扶合助者，其賊必爲饑寒所迫，故至此也。若遇動爻日辰扶起者，乃是此賊慣得其中滋味者。帶月建是强盜，加太歲是世代不良。動爻日辰無氣作合，必有人牽脚來偷。」

註釋：

①「積賊」，慣竊。常犯偷盜的竊賊。

官興上下，須防裏外勾連。

卦有兩鬼，偷非一人。俱動，是外勾裡連；內動外靜，是家人偷與外人；外動內靜，家中人有知情。

木剋六爻，窬墻而入；金傷三位，穿壁而來。

木鬼剋土，窬墻掘洞；金鬼剋木，割壁鑽籬；火鬼剋金，劈鐶①開鎖；水鬼剋火，灌水滅燈；土鬼剋水，涉溪跳澗；木火交化，明燈執仗②。要知何處進入，以鬼剋處定之：如木鬼剋六爻，踰垣③而入；剋初爻，後門掘洞而進也。

註釋：

①「鐶」，此處指安裝在門上的金屬環，用來作把手、鎖門或扣門。

②「明燈執仗」，點著明亮的火把，拿著武器。原指公開搶劫，後比喻公開地、毫不隱藏地幹壞事。

③「踰垣」，跳越短牆。「垣」，音yuán【袁】。矮墻。

世去冲官，失主必曾驚覺。

世衝鬼爻，失主知覺；應冲鬼爻，他人知覺；旁爻冲鬼，旁人知覺。

鼎升曰：

古今圖書集成本《卜筮全書．黃金策．失脫》原解作：「世衝鬼爻，家主知覺；應衝鬼爻，宅母知覺；旁爻衝鬼，家人知覺。要知因何而覺，以鬼爻臨五行斷之。如木爲門戶聲，金爲銅鐵響，土爲蹼跌，火爲明亮，水爲水聲。又如戌爲犬吠，酉爲雞叫類。宜分六爻斷之。」

日來剋鬼，賊心亦自驚疑。

鬼被日辰動爻刑剋，彼時賊心驚疑，賊必捕獲。

鼎升曰：

《卜筮全書．黃金策．失脫》原解作：「鬼被動爻日辰刑尅，偷時賊必驚疑。如日辰動爻屬金，必觸缸甏響，而畏家主知覺；金空乃是人聲，胎養小兒啼，墓庫老人嗽，未敢下手。屬木，是畏門戶牢閉，或聞開門而驚也。屬水，必有登厠小解飲水類，因而撞見。屬火，必見燈火而復退，或火光下穴窺見影響形迹。屬土，乃牆壁堅固，地道險阻，其賊疑懼也；若戌土刑尅，必被犬傷。」

子動丑宮，問牧童必知消息；福興酉地，見酒客①可探情由。

子動必有人撞見，詢之可知消息。如在子爻，可問科頭②男子或捕魚人。在丑爻，可問牧童、築墻等人。在寅爻，是木客③、木匠、擔竹木器④等人。在卯爻，問織蓆⑤、賣屨⑥、挑柴、斫⑦草等人。在辰爻，問開池、鑿井、傍河、鋤地等人。在巳爻，問穿紅女子，或弄蛇乞丐人。在午爻，問燒窰、乘馬、討火、提燈等人。在未爻，問挑灰、耕種、牧羊等人。在申爻，問銅銕⑧匠，或弄猴人。

在酉地，問針工⑨、酒客、捉鷄等人。在戌爻，問挑泥、鋤地、牽狗等人。在亥爻，擔水、踏車⑩、洗衣、沐浴等人。

鼎升曰：

原解中「在卯爻」，原本作「在郄爻」，顯誤，以其形近而誤。據《卜筮全書·黃金策·失脫》改。「郄」，音xī【西】。姓。

註釋：

①「酒客」，好飲酒的人。亦指酒店或宴會中的客人。

②「科頭」，不戴冠帽，裸露頭髻。

③「木客」，樵夫；經營木材生意的人。

④「噐」，同「器」。

⑤「蓆」，同「席」。用蘆葦、竹篾、蒲草等編成的鋪墊用具。

⑥「屨」，音jù【巨】。單底鞋。多以麻、葛、皮等製成。後亦泛指鞋。

⑦「砟」，音zuó【昨】。斬；砍；割。

⑧「銕」，同「鐵」。

⑨「針工」，針線，女紅；裁縫；唐代太醫署專司針灸的低級醫務人員。

⑩「踏車」，踩踏水車灌排；踩踏車船上的輪子，使船行進。

兄動劫財，若卜起贓①無處覓。

卜起贓及尋物，若見兄動，皆主財物失散，終難尋覔②。

鼎升曰：

古今圖書集成本《卜筮全書·黄金策·失脱》原解作：「卜起贓，占尋物，皆怕兄動。或傷世，或世帶日辰，或鬼化兄，或財化兄，皆主財物已散，卒難尋覔。蓋兄能刼財故也。」

註釋：

①「起贓」，從窩藏處把贓款、贓物搜出來。

②「覔」，同「覓」。

官興剋世，如占捕盜反傷身。

凡占捕盜，要世旺鬼衰，世動鬼静，則易于捕獲。若鬼爻乘旺，動來刑剋世爻，湏防反被其害。

世值子孫，任彼强梁①何足慮？

子爲捕賊之人，若旺動或臨世，或日月臨之，則鬼有制，賊必可獲，總凶惡强盜，不足畏也。

註釋：

①「强梁」，此處指强横凶暴。

鬼臨墓庫，總能巡捕[1]亦難擒。

鬼爻入墓及化入墓，或伏墓下，皆主其賊深藏難捕。得動爻日辰破墓可獲。

註釋：

①「巡捕」，巡查搜捕。

日合賊爻，必有窩藏之主。

鬼爲賊爻，捕盜遇合，賊必有人窩藏，不能得見。待冲合之日可獲也。

鼎升曰：

古今圖書集成本《卜筮全書．黄金策．失脫》原解作：「鬼爲賊爻，捕盜遇合，賊必有人窩藏在家，不能得見。合臨於世應月日，是地主窩藏；在旁爻，則隱在其家莊上；不然，亦非地方有名之家也。要知窩主，以合爻定之，如財合是富家，或婦人窩主之類。」

動冲鬼煞，還逢指示①之人。

鬼爻遇冲動及受剋，必有人指示賊隱之處。

鼎升曰：

古今圖書集成本《卜筮全書・黃金策・失脫》原解作：「鬼遇動爻日辰衝尅，必有人指示其賊隱處。要知何人指示，以尅衝爻定之，如丑爲牽牛人，亥爲洗衣人，木在水上動，是舟人類。鬼若旺動，不受衝尅，雖知其賊，不能捕獲。」

註釋：

①「指示」，指給別人看；指引。

卦若無官，理當論伏；財如發動，墓處推詳。

捕盜無官，賊必隱跡，須看伏在何爻之下，便知賊在何處。如伏財下，在妻奴家類；若動爻有化出者，卽以變爻論之，不須看伏。若卜起贓，見財爻發動，看其墓在何處，便知藏囥①何方。

鼎升曰：

古今圖書集成本《卜筮全書・黃金策・失脫》原解作：「捕盜無官，賊必隱藏蹤跡，難以尋獲，須看伏在何爻，便知賊在何處，如伏財下，在妻家類。若卦中無鬼，動爻有化出者，即以變爻論之，不須看伏，如子化出，在寺觀中類。若占起贓，見財爻發動，看其墓在何處，便知藏在何方：如財爻屬金，旁邊丑爻又動，金墓在丑，丑寅爲艮，艮居東北，便斷在東北方。」

註釋：

①「囥」，音kàng【抗】。吳語指隱藏。

伏若剋飛，終被他人隱匿；飛如剋伏，還爲我輩擒拿。

此伏只論鬼爻，此飛只論世爻。如鬼伏世下，剋飛終難擒獲；如世剋伏，必可擒挐①。

鼎升曰：

古今圖書集成本《卜筮全書·黃金策·失脫》原解作：「此伏只論鬼爻，此飛只論世爻。伏尅飛，子孫雖動亦難尋獲；飛尅伏，子孫雖靜亦可擒挐。或曰飛神只論伏上之爻，亦通理。」

註釋：

①「挐」，同「拿」。

若伏空爻，借賃屋居非護賊。

鬼伏空爻下，賃屋居住，非是窩藏；或潛①住他家，亦非容隱。後終敗露。

鼎升曰：

古今圖書集成本《卜筮全書．黃金策．失脫》原解作：「鬼伏空爻下，是借賃其家屋住，非爲窩藏；不然，其賊雖或潛住他家，亦不與之容隱，後終敗露。旺空是不知情，空動是不在家也。」

註釋：

①「潛」，隱藏的，秘密地。

如藏世下，隄①防竊盜要留心。

凡占防盜，最要鬼爻衰靜及空，或日辰冲散，或子孫剋制，皆爲吉兆。若鬼爻無制，動剋世爻，當受其害。若鬼伏世下，目下雖無事，至其出透時，宜隄防累及。

註釋：

①「隄」，音dī【滴】。防範；防止。

倘失舟車衣服，不宜妻位爻重；或亡走獸飛禽，切忌父爻發動。

失脫不可專以財爲用神。若失舟車、衣帽、文書①、章奏②，則以父母爲用爻，故忌財動；若失飛禽走獸，則以子孫爲用爻，故忌父動：受剋則難尋覓。學宜通變。

註釋：

①「文書」，統稱公文、契約等文件；書籍。

②「章奏」，臣僚呈報皇帝的文書。

卦爻子①細搜求，盜賊難逃捉獲。

註釋：

①「子」，通「仔」。

新增痘疹①

註釋：

①「痘疹」，痘瘡；天花。急性發疹性傳染病。初起與傷寒（外感發熱的病）相類

似，有形寒（形體感受寒邪）、身熱、嘔吐、驚悸（驚恐心悸）、口鼻氣粗、遍身疼痛、耳後有紅筋等症，然後見點（又名見形、放點、見苗，爲痘瘡將現的跡象。小兒出痘，一般發熱三日後見點，熱勢較緩，皮膚上即見淡紅色的皮疹，光澤稀落深藏於皮膚內，摸之有堅實感）、起脹（痘瘡見點後個個隆起，尖圓堅實，形如黃豆或豌豆，屬痘瘡的正形）、灌漿（痘瘡起脹變成水皰形，再逐漸轉成膿皰），如花發蕾，七日後收靨（痘毒透盡將愈，痘瘡收斂結痂。「靨」，音yè【夜】。吳語此處指薄的痂皮）、脫痂（痘瘡結痂後，痂乾自然脫落，脫痂後有殘留的紫色瘢痕，經久方退），如花之萎謝，故又名天花。或以其瘡形似痘，故又名痘瘡。因毒邪的深淺與體質的強弱不同，在發病過程中可出現較多的由輕變重、由簡單變複雜的症狀。人工種痘可預防。「痘疹」亦可指因患天花出現的皰疹。

六氣①司天②，寒暑③灾祥④之感應⑤；五行迭運⑥，痘痧瘡疹⑦之流行⑧。欲問安危，須憑易卦。先察用象旺衰，次究忌神動靜。生扶拱合，痘長靈根⑨；剋害刑冲，花遭妬雨⑩。父動則護持⑪乎兄弟，兒孫安得云宜⑫？兄興則爲難于妻奴，子姪⑬喜其相遇。最吉者，官安用旺；最凶者，鬼旺忌興。

凡卜痘痧，必先分別用神原神旺衰，次究忌神仇神動靜。如卜兄弟出花⑭，以兄弟爻爲用神，父母爻爲原神，動而生之是吉。倘卜子姪，以子孫爻爲用神，父動則剋子，是凶。如卜妻奴婢妾，以財爻爲用神，兄動則剋財矣。凡卜子姪，喜遇兄弟動也。官鬼爲痘花⑮，不宜傷損，亦不宜動，動恐變壞。如遇刑冲剋害伏藏等象，是險逆之症⑯也，卽勉强起發⑰，亦難收功⑱；如用神旺相，官鬼安靜，而得生扶拱合者，是順症⑲而無憂慮也。

註釋：

①「六氣」，中醫術語。寒、熱、燥、濕、風、火六種症候。

②「司天」，運氣說術語。與「在泉」相對。意爲掌握天上的氣候變化。司天定居於客氣第三步氣位，統主上半年氣候變化的總趨向；在泉象徵在下，定居於客氣第六步氣位，值管下半年氣候變化的總趨向。古代醫家運用司天、在泉來預測每年的歲氣變化並推斷所患疾病。

③「寒暑」，病因。寒邪和暑邪。

④「災祥」，吉凶災變的徵兆；禍福。

⑤「感應」，受影響而引起反應。

⑥「迭運」，更迭運行；循環變易。

⑦「痘疹瘡疹」，「痘」，皮膚上因病所生的豆狀膿皰，也指天花；「疹」，中醫上

指中暑、霍亂、麻疹等疾病，也爲疹的通稱；「瘡」，皮膚或黏膜上的潰瘍，也指創傷或外傷；「疹」，皮膚上起的紅色小顆粒，也指天花。

⑧「流行」，散佈、傳播。

⑨「靈根」，植物根苗的美稱。

⑩「妬雨」，非常急驟凶猛的雨。「妬」，同「妒」。

⑪「護持」，保護支持。

⑫「宜」，此處指合適、舒適。

⑬「子姪」，兒子與侄子輩的統稱。

⑭「出花」，出天花。

⑮「痘花」，天花。

⑯「險逆之症」，此處險症，指「痘已見形，身仍發熱，痘稠密，粘連不分，痘色雖紅而滯暗，或痘雖稀疎而色淺淡，隱於皮膚不透出而精神倦怠者」，須「速宜施治」；此處逆症，指「發熱一日或半日即見點，一齊湧出，點不分明，平塌不起，出而復隱，痘色紫黑，乾枯不潤者」，則「治之無功」。

⑰「起發」，此處指痘頂飽滿。參前「痘疹」註釋中「起脹」。

⑱「收功」，吴語指痊愈。

⑲「順症」，此處順症，指「發熱三日見點，熱減身和，不渴不煩，顆粒稀疎。其痘

先自頭面漸至周身而出，色紅潤，頂尖圓者」，則「不必施治」。

用得長生，百年[①]之內保無虞。

用神長生於日辰，或化長生者，雖百年之內無憂，目下何必慮之？

註釋：

①「百年」，一生；終身。

原臨死絶，一月之外終有害。

如用神休囚，再受傷剋，又遇原神臨於死絶之處，旦夕[①]難延[②]。若用神出現旺相，而原神静逢死絶，或動化傷剋者，目下得令，雖見收功，出月退炁[③]，仍有不測之害也。

註釋：

①「旦夕」，早晚。比喻時間短促。

②「延」，延長（生命）。

③「炁」，同「氣」。

官强而痘難開朗[①]，福旺則花必稀疏[②]。

官鬼爻爲痘症③，宜靜不宜動，動則有變。靜而衰者痘稀，旺而動者痘密。福神爲痘花之主，亦宜安靜有氣，最忌動化傷剋。若得福旺官衰，痘花定然稀朗，必好收功也。

註釋：

①「開朗」，稀少疎落而明顯。明徐謙《仁端錄·明辨痘形》：「謂之疎者，非但稀少也，鋪排磊落，大小勻凈，亦可以言疎；謂之密者，非必盛多也，攢聚粘連，每多成片，雖見數處，亦可以言密。」痘疎則毒少，痘密則毒重。

②「稀疎」，稀少疎落。

③「痘症」，天花。

墓庫不宜臨用。

痘喜起發，既發又喜神清①。若用神入墓庫，初難起發，後必神思②昏倦③，主難收功也。

註釋：

①「神清」，心神清朗。

②「神思」，吳語指精神、心思。

③「昏倦」，迷惘困倦。

休囚豈可持身？

出花之人，宜於體旺，則易收功。如用神休囚，必是體弱，再無原神日月生扶者，後亦有變。

卦現官多，防賊痘①之爲禍。

官鬼不宜多現，多則痘分粗細②。如無子孫出現，恐痘密③之中，間④有毒痘，其名曰「賊痘」，如不去之，則害一身痘矣。

註釋：

①「賊痘」，毒痘。痘瘡見點後起脹，比好痘先出，初出如綠豆，過一日如黃豆，再過一日如圓果，獨紅獨大，內有淡膿，摸之皮軟而不礙手，三日後變成水皰甚至紫皰或黑皰，是毒盛而氣血大虛大熱的危症。如果未形成紫皰或黑皰，且有正痘相間者，可治，不然至四五日左右，出血而死。也有二三日痘尚未出盡，其中間或有膿皰，也是賊痘。賊痘會拖累正痘不能按時灌漿。

②「粗細」，疎與密；好與壞。

③「密」，此處指隱藏的地方。

④「間」，夾雜。

爻臨福衆，慮進補①以招殃。

子孫之爻不宜多現，只要旺相有氣。如多現，不宜用補藥、食補物，若用補反恐有害也。

註釋：

①「進補」，服用補品以調養身體。

亂動皆非吉，伏吟亦是凶。

諸卦皆怕亂動，何況于痘花？凡占皆畏伏吟，豈獨于痘症乎？

子孫發動，當勿藥而自痊；父母交重，縱延①醫而難治。

如子孫發動，不遇日月動變傷剋者，倘卜用藥，當許立效②，故喻之「不藥而能愈」也。

鼎升曰：

原條文中「子孫發動」，原本作「子孫發現」，當誤。據文意與原解中「子孫發動」改。

註釋：

①「延」，請。

②「立效」，立刻見效。

財動卦中，宜調脾胃。

財爲飲食。宜旺不宜空，空則不思飲食；宜静不宜動，動則生助官鬼，恐因多食而傷脾胃：故須調養。

兄興象內，須理胸懷。

財爲調理①之物，兄爲氣悶②之神。如遇兄弟爻發動，動則傷剋財爻，主飲食少進，或乏于調理。如在間爻，宜寬胸③理氣④；如臨朱雀，必感怒⑤而不思飲食。

註釋：

①「調理」，休養、醫護。

②「氣悶」，心情煩悶；心中氣惱；因空氣不暢而憋悶。

③「寬胸」，治療因情志抑鬱而引起氣滯的方法。症見胸膈痞（腹胸間氣血阻塞不順暢）悶、兩脅及小腹脹痛等。

④「理氣」，中醫上使用有行氣解鬱、補中益氣等作用的藥物，來治療氣滯、氣逆、氣虛等病的方法。

⑤「感怒」，激怒。

貪口腹①而增憂，多爲幇②官傷世。

財爻發動則生官鬼，若卦中又見官鬼發動而剋世身主象者，必因貪口腹以致增病，或未出痘③之前已停食也。

註釋：

①「貪口腹」，貪吃，嘴饞。

②「幇」，同「幫」。

③「出痘」，出天花。

愛滋味而進食，定因助福生身。

兄弟本是剋財，動則不思飲食，若得子孫亦動，動來生世身用象者，謂之「助福生世」，主出痘之人初不思食，因愛一味①，引開胃口，始能進食也。

註釋：

①「一味」，一種食物；一種滋味。

卦遇六冲難起發，爻逢六合好收功。

凡卜近病，喜遇六冲，謂之「冲散災殃」。惟卜痘症則不然，謂之「花逢冲則敗」，猶如姤雨侵花，初難起發，後不收功。如遇六合卦，或用神逢生合，則易起發，必好收功也。

悶①而不發，皆緣用伏加傷；發而不漿，只爲官空增制。

用神出現，不遇日月動爻刑冲剋害，是大吉之兆。如用神伏藏，再受日月動爻刑冲剋害者，必是悶症，難過四五朝②者，屢驗。如官爻旬空月破，又遇日辰動爻剋害者，痘縱起發，在七八朝恐不灌漿，難于收功也。

註釋：

①「悶」，悶症。指「身熱二三日，痘欲出未出，或煩悶、驚搐、譫語」，「尤逆而險」，「三日不起，必致喘悶而死」。

②「朝」，音zhāo【釗】。日；天。

原神若壞，縱用現兮不祥；主象受傷，得救護兮無碍。

原神者，生用神之爻也。如原神旬空，或伏藏而無傷剋者，主症虛體弱，非補不能起發；既起發，主無力灌漿。若原神值真空真破，或伏而受傷太過，或化回頭剋傷，謂之「原神受傷，用神無根」，焉能得生？非吉祥之兆也。如主象逢傷剋，而遇原神臨月建日辰動爻救護者，痘症雖險，可斷不妨。學者宜變通。

福鬼若值青龍，方宜種痘①。

或子孫爻臨青龍，或官鬼爻臨青龍，不遇日月動爻刑沖剋害者，如卜種痘，爲大吉之兆。如官爻旬空或伏藏，福神不値青龍，縱種痘而不出也。

註釋：

①「種痘」，把痘苗接種在人體上，以預防天花。亦稱種花、栽花。我國至遲在十六世紀下半葉已發明人痘接種法，至十七世紀已普遍推廣。接種所用痘苗，取自其他患痘人的身上。其方法分爲四種：痘漿法、旱苗法、水苗法、痘衣法。前三者都是接種於鼻孔，其痘苗又叫做鼻苗；痘衣法是穿用天花患者患病時所穿的衣服。人痘接種法先後傳播到亞、歐、非洲等許多國家。清嘉慶年間（公元1796年至公元1820年）取痘苗於牛的牛痘接種法傳入我國，更爲安全可靠，人痘接種法才被逐步取代。

用煞如臨白虎，且慢栽花。

或用神臨白虎，或忌神臨白虎，用神受日月動變爻刑冲剋害者，不宜種痘，恐反被害耳。

玄武冲世冲身，汚婦①魘②而作變。

玄武臨財爻，動來冲世身用象者，主因汚婦冲③魘，以致痘花作變。如玄武臨應爻，動來冲世身主象者，因外人④闖⑤魘作變也。

註釋：

①「汚婦」，月經行經期間的婦女。「汚」，同「污」。指月經。清朱純嘏《痘疹定論・附痘與疹避忌・避穢氣》中有避「婦人經候氣」的說法。

②「魘」，被惡夢驚嚇；驚駭；迷亂；用法術等鎮壓邪昧或加害於人。

③「冲」，直往前闖；衝擊、衝撞。

④「外人」，外間的人，範圍以外的人；從外地來的人；交誼疏遠的人。清朱純嘏《痘疹定論・附痘與疹避忌・守禁忌》中有禁忌「生人往來」的說法。

⑤「闖」，突然發生、意外引起；猛衝；突然直入。

白虎臨官臨用，火毒甚①而未清②。

白虎是血神，如臨官鬼，或臨用神，而遇日月動爻刑冲剋害，若非生痰，定是結毒。如在乾宮，毒結頭面，坤腹、震足、巽股、艮手、離目、坎耳、兌口等類推之。

註釋：

①「甚」，厲害；嚴重。

②「清」，盡；完。

身上虎，須向五行言帶疾。

大凡卦身一爻，主瘟人①始終之事。若臨福德吉神，主無瘟毒；如臨官鬼，必有結毒成疾之處。如遇金鬼，係肺經②火毒未清，鼻孔內生瘡，或左耳帶疾；如臨木鬼，係肝經③火毒未清，主兩目內出瘟，或右耳帶疾；如遇水鬼，係腎經④火毒未清，主兩耳乾枯，嘴唇帶疾；如官鬼屬火，係心經⑤火毒未清，舌上乾焦，主帶目疾；如官鬼屬土，係脾經⑥火毒未清，主口如魚口⑦，鼻梁帶疾。已上官鬼所屬臨持卦身，如値休囚，見福神發動者，用藥可愈；如無福神剋制，反加白虎附持，則有損矣，乃終身之疾也。

註釋：

①「痘人」，感染天花之人。

②「肺經」，手太陰肺經。正經十二條之一。本經有病時，主要有咳嗽、咳血、喘息氣短、口渴、煩躁、胸滿、肩背痛、手心發熱、傷風、自汗、小便頻數、尿黃赤等症狀和病症，以及在本經循行部位的局部症狀。《黃帝內經．靈樞．經脈》：「肺手太陰之脈，起于中焦，下絡大腸，還循胃口，上膈屬肺，從肺系橫出腋下，下循臑內，行少陰心主之前，下肘中，循臂內上骨下廉，入寸口，上魚，循魚際，出大指之端；其支者，從腕後直出次指內廉，出其端。」「經」，經脈。正經十二條，分手三陰經（手太陰肺經、手厥陰心包經、手少陰心經）、手三陽經（手陽明大腸經、手少陽三焦經、手太陽小腸經）、足三陰經（足太陰脾經、足厥陰肝經、足少陰腎經）、足三陽經（足陽明胃經、足少陽膽經、足太陽膀胱經）；奇經八條，分督脈、任脈、衝脈、帶脈、陰維脈、陽維脈、陰蹻脈、陽蹻脈。正經十二條是氣血運行的主要通道，奇經八條統率、聯絡、調節正經十二條。

③「肝經」，足厥陰肝經。正經十二條之一。本經有病時，主要有胸滿、嘔逆、腰痛、下痢、疝氣、遺尿、小便不通、月經不調、子宮出血、口咽乾燥、面色暗晦等症狀和病症，以及在本經循行部位的局部症狀。《黃帝內經．靈樞．經脈》：「肝足厥陰之脈，起于大指叢毛之際，上循足跗上廉，去內踝一寸，上踝八寸，交出太陰之

後，上膕內廉，循股陰入毛中，過陰器，抵小腹，挾胃，屬肝絡膽，上貫膈，布脇肋，循喉嚨之後，上入頏顙，連目系，上出額，與督脈會于巔；其支者，從目系下頰裏，環唇內；其支者，復從肝別貫膈，上注肺。」

④「腎經」，足少陰腎經。正經十二條之一。本經有病時，主要有口中熱、舌乾、咽喉病、飢餓而不欲食、羸瘦、咳血、哮喘、心悸、胸痛、煩躁、黃疸、腹瀉、面色暗黑、視物不清、精神痿靡、好睡痿厥等症狀和病症，以及在本經循行部位的局部症狀。《黃帝內經·靈樞·經脈》：「腎足少陰之脈，起于小指之下，邪走足心，出于然谷之下，循內踝之後，別入跟中，以上踹內，出膕內廉，上股內後廉，貫脊屬腎絡膀胱；其直者，從腎上貫肝膈，入肺中，循喉嚨，挾舌本；其支者，從肺出絡心，注胷中。」

⑤「心經」，手少陰心經。正經十二條之一。本經有病時，主要有心痛、口渴、咽乾、目黃、脅痛等症狀和病症，以及在本經循行部位的局部症狀。《黃帝內經·靈樞·經脈》：「心手少陰之脈，起于心中，出屬心系，下膈絡小腸；其支者，從心系上挾咽，繫目系；其直者，復從心系却上肺，下出腋下，下循臑內後廉，行太陰、心主之後，下肘內，循臂內後廉，抵掌後銳骨之端，入掌內後廉，循小指之內出其端。」

⑥「脾經」，足太陰脾經。正經十二條之一。本經有病時，主要有胃痛、嘔吐、腸炎、腹脹、噫氣、黃疸、水腫、自覺身體沉重、行動困難、不能平臥、舌痛、舌根

強直、小便不通等症狀和病症，以及在本經循行部位的局部症狀。《黃帝內經・靈樞・經脈》：「脾足太陰之脈，起於大指之端，循指內側白肉際，過核骨後，上內踝前廉，上踹內，循脛骨後，交出厥陰之前，上膝股內前廉，入腹屬脾絡胃，上膈，挾咽，連舌本，散舌下；其支者，復從胃別上膈，注心中。」

⑦「魚口」，唇上生瘡，形如魚口，痰涎不收的病症。

爻中煞，當憑八卦論週身。

如虎鬼居乾宮，則帶疾在頭；如居兌象，則帶疾在面；如居震卦，帶疾在足；如居巽宮，則帶疾在股；如居坎卦，則帶疾在耳；如居離卦，則帶疾在目；如居艮卦，則帶疾在手；如居坤卦，則帶疾在腹。已上八宮所值鬼爻，如遇福神剋制，則醫治易愈；如再加白虎持臨，定成終身之疾也。

金爲肺腑，增疼增嗽非宜；火屬心經，發嗆[1]發斑[2]大忌。

官鬼屬金，毒發肺部，主身體作痛或咳嗽，茀[3]防鼻搧[4]；如官鬼屬火，毒發心經，乃火毒之症，初起防發斑，繼防發嗆，及舌頭縮硬。衰靜者輕，旺動者重。

註釋：

①「發嗆」，喉中氣逆；咳嗽。

②「發斑」，肌膚表面出現的片狀瘀斑，不高出皮面，撫之不礙手。

③「第」，同「第」。但，只是，只要。

④「鼻搧」，症名。鼻翼搧動。由肺熱熾盛、熱毒薰蒸鼻竅所致。症見鼻翼搧動、鼻孔煤黑、鼻孔乾灼或出血、鼻促氣熱、口乾欲飲。治宜清肺瀉熱。

木鬼乃風邪①未表②，水官而寒食③尚停。

木能生風，故主風邪。如官爻屬木，必因未表風寒，肝經受毒，防嗆喘發癢及兩目直視；如官爻屬水，毒發腎經，防腰疼及兩耳焦乾④，尚有寒食停積，發熱縮漿。

註釋：

①「風邪」，濕熱風寒侵入人身，使人患病。

②「表」，用藥物等把感受的風寒發散出來。

③「寒食」，冷的食物。

④「焦乾」，極其乾燥。

麻面①官乘四土，破碎位遇三沖。

官鬼爲痘花，如臨辰戌丑未四土，土屬脾經，脾經主痘粗扁多密，故云「麻面」，防口如魚口。如官爻遇年月日三建沖者，灌漿後防破碎洩氣。

註釋：

①「麻面」，有麻子的臉。

玄武主陰虛①黑縮，勾陳應脹悶黃浮②。

玄武臨官爻，或臨忌神，乃陰虛之症，防縮漿黑陷③；勾陳若附鬼爻，主脹悶黃浮。

註釋：

①「陰虛」，精血或津液虧損的病理現象。因精血和津液都屬陰，故稱。

②「黃浮」，面目肢體虛黃浮腫。

③「黑陷」，痘症五陷之一。症見痘瘡暈腳乾枯，中有黑臍。爲毒火內盛，營血（營爲血之氣，營血並提，常泛指血而言）乾枯所致。治宜涼血解毒，泄火清營。

螣蛇木擺似驚風①，朱雀火炎眞血熱②。

螣蛇臨木爻官鬼，主初起未見點時，似乎驚風。若卦中官鬼屬火，又臨朱雀，是血熱火毒之症，須用大黃③、黃連④等劑，必清火瀉毒，方能有救，如遲服，則斑甚⑤痘隱焦黑，不能挽回也。

註釋：

①「驚風」，中醫以心病主驚，肝病主風，驚風為小兒心熱肝盛，觸驚受風而引起的驚厥、抽搐等症狀。

②「血熱」，小兒發熱的一種證型。每日以午間發熱，遇夜則涼。

③「大黃」，多年生草本植物，根莖可入藥，性寒，味苦。功能攻積導滯，瀉火解毒。主治實熱便秘、腹痛脹滿、瘀血閉經、癰腫等症。

④「黃連」，多年生草本植物，根莖可入藥，性寒，味苦。功能瀉心火、化濕熱。主治濕熱瀉痢、目赤、口瘡等症。

④「甚」，嚴重；大；異常。

白虎同忌煞爻重，哭聲將至。

白虎臨忌神發動，剋傷用神，又無原神救護者，立見其危。

青龍會恩星發動，慶賀齊來。

青龍臨原神發動，生合用神，痘必收功也。

定死活于五行生剋之中，決輕重于六神臨持之上。

生死全憑生剋，輕重兼看六神。此節乃一章之大旨也。

兒孫滿目①未出花，躭②許多憂慮；金玉滿堂③失教訓④，枉費盡心機。

註釋：

①「滿目」，充滿視野。

②「躭」，同「耽」。承受；擔負。

③「金玉滿堂」，金玉財寶滿堂。形容財富極多。也形容學識豐富。

④「教訓」，教導訓戒；教養。

卜筮正宗卷之十一終